あやし あやかし

彼誰妖奇譚 下

久能千明

illustration：蓮川 愛

あやし　あやかし

彼誰妖奇譚　下

ミドリを見送った冬哉《とうや》は厨《くりや》に向かった。

やらねばならないこと、考えなければならないことが多過ぎる。それらに立ち向かうためには、まず自分の身体をケアしなければならないと思ったからだ。

二日間の絶食と一点に集中し続けたままの不眠不休、その後のスイとのやり取りで、心身共に消耗していた。頭に霞《かすみ》がかかっている。身体に力が入らない。何か腹に入れ、休息を取らなければ動けなくなるのが判っていた。

取りあえず湯を沸かし、冷や飯に漬物と味噌《みそ》を放り込んで雑炊を作った。

食欲はまるでなく、米が炊ける匂いに吐き気が込み上げてきたが、冬哉は食事ではなく燃料補給だと自分に言い聞かせ、出来上がった鍋一杯の雑炊を無理矢理詰め込んだ。

雑炊が炊けるのを待つ間、冬哉は並んだ包丁の中から一番長い柳刃包丁を抜き出して手ぬぐいを巻き、燐寸《マッチ》と蠟燭《ろうそく》を油紙に包んだ。それから作業用の倉庫へ行って山仕事の道具の中から鉈《なた》と細身の山刀を手に取り、狩りの道具が置かれている場所から弓と矢を持ち出す。

包丁も鉈も山刀も丁寧に磨かれて刃毀《はこぼ》れ一つなく、矢尻の切っ先は鋭く尖《とが》っていた。スイによって手入れの行き届いたそれらは、武器として通用するだろう。

御蔵翁《みくらおう》の記述は意図的にぼやかされていて、上之社《かみのやしろ》に『何』が居るかは推測するしかない。これらが必要になることがあるか、あったとしても得体の知れない相手にどこまで通用するかも判《わか》らない。

ただ、武器を持っていることで安心したいというのが正直な気持ちだった。

雑炊を平らげ、持ち出した物と自分のナイフを縁側に並べて、冬哉は空を見上げた。

雨はまだ降っている。強い雨ではないが雲は厚く、風がないため雨雲が動かない。今日はこのまま降り続くだろう。

時計を見ると、とうに昼を過ぎていた。時間の経《た》つのが早い。

……早過ぎる。冬哉は息を吐き、伸びてしまった髪をかき上げた。

ミドリは上手《うま》くやっているだろうか。ぼんやり考える。ここからは里の様子は判らないが、彼女のことだから任せても大丈夫だろう。

基本的に人嫌いで滅多《めった》に他人を信用しない冬哉だが、あの可憐《かれん》で強靭《きょうじん》な美少女のことは信頼に値する人間だと思っているし、どこか共犯者じみた連帯感も持っていた。

そして連帯感とは違うが、奇妙な結びつきを感じるもう一人。

「————……」

冬哉は肩越しに背後を窺《うかが》った。

社《やしろ》は静まり返り、スイの居る座敷蔵からは物音一つしない。見ない、考えないと自分に言い聞かせているが、気を抜くと耳を澄まして気配を追ってしまう。

御蔵悟堂《ごどう》の手紙には何が書かれているのだろう。それを読んだスイが何を思い、何を考えるのだろうか。

「——やめろ。おまえはこれからやることだけ考えてりゃいい」

自分に命令して、冬哉は拳《こぶし》を握り締めた。

とにかくスイを山から下ろす。それから雨が止《や》むのを待つ。気は急《せ》くが、これから出ても途中で陽《ひ》が落ちる。決行は明日だ。

夜が明け、雨が止んだら動く。

本音を言えば、すぐにでも上之社へ向かいたい。一刻も早く事情を知りたいし調べたい。なにより残された時間がどれほどあるか判らないのだ。

焦りはあるが、雨が降っている夜間は動けない。

理由は色々あるが、まずは途中にあるという『五頭竜《ごずりゅう》様の息吹《いぶき》』だ。実態は硫化水素ガスで、硫黄泉が出る所ではありふれた化合物だが毒性は強い。濃度によっては数回の呼吸で意識を失う。

近くまで行ったときに確認したが、ガスが吹き出している噴出口は幅広く点在していたし、かなりの量のガスが見えない割れ目から沁《し》み出しているのも判っている。

硫化水素は空気より重く、普段なら足元に溜《た》まるが、雨粒が溜まったガスを撹拌《かくはん》して浮き上がらせ、広範囲に撒《ま》き散らしてしまう。おまけに強い可燃性を持っていて、火気に激しく反応する。

足元の悪い夜の山道だからといって、洋燈《ランプ》を灯《とも》して行く訳にはいかないのだ。

上之社へ通いつめていた御蔵翁ならば安全な道筋を知っているだろうが、たった一度離れた場所から観察しただけの冬哉が闇雲に突っ切るには危険すぎる。

しかし一番の理由は、雨が降っている限り御蔵翁は動かないからだ。

「くそ……っ」

それでも焦燥感は募って、冬哉は柱に後頭部を擦《こす》りつけた。そのまま寄り掛かろうとすると、腰に硬いモノが当たった。ポケットに何か入っている。

取り出すと、ガラスの小瓶だった。スイのナカを解《ほぐ》すために使った丁子油《ちょうじ》だ。

ポケットに入れた記憶はないが、どうやら無意識に突っ込んでいたらしい。

子供のように泣きじゃくるスイを思い出して、冬哉は庭に叩《たた》きつけようと手を振り上げた。

「――ただの八つ当りだ……」

独り言《ひとご》ちて苦く笑う。小瓶をポケットに突っ込んで、罪悪感ごときつく握り締める。

焦るな。落ち着け。目を閉じて、呪文のように繰り返す。

今、俺に出来るのは身体を休めること、思い惑《まど》うのではなく考えること。そして、いざというとき躊躇《ためら》わないこと、迷わないことだ。

「……覚悟は決めたんだろ……？」

呟《つぶや》いて、自嘲に唇を歪《ゆが》める。覚悟。その言葉を何度も繰り返すこと自体、躊躇いと迷い、そして絶対に認めたくない弱気が腹に重く凝《こご》っている証拠だ。

「くそ……っ」

それを苦く自覚して、冬哉は奥歯を噛《か》み締めた。

「――――行け。そして自分の目で見て確かめろ」

スイのために。否。俺自身のために――――……。

意識して深い呼吸を続けていると、詰め込み過ぎた情報と搔《か》き乱された感情で赤黒く濁《にご》っていた頭が少しずつ澄んできた。目を閉じたまま、深呼吸を繰り返す。

明日、夜が明けて雨が止んだら動く。動き始めたら止まれない。後戻りも出来ない。

そのためには、少しでも休まなければ。

自分に言い聞かせ、柱に背中を預けた冬哉は、どうしても強張《こわば》ってしまう身体から、苦労して力を抜いた。

「…………さん。……きて。と……さ……」

最初に知覚したのは音だった。それから人の気配。

その両方に呼ばれて意識が浮上してくる。しかしまだ身体は動かない。

「──哉さん、冬哉さん、起きて」

「……っ!!」

ただの音が自分を呼ぶ声に変わって、冬哉が目を見開いた。見ると、傍《かたわ》らにスイが膝をついている。

「……ス……イ……?」

「うん、俺。起こして悪いけど、寝るなら部屋で寝て」

言われてようやく、冬哉は自分が縁側の柱に寄り掛かったまま眠っていたのに気づいた。

「しま……っ!!」

舌打ちをして跳ね起きる。身体を休めようとは思ったが、眠るつもりはなかった。

「俺はどのくらい寝ていた!?」

「さあ。俺、冬哉さんがいつから寝てたか知らないから」

焦る冬哉を見もせずに、スイが小首を傾《かし》げる。

「とにかく部屋に入って。雨が強くなってきたから、ここだと濡れるよ」

スイの言う通り、何時《いつ》の間にか雨足は強くなっていて、吹き込む雨が縁側を半ば濡らしていた。

「――雨……」

雨が降り続いていたことにほっとして、冬哉が脱力する。

湿り気を帯びた髪をかき上げ、手足を伸ばしてみた。身体は痺《しび》れても強張ってもいない。ということは、眠っていたのはたいした時間ではないらしい。

しかし山の日暮れは早く、既に周囲は薄暗くなっていた。

「どいて。障子を閉めるから」

立ち上がったスイが障子に手をかけた。

「いや、障子は――っ」

言われた通り部屋へと入った冬哉が、その先を言えずに口籠《くちご》もる。

「『徴《しるし》』が見張れなくなるって？　大丈夫、この雨は朝まで続くから『徴』は現れない」

冬哉が言わなかった言葉をさらりと続け、障子を閉めるスイの背中が小さく笑った。

「俺が何年ここで暮らしてると思ってんの？　天気が読めずに山仕事は出来ないんだぜ。ほら、これかけて」

障子を閉め終えたスイが、押し入れから夏掛けを取り出して冬哉の肩にかけた。足を止めずに部屋の奥へ行き、洋燈《ランプ》の前に屈《かが》み込む。

「スイ、おまえ――」

「そろそろ夕飯の支度をする時間なんだけどさ」

話しかける冬哉を遮《さえぎ》って、スイが言葉を被《かぶ》せてきた。

「料理をした跡があったから、飯は食べたみたいだね」

「……ある物を適当に使わせてもらった。悪いな」

ううん、いいよ。油壺《つぼ》の残量を確かめながら首を振る。そしてため息を一つ。

「俺はどうしようかなぁ……。食欲、ないなぁ」

「食わないと身体が保《も》たないぞ。雑炊でよければ俺が作る」

「いい、無理っぽい。あ――」

声を途切れさせて、スイが顔を上げた。

「まずい。鶏《にわとり》を小屋に入れてない」

舌打ちをして肩を竦《すく》める。

「まあいいや。濡れたくなけりゃ、勝手に入るだろ」

そう言うと身軽く立ち上がり、すぐに洋燈用の油を持って戻ってきた。

「雨のせいで少し冷えるね」

膝をつき、油壷に油を注《そそ》ぎながら話しかけてくる。

「夏掛けだけじゃ寒い？　上掛けもいる？」

「いらない。これで充分だ」

「そっか」

軽く頷《うなず》くと、油を満たした洋燈に火を点《つ》けた。

冬哉のいる縁側近くはまだ陽が残っていたが、部屋の奥にいるスイの周りは仄暗《ほのくら》かった。洋燈の炎が風で揺らめく。

オレンジ色の光を受けて、スイの背中がふわりと浮かび上がった。

「――……」

違和感。

冬哉は屈み込む背中に眉を寄せた。

先ほどからスイと目が合わない。スイは一度も冬哉を見ない。

凌辱《りょうじょく》したのだ。当然の反応だ。しかし冬哉の感じる違和感はそれではない。

奇妙なのは、視線が合わない以外、スイが冬哉に対して怒りも嫌悪も見せないこと、そしてこの日常会話だ。

まるでスイが節分《せつぶん》の奉祀《ほうし》に下之社《しものやしろ》へ行く前の、冬哉が御蔵翁の部屋を暴《あば》く前の、スイを無理矢理巫《み》女《こ》でなくす前の、――――『徴』が現れる前のやりとりだ。

不入《いらず》の山の結界の中という特殊な環境ではあったが、ここには日々の暮らしがあった。その中で彼らが交わしていたごく普通の、ありきたりな日常会話。

物事が一気に非日常へと変わった今、『日常』会話を続けるスイの態度こそが違和感の正体だった。

振り向かない背中を見つめて、冬哉が唇を引き締める。問い質《ただ》したいことが多過ぎる。だが何を、どこまで聞いていいのか判らない。言葉が喉に詰まって息苦しい。

「――――清姫《きよひめ》はどこだ」

しばらく逡巡《しゅんじゅん》した後、冬哉は当たり障りのないことを口にした。

「あのデカブツは、おまえにべったり張りついてたんじゃないのか」

「デカブツじゃない。清姫だ」

律儀に訂正したスイが、冬哉が書庫から持ち出し、床に積み上げていた本に手を伸ばす。

「下之社《しものやしろ》へ」

背中を向けたまま、一言。

「下之社？　どうして？」

「護主《もりぬし》様が御蔵家御当主に宛てた手紙を、ミドリ様に届けてくれって頼んだから。護主様が俺にくれた手紙以外も全部」

スイは本を丁寧に揃《そろ》えながら、なんでもないように言った。

「清姫、スゴく嫌がってた。最初は動いてくれなかった。何度も頼んで、やっと受け取ってくれたんだ。清姫は俺に甘いから――」

「なんで一緒に行かなかった!?」

スイのやさしい口調を断ち切って冬哉が叫んだ。

「すぐに山を下りろ！」

「下りない」

スイはあっさりと、しかしきっぱりと返した。

「駄目だ！　おまえにここにいる資格はない!!」

「うん。そうだね」

スイは冬哉の激しい剣幕にも平然と頷く。

「でも、俺は下りない」

「御蔵さんは山を下りろと言ったはずだ!!　御蔵さんの命令に逆らうのか!?」

スイにとって、御蔵悟堂の言葉は絶対。知っているからこそ口にしたくなかった言葉を投げつけて、冬哉がスイの背中を睨《にら》みつける。

「それだけじゃない！　あの人はスイに五頭竜山を去れと言った!!」

無反応の背中に激情を叩きつける。

「金を持たせ！　手紙を持たせ！　懇切丁寧に道順やら汽車の乗り方を説明してまで、おまえをここから遠ざけようとしたんだ!!」

「…………」

「山を下りろ！　今すぐにだ!!」

冬哉の言葉に、否定は返らなかった。代わりに、向けられたままの背中がすっと伸びる。

姿勢を正したスイが、ゆっくりと振り返った。

「だって、冬哉さんは上之社に行くつもりでしょ？」

「——っ」

真っすぐに見つめるスイから冬哉が目を逸《そ》らす。

「そこで護主様に会うんでしょ？」

逃げる視線をスイが追いかける。しばし躊躇った後、冬哉が顎を引いてスイを見た。

「——だったら何だ？」

「俺が行く」

「絶対に駄目だ！」

「もう決めたんだ」

「行ってどうする!?」

「護主様に会う」

スイは合わせた視線を逸らさずに、冬哉を見つめたまま答えた。

「……っ、『徴』が現れたんだぞ！　五頭竜様の怒りが怖くないのか!?」

「どうだっていいよ」

放り出すように言って、スイが投げ遣《や》りに笑った。

「どうせ穢《けが》れた巫女だ。護主様に会えるなら、五頭竜様のお怒りに触れても構わない」

「駄目だ！　それじゃあ何のために俺がおまえを――――っ!!」

「――――うん。ごめんね」

こくんと頷いて、スイが立ち上がった。冬哉を見つめたまま、すべるように近づく。

「冬哉さんは、俺を逃がそうとしてくれたんだよね」

動かない冬哉の前にスイが膝をついた。手を伸ばして強張った頰《ほお》に触れる。

「でも、ごめんね。俺、どうしても護主様に会いたい」

ごめん。囁《ささや》いたスイが微笑《ほほえ》んだ。いつものスイらしくない笑みは、目元の泣きボクロによく似合っていた。

「――――御蔵さんの手紙に、何が書いてあった？」

頰に触れる指が冷たい。冬哉はスイの肩を摑《つか》み、その目を覗《のぞ》き込んだ。

振り払われるかと思ったが、スイはその場を動かなかった。冬哉の頰に触れた指も、薄い布越しの身体も冷えきっている。

「言いたくなけりゃ言わなくてもいい。だが、独りで抱え込むには重過ぎるなら俺に吐き出せ。何を聞いても驚かない。全部聞くから」

あの人はどこまでおまえに告げた？　冬哉はスイの目の中に答えを探す。

「…………っ……」

スイがこくんと喉を鳴らした。歪《ゆが》んだ笑みに、泣きボクロが引き攣《つ》る。

「――――俺、護主様のお嬢様……、瑠璃《るり》様、の、コドモ……なんだって……っ……」

無理矢理押し出した声は、ひどく嗄《しゃが》れていた。

「お相手の方も御蔵家の御身内で、俺……っ、俺、は、御蔵翠《すい》。御蔵家のニンゲンだ……って……っ」

語尾が震えて、微笑が泣き笑いに変わる。

「ははっ、俺が御蔵家のニンゲン？　御蔵翠？　ははっ、ははは……っ、笑える……っ！」

「――――それで？」

調子の狂った笑い声を上げるスイに、冬哉が表情を変えずに先を促す。

「そんなの許されない!!」

拳を握ったスイが叫んだ。

「瑠璃様は五頭竜様の巫女だった！　巫女に触れるのは禁忌《きんき》だ！　巫女と御蔵家のニンゲンが五頭竜様に逆らうなんて……っ！　そん……っ、そんなの絶対許されない！　絶対にだ！　絶対にあってはならないコトだ……っ!!」

「うん、それで？」

白くなるまで拳を握り、掌《てのひら》に爪を喰い込ませる手にそっと触れて、冬哉が静かに頷く。

それでいい。全部吐き出せ。冬哉は頬をひくつかせ、激情に身を震わせるスイの見開かれた瞳を見つめ続ける。

「――――っ、瑠璃様もお相手の方も罰を受けた。もういない」

投げ出すように言って、スイが浮かせていた腰を落とした。

「それで？」

ぺたんと座り込んだスイを支えながら、冬哉は平静を崩さない。

「俺が――、俺だけが残……った……っ……」

残されてしまった。わななく唇が、言わなかった言葉を叫んでいる。

「――それで？」

ふっと息を吐いたスイが、虚《うつ》ろな視線で冬哉を見た。

「俺はここで生まれた――らしい。瑠璃様もお相手も御蔵家直系で、この山とも五頭竜様とも繋《つな》がりが濃くて……。その資格もないのに五頭竜様の気に触れてしまった俺は、五頭竜様の注意を引いてしまった…………ん、だって……」

スイは、まるで他人事《ひとごと》のように呟いた。

「俺の中で、五頭竜様の御加護と御怒《おいか》りが混ざって、しまった――」

「混ざって……」

スイに吐き出させるだけで自分は何も言わないつもりだったのだが、思わず口にしてしまう。

「うん。禁忌の子なのに御蔵家の血が濃い俺は、中途半端に五頭竜様の御加護と御怒りの両方を受けてしまった……って……」

「――祝《いわ》いと呪《のろ》い、か……」

ミドリから聞いた言葉を思い出す。彼女は父から、父は御蔵翁から聞いたと言っていた。

「うん。護主様もそう書いてた」

今のスイには、御蔵翁の言葉を冬哉が知っていることを不審に思う余裕はない。

幼い仕草で頷いて、スイが視線を夏障子の向こうに据えた。

「……俺は最初、御蔵家に引き取られたんだって。だけどココに戻ってきた。中途半端に混ざってしまった俺は、五頭竜様の近くにいないと、人としての形を保《たも》てなくなる……から……って……。ヒトとしてのカタチって何だろうね。山を下りたら、俺、ぐにゃぐにゃになっちゃうのかなぁ」

ははは……。乾いた声で笑ったスイが、くっと息を詰めた。

「――それは俺の罪じゃない。罪は御蔵家と自分にあるって、護主様が俺に謝るんだ。何度も何度も。でも、やっと俺を解放してやれるって。長く待たせて申し訳なかったが、これでもう大丈夫だからって………っ」

「それで?」

「――護主様の手紙は、謝罪の言葉で埋まってた………」

感情の失《う》せた声で呟き、焦点の合わない目を虚空に漂わせながら、スイが淡々と話し始めた。

おまえがこの手紙を読んでいるということは、『その時』が来たということだ。御蔵悟堂は、スイ宛の手紙の冒頭にそう書いたという。

――儂《わし》は今まで、翠《すい》に御蔵家の歴史を殆《ほとん》ど教えてこなかった。知る必要はないと思ったし、歴史の流れに翠を絶対に巻き込まないと決めたためでもある。

初めて聞かされる話ばかりで、翠には理解できないことも多いだろう。すまないが、年寄りの繰《く》り言《ごと》だと思って聞き流してくれ。

おまえの母は御蔵瑠璃。儂の娘だ。相手のことは知らなくていい。ただ御蔵家直系の人間とだけ告げておこう。おまえは御蔵翠。儂の孫だ。

まず、翠に御蔵を名乗らせることも、正当な地位を与えてやることも出来なかったことを心の底から詫《わ》びる。

翠がこの山で暮らすこと、孤児だと教えたこと、儂の孫を騙《かた》って巫女の代わりを勤めることとは、儂の一存で決めた。

言い訳にしかならないが、その理由を知って欲しい。

御蔵家と五頭竜伝説とは最初から深く絡み合っている。この地域の小豪族に過ぎなかった御蔵家が五頭竜様の加護を受け、五頭竜様を崇尊《すうそん》したことで今の御蔵家がある。

その結果、御蔵の人間は大きく二つに分かれた。違いは与えられた時間の差だ。

どちらも頭脳明晰《めいせき》で人を惹きつける魅力と統率力を持っているが、その殆どが虚弱で短命だ。しかしその中に、僅かだが頑健で長命な人間がいた。その差は極端で、本家に近いほど顕著《けんちょ》に現れた。

代々英明な当主が現れ、御蔵家の財は膨《ふく》れ上がった。ただし、それを繁栄と呼ぶには、若くして失う命があまりにも多かった。

気の遠くなるような長い年月、御蔵家は有り余る富と引き替えに家族を失ってきた。

それは、五頭竜様の祝いと呪いと考えるには充分な時間と結果だった。

御蔵家はそれを受け入れた。五頭竜様とは一蓮托生《いちれんたくしょう》。畏《おそ》れつつ敬《うやま》った。

しかし神は強欲だ。それだけでは足りないと『徴』を顕《あらわ》し、生贄《いけにえ》を求めた。

一族の大半を若くして失っても御蔵家が連綿と続いてきたのは、頑健な者が多くの子を成《な》し、その中に健康で長命な者がいたからだ。しかし五頭竜様はその子達から生贄を選んだ。

富の対価として背中に竜を刻み、この子を寄越《よこ》せと告げた。御蔵家はそれも受け入れた。

竜の末裔《まつえい》。神の加護とその代償を受けた一族。それが御蔵家の祝いと呪いだ。

しかし、御蔵家は神に近づき過ぎた。いつしかヒトの理《ことわり》からズレてしまった。

その末端に翠はいる。否、ある意味中心にいるのかもしれない。

翠は五頭竜様の巫女と御蔵家直系の子で、この山で生まれた。

そのせいで、翠の中で神とヒトが混ざってしまった。

祝いと呪いの両方を色濃く受け継いだ翠の立ち位置は、非常に不安定なものになった。

神でもなく、ヒトでもない翠は、山から離れて人と交わることも、五頭竜様に近づき過ぎることも出来なくなった。

どちらに引っ張られても、翠はヒトとしての形を失ってしまうからだ。

翠がヒトではなくなる。それは儂にとって、一番恐ろしい呪いだった。

どういう呪いかは説明しない。心配しなくていい。そうならないために儂がいる。

しかし、そのためには五頭竜様から翠を隠し通さねばならなかった。

五頭竜様は人の頭の中を読む。そのため里の人間からも隠さねばならなかった。

里の人間がスイという巫女の存在を知れば、必ず五頭竜様にも伝わる。禁足の地に住むスイを訝《いぶか》り、正体を探ろうとする。それを欺《あざむ》くために、翠《ミドリ》の中に翠《スイ》を隠した。

スイが自分を御蔵翠だと自覚しても、五頭竜様はスイを見つける。だから御蔵翠ではなく孤児のスイとして育てた。

儂が翠を孫だと思えば、それも五頭竜様には判ってしまう。儂は瑠璃の産んだ子のことを忘れた。呼ぶ時も考える時も、翠ではなくスイと呼んだ。拾った孤児、代理の巫女、小作人兼小間使い兼使用人とその主人として接した。

酷《ひど》い仕打ちだ。恨んでくれ。

だが、事を起こす前に翠の存在を知られることはなんとしても避けねばならなかった。

それが御蔵翠を名乗ることも、五頭竜様から逃げてどこか遠くで暮らすことも出来ない翠に、儂がしてやれる精一杯のことだった。

これが翠を御蔵家の人間として遇せず、孫と呼ばず、孤児の巫女代理として山に閉じ込め続けた理由だ。

——だがもういい。もう沢山《たくさん》だ。ここで終わりにする。

もう祝いも呪いもいらない。御蔵家と骨絡《ほねがら》みだった五頭竜伝説はおしまいだ。五頭竜様は天に還《かえ》り、めでたしめでたしのお伽話《とぎばなし》になる。

その報《むく》いで御蔵家が滅びるなら、滅びてしまえばいい。

儂は翠からまともな生き方を奪った。愛される子供時代を奪った。人と語らう楽しみも、友と笑い合う喜びも、一人の人間としての尊厳も奪った。

全部儂が決めたことだ。責めるなら責めてくれ。すまない、すまない。いくら詫びても足りない。申し訳ない。

だが、これで終わりに出来る。

随分《ずいぶん》待たせてしまったが、事を起こすには『徴』を待たねばならなかった。翠がこの手紙を読んでいるということは、『徴』が顕現したということだ。

やっとスイを翠に戻してやれる。

翠、山を下りろ。

奪われるだけだった翠から、これ以上何も奪わせない。

翠を五頭竜山から、五頭竜様から、御蔵家から解放する。

それが儂の最後の仕事だ。

こんなことで償《つぐな》えるとは思っていない。

憎んでくれ。恨んでくれ。それは正当な怒りだ。全部儂に向けてくれ。

そして出来るならば、この山のことを忘れてくれ。

勝手な願いだ。申し訳ない。どんなに詫びても足りない。これで赦《ゆる》されるなんて、都合の良いことも考えていない。

だがそれでも頼む。心から願う。

山を下りろ。二度とこの地を踏むな。

儂のこともこの山のことも全部忘れて、人間として生きてくれ――――。


ふっと息を吐いて、スイが口を閉じた。

憑《つ》かれたように一点を見据えていた目から光が失せて、細い身体がふらりと泳ぐ。

冬哉は素早く腕を伸ばし、倒れかかるスイを支えた。

語ることに全精力を使い果たしたのだろう。抱き寄せたスイは相変わらず冷えきっていて、くたりと崩れた身体のどこにも力が入っていなかった。

「…………何が何だか判らない……」

スイがぽつりと呟いた。

「だろうな」

長文の手紙だったが、スイは最後まで淀《よど》みなく語ってみせた。

ミドリと冬哉が座敷を出たあと、何度も何度も読み返したのだろう。暗記するまで読み返し、諳誦《あんしょう》してみせたところで、どこまでスイに伝わったかは判らない。

当然だ。御蔵翁は一番肝心なことをスイに告げていない。だが、隠し通すと決めた御蔵翁の覚悟が冬哉には判った。

冬哉は脱力し、放心したスイの背を軽く叩き、乱れた髪を梳《す》きながら、障子越しの外を見た。雨。黄昏《たそがれ》時を少し過ぎ、薄暗くなった外界に銀の矢が降り注いでいる。

「ゆっくり考えろ、と言いたいところだが、そうもいかない」

低く告げ、寄り掛かる身体を強く抱き締めた後、冬哉がスイの顔を覗き込んだ。

「雨が降っているうちに山を下りろ。考えるのはそれからだ」

「……っ」

その言葉に、スイの身体が強張る。

「御蔵家のことも五頭竜様のことも考えなくていい。おまえは御蔵さんの――、護主様の願いだけ判ってればいいんだ」

山を下りろ。冬哉が言葉と視線と態度で繰り返す。

「――やだ」

身体を起こし、冬哉の目を真正面から見つめ返したスイがきっぱりと言った。

「俺は下りない。護主様に会いに行く」

「スイ!!」

「くどいよ冬哉さん。何度繰り返しても答えは同じだ。俺はどうしても護主様に会って、言わなきゃならないことがあるんだ」

「御蔵さんは自分を忘れろと――――」

「そんなこと出来ないって言うんだ!!」

　スイが叫んだ。

「護主様は勘違いしてる！　俺を不幸だって！　可哀相《かわいそう》だって！　全然違う！　違う違う違う!!」

　髪を乱して首を振る。

「俺はこの山が好きだ！　畑も山仕事も釣りも狩りも好きだ！　神楽舞だって好きだ！　中でも護主様が一番好きだ!!」

「……っ、それは、おまえがココ以外を知らないから――――」

「知らなきゃ不幸なのか!?　可哀相なのか!?　違うだろ！　だって俺は幸せだった！」

「そ――――」

「山での暮らしは忙しいし大変だ！　確かに悲しい時もシンドい時もある！　でも俺には護主様がいた！　清姫もいた！　時々はミドリ様も！　毎日が楽しかった!!」

　それも、おまえが他を知らないからだ。言いかけた冬哉をスイの強い言葉が遮る。

「俺は護主様が好きだ！　清姫が好きだ！　ミドリ様も好きだ！　この山と五頭竜様が好きで大事で大切なんだよ!!」

　叫ぶスイの目に涙はなかった。見開かれた瞳は熱く乾いていた。

「……でも今、俺は生まれて初めて護主様に怒ってる。憎めとか恨めとか……ずっとそんなコト考えてたなんて——っ、……ひどいよ。ひどい……っ」

ひどい。低く呟いて、スイが唇を噛む。

「だから、俺は護主様に会うんだ。会って言わなきゃなんだ。俺は怒ってるって。護主様は間違ってるって。俺は何も奪われてない。償ってもらうことなんか一つもないって」

「だが、おまえは御蔵翠で、御蔵さんの孫で——」

「違う！」

もう充分に奪われている。と続く言葉に、スイが激しく首を振る。

「御蔵翠なんてヤツは知らない！　俺はスイだ！　護主様に拾われて、巫女の代わりを勤めながら護主様と五頭竜様にお仕えしてる孤児のスイだ!!」

白くなるまで拳を握り、瞳を燃やしてスイが叫ぶ。

「俺は手紙なんて読んでない！　俺は今までもこれからもスイだ！　護主様は護主様のままだ！　だから帰りましょうって言うんだ！　今まで通りここで暮らしましょうって!!」

スイは山での暮らしにしがみついている。手紙をなかったことにすれば、同じ毎日がこれからも続くと必死に思い込もうとしている。

懸命に縋《すが》りつく姿が痛々しい。だが——……、

「スイ」

呼びかけると、スイの身体がひくんと跳ねた。

「『今まで通り』なんて、もうないんだ」

「――――っ」

「今までとこれからは、『徴』が現れた時点で地続きではなくなった」

『徴』を契機に全てが変わる。否、御蔵悟堂が変えようとしている。

「御蔵さんは戻らない。あの人は、おまえが生まれてからずっと、これを待ってたんだ」

「…………っ」

冬哉の言葉から逃げるように一瞬視線を逸らしたスイが、ぐっと唇を引き締めた。顔を上げ、挑《いど》むように冬哉を見る。

「――だから行くんだ」

「スイが山を下りることが、御蔵さんの願いだ」

「判ってる。でも、俺は行かなきゃならない」

「スイ！」

「だって、生贄は俺だろ？」

冬哉を見つめる目は落ち着き払っていた。

「護主様は、俺の身代わりになるつもりだろ？」

口調も表情も平静で、まるで決定事項を確認しているようだ。

「手紙には書いてないけど、そういうことだよな」

隠しても判るよ。スイが肩を竦める。

「ダメだよそんなの。五頭竜様が許すワケがない。それに――」

言葉を切って、スイが視線を外に向けた。静かな視線が、雨を通して山頂を見つめる。

「……護主様は五頭竜様に何かしようとしてる。――俺のために。ダメだよ、そんなの」

「スイ、そうだけどそうじゃない」

山頂に据えられた目を逸らしたくて、冬哉はスイの肩を摑んだ。

「御蔵さんは長い間『徴』を待っていたんだ。全てにケリをつけて、楽になりたがってる。確かにスイに対する贖罪《しょくざい》の意味もあるが、それだけじゃない。あの人は、もう終わりにしたいんだ」

「それでも、ダメ」

くすりと笑って、スイが冬哉を見た。

「俺、怒ってるって言っただろ。護主様が、俺のこと全然判ってないのに頭にきてる。俺は毎日楽しかった。幸せだった。ここでの暮らしが好きで、護主様が大好きだ。それをちゃんと判ってくれなきゃ許さない」

だから行く。スイが何度目かの言葉を唇だけで繰り返した。

「死ぬかもしれなくても？」

「うん」

「――――死ぬよりつらいことになるかもしれなくても……？」

「…………」

それを言うのに僅かに躊躇った冬哉を、無言のスイが見上げる。

「冬哉さん、何を知ってるの？」

「知りたいか」

「――知りたくない。ってか、冬哉さんから聞きたくない」

スイが髪を鳴らして首を振る。

「ソレは、護主様が俺から隠してたコトだろ？　知りたいとは思うけど、聞くなら護主様から聞く。だって護主様が言わないと決めたものを冬哉さんから聞くのは違うだろ？」

情けないけど、聞くのが怖いってのもあるんだ。ちろりと舌を出して、悪戯《いたずら》が見つかった子供のような顔で笑う。

「――どうしても、行くつもりか……？」

「うん。雨が止んだら行く」

振り絞るように言葉を押し出した冬哉に、スイが躊躇《ちゅうちょ》なく頷く。

頷いた後、ぐっと顎を引いて冬哉を見た。

「冬哉さんがいて良かった。ホントに感謝してる。だから、もういいよ」

「もういい……？」

「冬哉さん、俺の代わりに上之社に行くって言ってくれただろ？　でも俺が行くから、もう決めたから。だから冬哉さんは山を下りて」

「おまえ……っ!!」

スイが何を言っているか判って、冬哉が彼の肩を掴む手に力を込めた。

「朝になれば雨が止む。雨が止んで夜になれば、また『徴』が現れる。生贄が捧げられなけりゃ五頭竜様のお怒りがある。山津波が起きるんだ。その前に逃げて」

力一杯握り締められた肩は相当痛むだろうに、スイは眉一つ動かさずに冬哉を見上げ続ける。

「今までありがとう。でも、もういいんだ。俺達の問題に、何の関係もない冬哉さんを巻き込みたくない」

「――――っ」

俺達の問題。関係ない。告げられた言葉に、冬哉は肩を摑む手にさらに力を込めた。

「……関係はある……っ」

自分でも思いがけないくらい腹が立って、食い縛った歯の間から言葉を押し出す。

「俺には俺の理由があって、そのために行くと決めた」

砕かんばかりにスイの肩を握り締めて低く呟く。

正直に言えば、ここまで関わるつもりはなかった。

安全地帯から『観察』するつもりだった。そんな俺を変えたのはスイだ。

何時《いつ》の間《ま》にか、スイの問題は俺の問題になっていた。スイとの暮らしがそうさせた。

俺はこんなに長く他人と暮らしたことも、こんなに濃密な時間と距離で接したこともない。

今更《いまさら》部外者だなんて言わせない。おまえに救《たす》けられたときから、俺は関係者なんだ――――。

「――――っ」

冬哉は出かかった言葉を喉に押し戻した。この言い方では、自分は巻き込まれた被害者になってしまう。スイに妙な責任を感じて欲しくない。

「――もう一度言う。これが最後だ。スイ、山を下りろ」

冬哉は飲み込んだ言葉を違う形で吐き出した。

「あそこは、おまえが行ってはいけない場所なんだ」

「それは冬哉さんだって同じだろ。あんたこそ山を下りて」

「俺はカミサマなんざ怖くない」

唇を吊《つ》り上げた冬哉に、スイの目が尖る。

「怖いかどうかなんて聞いてない。許されないと言ってるんだ」

「五頭竜様は人間と契約を交したんだ。神サマの威光は人間限定だ。――俺は、その範疇《はんちゅう》にいない」

肩を竦めた冬哉に、苛立《いらだ》ちを滲《にじ》ませていたスイが眉を寄せた。

「……どういうコト……?」

「俺は、あやかしの眷属だってコトさ」

あやかしの眷属《けんぞく》……? 唇だけで繰り返したスイがふっと息を吐いた。自分の肩を掴む手に指を添え、猫のように頬を擦りつける。

「…………なら、俺と同じだ」

スイが大人びた笑みを浮かべ、長い睫毛《まつげ》越しに冬哉を見上げて、ため息のように囁いた。

「――驚かないんだな」

意味を聞かれるかと身構えていた冬哉だが、スイの関心は別なところにあった。

「だって冬哉さん、なんか違うから」

「違う？」

冬哉が身を硬くする。

「……違わないかも。俺、冬哉さんと他の誰かを比較できるほどニンゲンを知らないから」

困ったように笑ったスイが目を伏せる。

「――だけど、そうだったらイイなって…………思った……」

途切れ途切れに呟いて、スイが唇を引き締めた。顔を上げ、一度は逸らした視線を合わせる。

「スイ？」

「――――本当は、最後にコレを頼んで、冬哉さんとサヨナラするつもりだったんだ……」

呟くスイは、思い詰めた目をしていた。

「最後？　何を？」

「…………こういう時、どう言えばいいか判らないんだけど……」

確か本だとこんなふうに……。小さく呟いたスイがするりと膝の上に乗ってきた。

冬哉の腿《もも》を跨《また》ぎ、肩を摑む手をそっと払って、代わりに自分の手を肩に置く。

「スイ？」

「『主《ぬし》さん、わっちとワリナイ仲になっておくんなんし』」

目だけは恐ろしく真剣に、しかし言葉は完全な棒読みでスイが言った。

「――――は？」

あれ？　違った？　じゃあこっち。小首を傾げたスイが、くっと顎を引く。

「『今宵《こよい》一夜、旦那様のお情けを頂戴致《ちょうだいいた》したく』」

歯切れのいい一本調子ではきはきと言って、冬哉の顔を覗き込む。

「――――は？」

「これもダメかぁ……っ」

ぽかんと見上げる冬哉の膝の上で、スイがぐにゃりと脱力した。

「書庫の本を参考にしたんだけど、どれもしっくりこないんだよなぁ」

「本？」

コイツは何を言い出した？　呆気《あっけ》に取られた冬哉がへたり込むスイを見おろす。

「うん。本。俺、結構読んだつもりなのに、上手い誘い方が判らないんだよね」

いつもの声に戻ったスイが、大真面目な顔で首を捻《ひね》った。

「誘うって………、俺を!?」

冬哉が目を見開く。

「アンタ以外誰がいるのさ」

ムッと唇を尖らせたスイが、すぐに眉を下げて情けない顔になった。

「色々読んだけど、延々と歌を送ったり送られたりしてるだけでちっとも参考にならなかった。部屋に入るとすぐ朝で、また歌を送ったり送られたりしてさぁ。で、何かあるとすぐ世を嘆いて死んだり仏門に入ったりするんだ。ナニしてるかさっぱりだし、俺、俳句も短歌も詠んだことないし」

「あ〜……」

ため息をつくスイに、彼の読んだ本が判った冬哉が気の抜けた声を返した。叙情《じょじょう》と雅《みやび》さ重視の格調高い王朝文学が、現実的なノウハウとして使える訳がない。

「あと、後家《ごけ》さんが行きずりの男と突然まぐわったり、ダンナの留守に間男《まおとこ》を引きずり込んだりする本。最初はイヤとかダメとか言うのに、途中からミミズ団子みたいに手足絡ませたり縛られたり、蠟《ろう》燭《そく》を垂らしたりしてさ、その間もずーっと変な声出したり唸《うな》ったり。でも蠟は熱いし、縛ったら痛いし、ここで誰かと行きずるのは無理だし、俺と冬哉さんしかいないから間男もいないよ」

冬哉の顎が落ちる。——御蔵さん、まともな性教育はしなかったくせに、そんなエログロ本は揃えてたのか？

とはいえ、あまりに露骨な表現は、本当の交わりを知らないスイには生々《なまなま》し過ぎて逆に理解不能なのだろう。妙に冷静にそんなことを考えている冬哉の膝の上で、スイがさらに続ける。

「それからウブな生娘《きむすめ》が頰を染めて恥じらってたのに、頁《ページ》をめくったら真っ裸で男に跨がって、ああイイ、ソコがイイとか言ってる本もあった。何でこうなったか全然判んなくて、俺、頁を飛ばしたかと思った」

「ぶ……っ」

どこまでも真剣なスイに、冬哉がついに吹き出した。

「笑うな！　俺は真面目に——っ!!」

「くく、くくく……っ」

真面目なのは判るが方向が間違っている。冬哉の笑いは止まらない。

「冬哉さん!!」

「あははっ、待て、待てっ……て、くくっ」

肩を摑んで揺す振り始めたスイに、冬哉がようやく笑い止んだ。

目尻に滲んだ涙を拭い、一つ息を吐いて、スイの膨れっ面を見おろす。

「——おまえ、俺を誘いたいのか笑わせたいのかどっちだ？」

「だから……っ!!」

「そもそもこんな状況の参考になる本なんざない。——スイ、何でそんなことを考えた？」

笑みを消し、真顔になった冬哉がスイを呼んだ。

「何故《なぜ》俺を誘う？」

「……っ」

言葉に詰まったスイが、冬哉の視線を避けて目を伏せる。

「突然そんなことを言い出した理由を教えてくれ。でなきゃその気になれない」

拒まれたと思ったのだろう。スイが顔を歪めた。

「責めてるんじゃない。訳が判らないだけだ」

「————っ……」

口調を和らげた冬哉に、スイが唇を嚙み締めた。俯《うつむ》いたまま、痛みに耐えるように深い呼吸を繰り返し、最後に長く息を吐いてゆっくりと顔を上げる。

「………覚悟、が……欲しかった……から」

視線を合わせたスイがぽつりと呟いた。

「覚悟？」

「俺はずっと五頭竜様に仕えてきた。色々なしきたりや禁忌が心と身体に沁みついてる。でも、五頭竜様の禁忌に従うってコトは、五頭竜様に逆らえないってコトだよね？」

今にも途切れそうに小さかった声が、話しているうちに徐々にしっかりとしてくる。

「だけど、俺はこれから禁忌を破る。ずっと崇《あが》めてきた五頭竜様に逆らう。その覚悟が欲しい」

ぐっと顔を上げたスイの首に青黒い指の痕《あと》を見つけて、冬哉は思わず目を逸らした。

昨夜、スイを落とすのに喉を絞めた。本気で暴れるスイを力ずくで押さえたのだ。痕が残るのは当然だ。おそらく身体にも痣《あざ》が残っているだろう。

「——だったら昨夜ので充分だろ」

目を背《そむ》けたままの冬哉が唇を歪める。

「アレは俺の意志じゃなかった。俺は自分が望んで禁を破りたい」

「禁忌を破った穢れた巫女として、正々堂々と乗り込むために我が身を差し出すってワケか」

冷笑を浮かべた冬哉が肩を竦めた。

「たいした覚悟だな。だが、協力は出来ない」

「え——？」

「おまえ、俺が怖いだろ？」

目を見張ったスイに、冬哉が口の端を吊り上げる。

「俺はおまえを凌辱した。無理矢理犯した。おまえはそんな男に抱かれたいのか？」

スイの真意を引き出したい冬哉が、わざと露骨な言葉を使う。昨夜を思い出したのか、きゅっと身を縮めたスイが、詰めていた息を吐いた。

「――確かに怖かったよ。ワケが判らなかったし、冬哉さんは大きくて、力も強くて、本気で抵抗してもビクともしなかったから。変なところを触られたり舐《な》められたりするのも……」

怖かった。消え入りそうな声で言って、冬哉を見る。

「……でも手紙を読んで、冬哉さんの言葉の意味が判った。『アレ』は俺を助けようとしたんだ。アンタが俺をどうこうしたかったんじゃない。俺のためだった」

冬哉さんは俺に山を下りろと何度も繰り返した。それが理由でしょ？　スイが冬哉を覗き込む。

「俺から巫女の資格を奪うことで、山から下ろそうとしてたんだ」

「でも失敗した。俺は醜態《しゅうたい》をさらしただけだ」

色々と。自嘲混じりに呟いた冬哉が、真顔に戻ってスイを見た。

「言っておくが、俺には男色の趣味はない」

拒むつもりできっぱりと言う。嫌がるスイを無理矢理組み敷いたのは昨夜だ。後味の悪さは忘れられないし、子供のように泣きじゃくる姿は重苦しく腹に蟠《わだかま》っている。

「う……ん」

曖昧に頷いたスイに、冬哉は断り方を間違えたのを悟った。生身《なまみ》の人間との関わりを持たないスイにとって、男女の差はたいした意味を持たないのだ。

「悪いが無理だ。俺を怖がって身を縮めてるガキを抱く気にはなれない」

「怖くないよ」

思い止《とど》まらせるつもりの冬哉に、スイがあっさりと返した。

「それに、俺はガキじゃない。……怖かったのは確かだけど、それは理由が判らなかったからだし、本当に怖かったのは巫女の資格を失うことだった。全部判ったから、冬哉さんは怖くない」

言い切ったスイが、でも、と呟いて目を伏せた。

「……俺、冬哉さんを利用しようとしてる。偉そうなコト言ったけど、ホントは怖いんだ――」

これからのことが全部怖い。息だけで囁いたスイが、冬哉のシャツを握り締める。

「五頭竜様の禁忌を破ることが怖くて、護主様に会うのが怖くて、何か無茶苦茶なことをして怖さを忘れたいんだ。……ごめんね。そんなのダメだよね――」

項垂《うなだ》れたスイが、冬哉の肩に置いていた手を下ろし、彼の膝から下りようとする。

冬哉は自分から離れようとするスイの腰に手を回し、ぐっと引き寄せた。

「うわっ!!　なっ、なに!?」

「おまえ、男の生理ってモンを全然判ってないな」

しがみつくスイの耳に声を吹き込む。

「傍《そば》にいたのがたまたま俺だったという理由じゃ勃《た》たないんだよ」

「え……？」

冬哉のシャツを握る手から力が抜けた。

「……やっぱり俺、じゃ……ダメ……ってコト……？」

くしゃりと顔を歪めたスイに、冬哉が苦笑を怺《こら》えて首を振る。

「違う。褥《しとね》を共にするには作法ってモノがある。娼婦を買うんじゃないんだ。まず好いて好かれて、惚《ほ》れて惚れられてからってことだ」

「俺、冬哉さんのこと好きだよ！」

冬哉の言葉に、今にも泣きそうだったスイの表情がぱっと明るくなった。

「護主様やミドリ様を好きなのと全然違うし、ホレるってよく判んないけど、傍にいてくれると嬉《うれ》しいし、姿が見えないと探したくなるし、身体に触れるとなんかむず痒《がゆ》くなるし、一緒に寝てると腹の奥のほうがじんわり熱くなる！」

自信たっぷりに宣言したスイが、不安そうに眉を寄せた。

「――――コレは冬哉さんが好き……ってことじゃ……ない……？」

躊躇いがちに呟いて、上目遣いに冬哉を見る。

何時の間にか長い付き合いになった冬哉には判る。これが人と交わらずに生きてきたスイの限界で、今のスイに出来る精一杯の告白だ。

だが、まだ足りない。スイは肉欲を知らず、肌を合わせる本当の意味を理解していない。無垢《むく》過ぎるスイを前に、躊躇いが消えない。

「――――だったら、おまえの言葉で俺を口説け」

足りない何かがもどかしくて、スイの耳元に唇を寄せた。

「同情や憐愍《れんびん》じゃ勃たない。借り物の台詞《せりふ》やご立派な覚悟でもその気になれない」

囁きながら長い黒髪に指を絡め、梳き上げた髪を耳にかけて、泣きボクロをそっと撫《な》でる。

「俺を誘いたいなら、スイの本気で口説いてくれ」

「――――っ……」

スイが目を見開いた。唇が小さく動いて、冬哉の言葉を反芻《はんすう》しているのが判る。

呼吸数回分の間、黙って冬哉を見つめていたスイが、ゆっくりと瞬《また》いた。普段は目立たない喉仏を上下させて、うっすらと微笑む。

唇の角度をほんの少し変えただけで、スイの容貌が一変した。

目眩《めまい》のするような既視感。子供なのに大人、少年なのに少女。あどけなさと妖艶《ようえん》さが入り混じったその笑みは、初めて言葉を交わした時のスイだった。

「俺を覚えてて」

冬哉を見つめて、スイが囁《ささや》いた。

「スイっていう奴《やつ》がいたこと、俺がここにいたことを覚えてて」

口元に笑みを浮かべたまま続ける。

「冬哉さんに、俺のことを覚えてててほしい」

ため息混じりの囁きが、甘く懇願する。

「怖いのもホント、滅茶苦茶になって忘れたいのもホント、覚悟を決めたいのも全部ホントだ。……

でも、ホントのホントは……、俺のコト、覚えてて欲しい……から………」

目元の泣きボクロを滲《にじ》ませる笑みは翳《かげ》りを帯びて、確かに微笑んでいるのに、泣いているように見える。

「――――おまえ、死ぬ気か……？」

喉に絡まる声を無理矢理押し出した冬哉に、微笑んだままのスイがさらさらと髪を鳴らした。

「死にたくはないよ。でも、そうなるかもしれない。――――それに、俺、ヒトじゃなくなるかもしれないんだろ？」

「……っ」

さらりと告げるスイに、冬哉が言葉を失う。

「そんな俺を、誰にも見られたくない。悲しませたくないから、護主様とミドリ様には俺のことを忘れて欲しい。でも、俺が全部なくなるのは寂しいんだ。誰かに覚えてて欲し――――違う」

自分の言葉に首を振り、くふんと笑ったスイが、冬哉の頬にそっと触れた。

「誰か、じゃなくて、冬哉さんがいい。俺のことを覚えているのは、冬哉さんだけでいい」

笑っているのに泣いているような顔で、スイが冬哉の頬を両手で包む。

「だから見て、触って。どこもかしこも全部。覚えてて――――俺を」

囁いたスイが、笑《え》んだままの唇を寄せてきた。

その唇が自分の唇に触れる寸前、冬哉は腰を支えていた腕を背中に回してスイを引き寄せた。スイの唇が頬を擦《かす》って、首筋に熱い息がかかる。

「――――そんな口説き文句があるか……っ」

冬哉は食い縛った歯の間から声を押し出した。細い身体を抱き締め、長い髪を鷲《わし》掴みにして、握った髪ごと肩に押しつける。

「雨が止んだら上之社へ行くぞ」

耳に直接注ぎ込んだ言葉に、腕の中のスイが身体を硬くした。顔を上げようと藻掻《もが》くのを、きつくかき抱くことで制する。

「二人で行くんだ」

反論は許さない。冬哉が声に力を込める。

「……っ」

くっと喉を鳴らして、スイが言おうとした何かを飲み込んだ。膝の上で握り締められていた手がゆるゆると上がって、冬哉の背中に回される。

最初は躊躇いがちだった手に力が籠《こ》もり、スイがしがみつく。

冬哉はスイを抱いたまま、ゆっくりと身体を倒した。

シャツ越しに爪を喰い込ませるスイを横たえる。

腰を跨ぎ、顔の両側に肘をついて覗き込むと、スイは目を閉じていた。

顔にかかる長い髪を払い、冷えた頬を両手で包んで、伏せられた睫毛と薄い瞼《まぶた》に指で触れる。スイの身体がひくんと跳ねて、唇が嚙み締められた。

冬哉は白く硬い顔を引き寄せ、耳元に唇を寄せた。

「穢れた巫女とあやかしの眷属で、五頭竜様を神から引きずり下ろしてやろうぜ」

笑み混じりの低い声に、強張っていた身体がやわらかく解《ほど》ける。

「…………うん……」

こくんと頷いて、スイが背中に回した腕で冬哉を引き寄せた――。


スイの震える瞼に唇を落とす。

その唇をこめかみに滑らせ、艶やかな黒髪を掻き分けて耳朶《じだ》に触れた。

「……っ」

耳にかかる吐息に、スイがきゅっと唇を引き結ぶ。

怖くないというのは嘘《うそ》ではないようだが、それは緊張しないという意味ではないらしい。

一度はほぐれたスイの身体がガチガチに固まっていた。

それに構わず耳朶を甘噛みすると、背中に回した手がシャツを握り締める。歯を浮かせ、噛み痕を舌で舐めながら軽く吸うと、今度は摑んだシャツを引っ張り始めた。

「――嫌か？」

舌先で耳朶をつつきながら、わざと息を吹き込む。

「……っ、イヤ、じゃ……、ないっ！」

スイが無理矢理声を押し出した。それに唇だけで笑って、冬哉は投げ出された足を押し広げ、身体を割り入れる。

「うわ……っ」

小さく叫んだスイが足を突っ張らせた。

「嫌ならやめてもいいんだぞ」

言葉とは裏腹に、薄い胸に体重をかける。

「俺がさそ、誘ったんだ！　男に二言はないっ‼」

固く目をつぶったままのスイが叫んだ。それを証明するつもりか、スイが立てた膝で冬哉の腰を力任せに締めつけた。

「……ここでオトコを持ち出されてもなぁ……」

冬哉が耳朶に苦笑を吹き込む。

スイは細身だが力が強い。腰に喰い込む膝に息が詰まり、引き千切らんばかりに引っ張るシャツで喉を絞めあげられているのに、冬哉は不思議な高揚を感じていた。

男色の趣味がないのは本当だ。昨夜の失敗もある。だから気持ちではスイを抱く気になっても、身体は反応しないのではないかと危ぶんでいた。

だが、顔が歪むほどきつく目を閉じ、歯を食い縛って身を硬くするスイに下腹が重くなった。

膝で腰を締めつけているのに、手は反対にシャツを摑んで冬哉を引き剝がそうとしている。そのちぐはぐさに身体が熱くなる。

「……と……おや、さん……？」

動かなくなった冬哉を不審に思ったのだろう。スイが薄目を開けて冬哉を見た。間近で自分を見つめる冬哉の視線に、慌てて目をつぶる。

「足を緩めて手を離せ」

冬哉が低く囁いた。

「これじゃ動けない」

「あ、ごめ……っ」

目を閉じたまま、スイがぱっと腕を広げた。ぱかんと膝を開いて投げ出す。

本当におかしな気分だ。吹き出しそうになりながら冬哉は思う。

自分でも妙だと思うが、妖艶さと儚《はかな》さを合わせ持ち、人ならざる雰囲気を漂わせる美少年を抱くより、騒々しくて喧《やかま》しくて喜怒哀楽を全身で現すいつものスイと身体を繋《つな》げると思うほうが鼓動が跳ねる。

「おまえ、今ナニしてるか判ってんのか……？」

のびのびと大の字になったスイの襟元に手を差し入れる。

「ガキが取っ組み合ってるんじゃないんだぞ」

「そ……んなの、判――――っ!!」

胸に滑らせた手で頂点を挟むと、スイが言葉を途切れさせた。まだやわらかいそれを指先で摘《つま》み、軽く擦り合わせる。

「う……わ……っ」

小さく叫んだスイが息を詰まらせ、唇を嚙み締めた。なめらかな肌がさわりと粟立《あわだ》つ。

快感を知らない身体には、まだ違和感でしかないのだろう。

「ちょ……っ、それ、くすぐった……っ!!」

スイは首を竦めて笑いを怺《こら》えているだけだ。

反応の薄い胸を諦め、脇腹を撫でながら首筋に唇を押しあてた。昨夜の指痕が残っているのに一瞬躊躇ってから、内出血が青黒く滲む肌に舌で触れる。

「うひゃ」

「妙な声を出すな」

「だ……って……っ、あっ！」

脇の下から腰骨のあたりまで、ゆっくりと手を下ろしながら首筋を吸うと、ひくんと背を浮かせたスイが目を見開いた。

「え……？」

自分の反応に戸惑っているらしい。ぽかんと天井を見上げたスイが小首を傾げる。

「ココが弱いのか」

「あぁっ」

動かなくなったスイの首筋に歯を当て、身体のラインに沿って触れるか触れないかでもう一度撫で下ろすと、くっと眉を寄せたスイが声を上擦《うわず》らせた。

「……っく……っ」

差し入れた手で作務衣の合わせを押し広げながら反り返った顎を舌先でなぞると、スイは冬哉を押し上げるようにして、投げ出していた腕を胸元に引きつけた。

露《あらわ》になった肌を庇《かば》うように、胸の上で手を握る。それに逆らわずに身体を浮かせ、代わりに骨の浮き出た拳に唇で触れた。

「な……っ⁉　う……っ……」

手の甲から手首まで唇を滑らせると、スイが呻《うめ》いた。

身体をずらしながら手首から肘へ、軽く吸いながら歯と舌を押し当てる。

「あ……っ、は……」

小さく声を上げたスイの身体が鮮やかに染まった。

あんなに冷えていた肌が、今は熱いくらいだ。

「……おまえ、妙なところの感度がイイな」

からかい半分、感心半分で呟いて、胸の上で組まれた腕を掴む。怖がらせないようにそっと持ち上げると、スイは抵抗せずに力を抜いた。

掴んだ腕を伸ばして顔を近づけると、二の腕にも青い指痕があった。手首には爪痕も。

冬哉は昨夜の暴力の名残りを刻んだ腕にそっと触れ、やわらかな腕の内側に唇を寄せた。

「――――っ‼」

スイの手に力が籠もり、腕を引きかけた。それを許さず、二の腕の内側を吸い上げる。

「う……、くっ」

きつく目を閉じたまま、スイが歯を食い縛った。目元が赤い。押し当てた唇から、スイの速い鼓動が伝わってくる。

冬哉は二の腕から肘の内側、その先の手首まで吸って、噛んで、舐めていった。握られた手を舌で開かせ、掌《てのひら》を舐めて指先に辿《たど》り着く。

「あ……っ、あ、はっ、は……っ」

嫌がって握り込もうとする指を広げさせ、一本ずつ丁寧に舐めてゆくと、スイが反対の腕で口を塞いだ。押し当てた手の甲に歯を立てる。

「ぐ……っ、くふ……っ」

それでも声が漏れるのが嫌なのか、さらに力を込めて歯を噛み締める。

冬哉が舐めていた手から顔を上げた。露骨にほっとしたスイが身体から力を抜く。

きつく寄せられていた眉が解けるのに唇の端で笑って、冬哉が上体を倒した。

「……っ!?」

胸を圧《お》し潰《つぶ》す重さに驚いたのだろう。スイがまた身体を固くする。強張る身体に体重をかけ、さっきまで弄《もてあそ》んでいた手を床に押しつけると、今度は口に押し当てられた掌にくちづけた。

舌と唇を使ってねっとりと濃厚なくちづけを落とす。

「ふ……っ、んぐ……っ!!」

合わせた胸の下で、スイの身体が跳ねた。くぐもった声が上擦る。冬哉に摑まれた手と歯を立てた手の両方が震え始めた。

冬哉は掌に唾液が溜まるほど執拗《しつよう》にくちづけを続ける。スイの息遣いが速くなってゆく。

「んっ、ん……っ、んふっ、ぐ……っ、ふ――っ」

手は人体でも敏感な箇所だ。刺激はダイレクトに脳に届く。手の甲に歯を喰い込ませているせいで、スイは冬哉の唇から逃《のが》れられない。それをいいことに、冬哉はスイの手を弄び続ける。

「――――っ!!」

唇を押しつけ、肌を歯で軽く摘んで指の間を唾液で濡らしてゆくと、ついに我慢できなくなったスイが、嚙んでいた手で冬哉の顔を突き上げた。

「ぷはっ！　はっ！　は……っ、は――っ……」

「痛《い》てぇな」

顎を持ち上げられたまま、冬哉が目だけでスイを睨む。

肩で息をしているスイが、真っ赤な顔で冬哉を睨み返した。

「あん……っ、アンタが悪――わぁっ!?」

スイの文句を聞き流して顎を押し上げる指をちろりと舐めると、悲鳴を上げたスイが手を引こうとする。その手を逆に引っ張り、摑んでいた手をスイの目の前に突き出した。

「血が滲んでるぞ」

ほら。薄暗い洋燈の光に、くっきりと歯形のついた手の甲をかざす。

手加減抜きで嚙み締めたのだろう。嚙み痕に添って血の粒が盛り上がっていた。

「こんなに嚙むからだ」

「……っ!!」

低く咎《とが》めて舌先で血を舐め取る。くっと眉を寄せたスイが今度は唇に歯を立てた。

「よせ」

冬哉が顎を摑み、力を込めて無理矢理口を開かせる。

「んぐ……っ」

「次やったら、猿轡《さるぐつわ》を嚙ますぞ」

「んふっ、む、う……っ!!」

『それは嫌だ』と『もう嚙まない』の両方の意思表示なのだろう。スイが首を振りながら頷く。

「ふ……っ」

その珍妙な仕草に苦笑を零《こぼ》して、冬哉が身体を起こした。

抱き合ってから結構な時間が経ったのに、服すら脱いでいないのに気づいたからだ。スイの唾液で濡れた指でシャツのボタンを外し、思い切り良く脱ぎ捨てる。

「お……っ、俺も脱ぐっ」

半裸になった冬哉を見上げたスイが元気に宣言した。冬哉を乗せたまま作務衣の紐《ひも》を解き、袖を抜こうともぞもぞと身動《みじろ》ぐ。

「よせ」

冬哉はベルトにかけていた手を止めて、スイの肩を押さえつけた。

「それは男に任せとけ」

「………俺も男なんだけど……」

スイがむっと冬哉を見上げる。

「言葉を変える。これから抱く相手を脱がせるのも醍醐味《だいごみ》の一つだから、じっとしてろってコトだ」

「……そーゆーモンなの？」

「そーゆーモンだ」

まだ不服そうなスイに頷いて、半端に纏《まと》っていた作務衣《さむえ》を大きくくつろげた。

袖の中に両手を差し入れ、腕に指を滑らせながら袖を抜いてゆく。内側のやわらかな部分を撫でる指にひくひくと肌を引き攣らせながらも、スイはおとなしく冬哉に身体を預けている。

袖から腕を抜き、開いた上衣に横たわるスイを見おろして、冬哉が動きを止めた。

スイの背中の白粉彫り《おしろいぼり》。顔を動かし、目で冬哉を追った白い竜。

俺は、昨夜どうしても見られなかったアレと対峙《たいじ》し、触れることが出来るか……？

「――――っ」

冬哉は頭を振って畏れと逡巡を払いのけた。

いまさらビビってたまるか！　胸の内に吐き捨て、スイの身体の下から作務衣を引き抜くと、広げた夏掛けに細い身体を横たえた。

胸を合わせる。

焦っていたつもりはないが、突拍子もないスイの言動にペースを乱されたのは否《いな》めない。

冬哉は仕切り直すつもりでスイを見おろした。

スイはきつく目を閉じて夏掛けを握り締めている。

誰かを抱くとき、体格差があり過ぎるのはいつものことだ。冬哉は肘をついて身体を支え、スイにかかる重さを逃がした。顔を見ながら、少しずつ体重をかけてゆく。

「ふ……っ」

一回り以上大きな身体に胸を圧されて、スイが息を吐き出した。

ここまでの間に触れたり吸ったりしたが、直《じか》に肌を重ねたのは初めてだ。ヒトのカラダの重さと感触に慣れないスイが顔を顰《しか》める。

馴染《なじ》むのを待つつもりで、冬哉はスイの長い髪をゆっくりと梳き上げた。

スイの髪は、いっぱいに伸ばした冬哉の腕より長い。くせのない黒髪が艶やかな流れとなって、指の間から流れ落ちる。

何度も梳き上げ、指から零す。しっとりとしなやかな手触りを楽しんでいると、スイが冬哉の手に頬を寄せてきた。顔を傾け、顎を上げて、泣きボクロのある頬を擦りつける。

同時に投げ出していた手を上げて、おずおずと冬哉の背中に腕を回してきた。

「……あったかい……」

ほう。先ほどとは違う息を吐いて、スイが呟く。冬哉は擦り寄る頬を親指で撫で、人差し指と中指で耳朶を挟んだ。

「――おまえは熱い」

息と一緒に声を吹き込む。

うわ、と小さく声を上げて、スイが息を詰めた。

額に唇で軽く触れ、皺《しわ》を刻んだ眉間にくちづけると、スイの身体はさらに熱くなった。合わせた胸の下でじわりと汗が浮く。

薄く汗を滲ませたスイの髪と肌からは、陽の匂いがした。あともう一つ。一番近いのは水の匂いだが、そこまで無色透明ではない。植物のモノとも違う、血の通った生き物の匂い。

これがスイの匂いか。

冬哉は今まで会った誰より長く、近く一緒にいた相手の匂いを胸いっぱいに吸い込んだ。

「――っ、おとっ、音、う……るさいっ!!」

スイが唐突に言った。

「うるさい？　何が？」

また妙なことを言い出したかと冬哉が顔を上げる。

「み、耳、の中、で……っ、ど、ドキドキ……って！　こめかみ、もっ、音っ、するぅ……っ」

「それはおまえの鼓動だ」

苦笑を嚙んだ冬哉が、スイの手を彼の胸に押し当てた。速い動悸《どうき》を掌で感じさせる。

「こうすると、もっとよく判る」

低く続けて、赤く染まった耳を両手で包み込む。

「こ……っ、この音、俺か、ら――――？」

胸を叩く拍動が、身体の中で反響するのに驚いたのだろう。目を見開いたスイが、不安げに冬哉を見上げた。

「だな」

俺の音も混ざっているとは言わずに、冬哉が動きを再開する。

「うわっ！　やっぱ胸だけじゃな……っ、ぜ、全部、おかし――――っ!!」

熱を持った耳朶を口に含み、指で首筋を撫でると、小さく叫んだスイが胸に当てた手を握り締めた。

「どんなふうに？」

我ながら意地が悪いと思いながら問いかける。

「全部っ、ド……キドキして……る！　耳……も、く、びも、指先もゼンブ――――っ!!」

律儀に答えるスイの、駆け引きを知らない飾り気のなさに、冬哉が唇だけで笑った。

肌の感触と重さを教え込むように、わざと身体を密着させたままずり下がる。

「う……っ」

素直に反応したスイが小さく呻いた。

しっとりと汗の浮いた首筋を舌で舐め、鎖骨を濡らして薄い胸へ。まだやわらかい頂点に、唇と指で触れる。

「あぁっ!!」

声を上げたスイが、くん、と仰《の》け反《ぞ》った。悲鳴に混じる甘さに気づいた冬哉が、浮いた背中に腕を差し入れて抱き寄せる。

「あっ、あ……っ、あ――っ!!」

軽く歯を立て、指で弾くと、さっきは無反応だった胸の頂点が鮮やかに反応した。冬哉の指先と舌を持ち上げるように乳首が立ち上がる。

「んっ、な……っ、なに⁉ な……っ、あぁ！」

自分の反応に戸惑いながら、スイが冬哉の背中に爪を立てた。

「ど……っ、どうし――っ⁉ あうっ!!」

それを意図したわけではないが、何だかんだで随分《ずいぶん》と長く触れ合っていたせいで、スイの身体は快感を受け止め始めていた。初めて知った感覚が、スイを惑乱させている。

冬哉は赤くしこった頂点に軽く歯を立て、やわらかくて固い粘膜を爪先で摘《つま》んだ。

「や……っ、だも……っ!! あ、あ、あ――っ」

鋭過ぎる快感が苦しいのだろう。スイが切なげに身を捩《よじ》る。

伸び上がろうとするのを許さず、抱き締めた腕に力を込めて追い込んでゆく。

「お……かしいっ！ と、やさ……っ、俺、へ……ンっ！ おか、おかし――っあぁ！」

冬哉に組み敷かれたスイが、おかしい、変だと切れ切れに訴える。

俺もだ、と告げるのは悔しい冬哉が、返事の代わりにスイの下肢に手を伸ばした。脱がさないままだった筒袴《つつばかま》の上から手を伸ばし、中心を軽く握り込む。

「――っ!!」

スイがびくんと背を浮かせた。目を見開き、声にならない悲鳴を上げる。スイの雄《オス》が反応するのが布越しでも判った。

「あ、あ、あ、あぁっ!!」

強弱をつけて握り、カタチに添って指を動かすと、大きく開いた口から声が漏れた。立てた膝が震えている。縋るものを探して、スイの指が冬哉の髪を握り締める。

「あっ、あはっ、はっ、あ———っ」

首を振っているのは無意識らしい。スイの動きにつれて、長い髪がさらさらと鳴った。冬哉は甘く擦れる声を聞きながら、若い雄を追い立ててゆく。

「や……っ、も、ヤ、だ、あ、あ、ンぁ———っ」

スイが声を上げるたびに手の中で雄が跳ねる。限界が近いのだろう。布が湿ってきた。

「あっ、やっ、ヤダっ! も、もうヤ……っ!!」

身を捩り、髪を振りながらスイが仰け反る。

「あぁぁあっ!」

反り返った胸の上で赤く尖る頂点に歯を立てると、スイが一際《ひときわ》高く啼《な》いた。

髪を摑む指に力が籠もる。初めての感覚に戸惑いながらも、服越しの愛撫《あいぶ》に鋭く反応している。人肌を知らないスイは、快感を現す仕草も拙《つたな》い。

「はっ、はっ、は、はっ、はっ、は———っ」

スイの息が速くなる。汗の匂いが濃くなった。いつもはあれだけ騒がしいスイが、言葉を発することも出来ない。

もうこのままイかせてやろう。冬哉は手の動きを速くして、布越しの雄に爪を立てた。

「————っ!!」

大きく開いた口から声は漏れなかった。

スイは顎を突き上げ、足を突っ張らせて果てた。


「はっ、はっ、はっ、あはっ、はっ、は……っ……」

「大丈夫か？」

身体を起こし、冬哉は胸を喘《あえ》がせるスイを覗き込んだ。

スイは天井を見上げたまま放心している。

見開いた目は何も映しておらず、開かれた口はせわしない呼吸に忙しい。冬哉の髪を握り締めていた手が滑り落ち、足が力なく床をすべった。

————もう、これでいいかもしれない。

冬哉は脱力しきったスイを見つめて思う。

スイは昨夜、無理矢理押し上げられた低い頂とは違う、本物の絶頂を味わった。快感とはどういうモノか、身体で思い知った。巫女を穢すには充分だ。これでスイの気も済んだだろう。

冬哉は明日のことを忘れてはいない。おそらくスイも。

明日やること、遭遇するであろうモノのことを考えれば、スイは万全の体調で————……、

「ふ……っ」

冬哉は苦笑を吐き出した。

綺麗《きれい》事を言うな。気が済まないのは誰だ？　この程度で満足できるのか？

「――余裕がないのは俺のほうか……」

自嘲混じりに呟く。冬哉の声が聞こえたらしい。虚ろだった目が焦点を結んだ。

なに……？　息を弾ませながら、スイが視線で問いかけてくる。

ゆっくりと瞬いた拍子に、潤んだ瞳から涙が一粒零れた。

答える代わりに手を伸ばし、泣きボクロを伝う水滴を指で拭う。頬に触れ、汗で張りついた髪を払って、筒袴の紐に手をかけた。

スイはまだ夢見心地らしい。腰紐を解く冬哉の手をぼんやりと見ている。

「まだくたばるなよ」

意識が戻りきっていないスイに、冬哉がにやりと笑いかけた。

「トぶのはこれからだ」

低く囁いて、冬哉は無防備に身体を投げ出すスイの下肢から筒袴を取り去った。


「下、履いてなかったのか」

遠い洋燈の光に、スイの裸身が浮かび上がる。

「だって、い、色々あったから！　ゆーちょーに下履《したば》きとかっ！　そ、んな余裕なか……っ！」

冬哉は焦るスイの腰を跨いで覆い被さった。

スイを見おろす。少年から青年へと変わる途中の身体はまだ細く、華奢《きゃしゃ》といってもいい。だが、紛れもなく同性のカラダだ。

触るくらいならまだしも、直に見たら萎えるかもしれないと頭の片隅で思っていた。しかし、スイの濡れた目が自分を見るのに、冬哉は痛いくらいに張り詰めた股間を意識した。

「ふふっ。用意がいいな」

「――――っ」

喉で笑うと、さっと顔を紅潮させたスイが悔しげに唇を噛んだ。

おまえではなく、俺を嗤《わら》ったんだよ。冬哉が胸の内で呟く。

余裕のあるふりをしていないと、スイを気遣うことが出来なくなりそうだった。

肘を立て、おとなしくなったスイを覗き込む。洋燈の淡い光を冬哉の身体が遮り、薄く汗を浮かせた肌に影を落として、スイの身体がぼんやり浮かび上がった。

上気すると判る。スイの肌は白い。

今までそういう意味でスイの身体を見ていなかったし、昨夜はスイを山から下ろすことしか頭になかったせいで気づかなかったが、山だ畑だ釣りだ猟だと一日の大半を外仕事に費やしているくせに、衣服を取り去った身体に陽灼《ひや》けの跡はない。

そして、その肌は独特な風合いを持っていた。陶器の冷たい白ではなく、人肌に温まった白絹のなめらかさと淡い艶。

睫毛を伏せた目元に触れると、スイがひくんと身動《みじろ》いだ。

そのまま両手でゆっくりと身体のラインを辿る。

スイの裸身は今まで散々味わってきた女のカラダとは違った。やわらかいが芯に硬さがあり、のびやかな肢体のどこに触れても張り詰めた弾力がある。

体重をかけて押し潰しても、しなやかにたわんで力を逃がす。その弾力は今まで感じたことのない靭《つよ》さを持っていた。触れる指を弾き返す肌の張りは、やわらかな肉で包み込む女の身体とは違った。

「……っ、う……っ」

手に吸いつく肌の手触りを愉《たの》しんでいると、スイが小さく呻いた。

浮いた腰骨を両手で包んでさらに先へ。太腿の内側に手を滑り込ませると、スイの膝が浮いた。

「あ、あ、あっ！　あはっ！　あ……っ!!」

声を上げたスイが、くん、と反り返る。親指で膝裏を撫で、残りで膨《ふく》ら脛《はぎ》を摑む。ぐっと力が籠もり、肉が張り詰める感触。

「んっ、あっ、あ、あ、は……っ」

摑んだ膝を開いて腰を割れ入れるだけで声を上げる。絶頂の余韻を濃厚に残した身体は、どこに触れても過敏に反応した。

「あぁっ!!」

先ほどは布越しだった中心に直に触れると、スイが目を見開いた。

刺激はさっきの比ではないのだろう。スイがダイレクトな快感に身を捩《よじ》る。

「ア、ア、あっ！　っ、――アァっ!!」

下肢をなぶる冬哉を止めたいのか縋りたいのか、スイが藻掻《もが》くように手を伸ばしてきた。その手を摑み、自分の指を重ねて握り込む。

「あっ、と、や――っ!!　あ、あ、あっ、んっ、んん……っ！」

手の動きに合わせて、スイが小刻みに声を漏らした。

「んっ、っはっ！　あ、あ、ああぁっ!!」

声を上げるスイの眉が、切なげに寄せられる。若い身体は快楽に素直だ。冬哉に握られていただけの指が、意思を持って動き始める。

快感に身を委《ゆだ》ねるスイを見ながら、冬哉はポケットに手を突っ込んだ。また使うことになるとは思いもしなかった丁子油を取り出し、爪で蓋を弾いた。

「――力、抜いてろ」

掌に油を溜めて指に塗り込み、伸び上がってスイの耳元で囁く。

「――――っ!!」

昨夜、無理矢理こじ開けたスイの身体の中に指を挿し入れると、息だけの悲鳴を上げて、スイの身体が硬直した。

「うっ！　い……っ、あ、あ、ひ――っ!!」

一気に萎えた雄を刺激しながら、もう一方の手で内部を探る。

「うわっ!!　ひっ、んっ、ん……はっ！」

恐怖でしかなかった昨夜を思い出させないよう、冬哉は慎重に指を進めた。

それでもスイの身体は硬く強張り、棒のように突っ張って、冬哉の指をきつく締めつける。

「口を開いて息を吐け！　力を抜くんだ！」

怪我《けが》をさせたくなくて、冬哉は唇を噛むスイに口調を強めた。

「ふ……っ……」

こくんと頷いたスイが、がたがたと震えながら口を開き、啜《すす》り泣くような息を吐き出してしまった。間違えた。青褪《あおざ》めた頬を引き攣らせながらも彼の命令に従おうとするスイに、冬哉が顔を顰めた。

スイと暮らしてきて、判ったことがある。

御蔵翁の指示に無条件で従ってきたスイは、逆らうことに慣れていない。嫌なことは嫌と言っていいのを知らない。強く命令されると逆らえない。

力を抜けと言えば抜き、口を開けと言えば開く。冬哉のすることに一瞬抗《あらが》いはしても、すぐに彼の言葉に従おうとする。

昨夜の必死の抵抗は、御蔵翁の指示に逆らった冬哉に対する激しい怒りと、巫女でなくなる恐怖のせいだ。激しい拒絶も、護主様の言い付けを守ろうとした結果だった。

スイの一途《いちず》な『護主様至上主義』が形を変えただけに過ぎない。

冬哉には、そんなスイの有り様が苦々《にがにが》しい。こんなのは素直と言わない。ただの欠落だ。

嫌がることはしたくない。だが「嫌だ」とは言わせたい。

奇妙なアンビバレンスに奥歯を噛んで、冬哉が荒っぽく指を増やした。

「あ――――っ!!」

開いた口から長い悲鳴が漏れる。

「痛かったら言え」

怖がらせたいわけでも傷つけたいわけでもない冬哉が耳元で囁く。

「ちが……っ！　へ――――ん、なダケっ!!」

身を竦ませているくせに、スイはムキになって髪を振る。

「意地っ張り」

ふっ。苦笑とも微笑ともつかない息を吐いて、冬哉が挿し入れた指を動かした。

「ぐ……っ、う………」

スイの肌が粟立った。身体の内部で蠢《うごめ》く指から気を逸らしてやりたくて、冬哉は局部を握り締めるだけになったスイの指を払って顔を近づけた。

「うわっ!?　ちょ……っ、あぁっ!!」

萎《な》えた雄を口に含むと、スイが慌てて冬哉の髪を掴んだ。

「や……っ、やめ……っ!!　冬哉さん!!」

「イイだろ？」

舌先でなぞりながら軽く歯を立てる。同時に挿し入れた指を擦り合わせた。

「うわぁ！　そ――――こで、しゃ、べるなぁっ!!」

違和感と快感の両方に鳥肌を立てて、スイが声を上擦らせる。

硬さが取れてきたのを見計らって、冬哉がスイの雄を吸い上げながら指を奥に進めた。

「あぁ！　ヤ、ダっ！　嫌っ！　やだやだヤ――っ!!」

嫌だ。スイが繰り返すたびに、安心すると同時に興奮する。冬哉自身も痛いくらいに反応していた。

俺も相当おかしくなってるな。自分で自分を嘲笑《わら》いながら、やわらかな内部を指先で探る。

「あ、あ、あぁ？　あ――っ!?」

強弱をつけて指を上下させると、ある一点でスイの声が明らかに変わった。

「ココか？」

スイが反応した箇所をもう一度探る。

「あぁっ!!」

スイの腰がびくんと跳ね上がった。

「う……っ、あ、あ、あうっ！　はっ、はっは……あ……っ!!」

速い息に嬌声《きょうせい》が混じる。身体は硬いままだが、冬哉の指を拒んでいた内部が一気に解《ほぐ》れた。

歯と舌でスイの雄を刺激すると、一度は色を失った肌に血の気が戻り、吐く息が熱くなった。

「あうっ！　っは！　ふっ、はっ、あはっ、あ……ひっ、ひぃぃっ!!」

お喋《しゃべ》りなスイは喘ぎ声も多彩だ。妙なことに感心しながら、やわらかくなった内部で指を開く。

「んうぅ、っ、はっ、はっ、は……っ、あぁ！」

指に油を伝わせて内部に塗り込み、さらに指を増やすと、内腿を引き攣らせてスイが仰け反った。

「んぐっ！　むぅ……っ！　む、ぐ――――っ」

不意にスイの声が籠もった。顔を上げると、スイが唇を噛んで声を怺《こら》えている。

冬哉は内部の指はそのまま、身体を起こして腕を伸ばした。

「噛むなと言っただろ」

歯が喰い込んだ唇を指でなぞりながら低く脅《おど》す。

「猿轡、カマすぞ」

その言葉を覚えていたらしい。スイが口を開いた。

「……っ、だって、ヘン、な、声、出るぅ……っ」

恨みがましく冬哉を見上げ、肩で息をしながら、スイが切れ切れに訴える。

「出せよ、ヘンな声」

「――――っ、ヤっ、……っだ!!」

吹き出しそうになるのを怺え、冬哉が指を動かした。

ぎゅっと目を閉じたスイが頑固に首を振る。

「そうだ。嫌なら嫌と言え」

「ちが――――っ、イヤ……じゃ、ない……って、ばぁっ!!」

叫ぶ言葉は子供のようだが、切なげに眉を寄せる貌《かお》にはえも言われぬ艶が滲む。

冬哉は滑りの良くなった指で鋭い反応を引き出した内壁を何度もなぞり、熱く燃えるスイの耳朶に唇を寄せた。

「……なら、イイ時はイイと言えよ」

「――っ、それ……は、わかんな……っ、あぁっ!!」

耳に吹き込まれる囁きと下肢を侵《おか》す指の両方に反応して、スイが甘く啼いた。

もういいだろう。内部が充分にやわらかくなったのを確かめて、冬哉がスイから指を抜いた。

「は………っ……」

冬哉の指から解放されたスイが、ぐったりと脱力して長い息を吐く。

「…………」

弛緩《しかん》した身体を見おろし、ほんの僅か躊躇った後、冬哉は背中に腕を回してスイを俯《うつぶ》せた。

その背中に、白い竜。焦点の合わない眼《め》が、茫洋《ぼうよう》と宙を見ている。

「――――っ」

覚悟はしていたが、上気した肌に浮き上がる竜に身体が強張った。

そんなことは知らないスイが、肩越しに冬哉を見上げる。

「な、に……?」

冬哉はスイに笑いかけ、唇を引き結んで竜を睨んだ。

「いいから、俺に委《ゆだ》ねてろ」

負けてたまるか！　意地になって白い竜を見つめ、スイの腰を掴んで膝を立たせる。

スイは冬哉のなすがままに腰を浮かせた。

その背中で、竜の眼がきろりと動いて冬哉を見た。

頭をもたげ、口が開いて、白い竜が牙を剝《む》く。

「────っ」

冬哉が奥歯を嚙み締めた。目を逸らしたくなるのを怺えて、白い竜を睨み返す。

おまえにスイは渡さない。

声に出さずに宣言する。手を伸ばし、無言で威嚇する竜の首に手をかける。張り詰めた肌に浮き上がる首を摑み、上体を倒してその眼を覗き込んだ。

今からスイに俺を注ぎ込む。

白い眼を見つめて唇を吊り上げる。自慰しか知らない身体に、俺が与える快感を教え込んでやる。

「スイは俺が喰《く》う……」

俺でいっぱいに満たされるスイを、おまえはソコで見ていろ────……。

「あ、つ……っ！　冬哉さ……っ、手、熱いっ!!」

スイの声に、冬哉が顔を上げた。

「熱い？」

「背中……っ、手……、急、に熱く……っ!!」

上掛けに頰をつけたスイが、顔を顰めて訴える。

ほんの一瞬目を離した隙に、竜は元の姿に戻っていた。その視線は、もうどこも見ていない。

「──ああ」

頷いて、冬哉は白い竜の首を摑んでいた指を離した。その手を握り込む。

「五頭竜サンに、ちょっと挨拶を、な」

「ごず……っ、え――!?」

慌てて顔を上げようとしたスイの頭を押さえつけ、腰を高く上げさせる。

「息、止めるなよ」

「ちょ……っ、冬哉さ――っ!? あぁ！」

スイの内部は、思ったよりは容易に冬哉を受け入れた。

とはいえ抵抗はかなりのもので、ぐっと狭まったナカが冬哉の侵入を拒んで引き絞られる。

「ぐ……うぅっ……」

「……っ、息、を、吐け……っ」

低く呻きながら、冬哉が身体を進める。

「あ……、あ……、ア――っ!!」

圧迫感なのか痛みなのか、スイが肘でいざって逃げようとした。それを許さず、昨夜の痣を残す腰に指を喰い込ませて強引に引き寄せる。

「ひ――っ!!」

スイがぐっと伸び上がった。衝撃に爪先まで突っ張らせて目を見開く。

「ふう……」

息を吐いて、冬哉が動きを止めた。汗で張りつく髪をかき上げ、背中の竜に指を這《は》わせる。

スイのナカはキツくて狭い。そして熱い。

もっと感じたい。腰を叩き込みたい。冬哉は逸《はや》る自分を歯を食い縛って怺えた。

「スイ、ゆっくりでいい」

背中の窪《くぼ》みを辿り、どうやら弱いらしい脇腹のラインをなぞる。

「………っ」

冬哉の指に反応して、スイがひくんと背を浮かせた。白い竜は動かない。

「おまえを抱きたい。俺を受け入れてくれ」

「待……って……」

夏掛けに顔を埋《うず》めていたスイが、肩越しに振り返った。

「これ……ヤ、だ」

「つらいか？」

違う。無言で髪を振ったスイが、握り締めていた夏掛けを離した。冬哉に腰を摑まれたまま、上体を捻る。

「……っ、コレ、冬哉さんが、見……えない。冬哉さ、んに……さ……われない」

肩で息をしながら切れ切れに訴えて、冬哉の方へ腕を伸ばす。

「——っ、こっちのほうが楽だぞ」

「い、い……」

「苦しいぞ」

「……っ、いいっ！」

叫んだスイが、強引に身体を反転させた。繋がったままの無理な動きに顔を歪ませる。

「ば……っ!!」

「オレ、も――っ」

俺も冬哉さんを抱きたい。

きつく寄せた眉を解き、色のない唇を無理矢理綻《ほころ》ばせて、スイが震える両腕で冬哉を招いた。

「――っ」

鋭く舌打ちをした冬哉が、自分に向けて開かれた腕の中に身体を沈めた。待ちかねたように、背中に腕が回される。

「う……っ……」

姿勢が変わったことで圧迫感が増したのだろう。背中に回った指に力が籠もった。

「爪、立てていいぞ」

皺を刻む眉根をちょんと突いて、震える唇を指でなぞる。

「苦しければ噛め。ただし俺を、だ」

ここだ。薄く目を開いたスイに自分の肩を指差し、冬哉が膝裏を摑んで持ち上げた。

「あ――っ、ぐ……っ!!」

腰が浮いたことで角度が変わり、スイが呻いた。

スイが感じているのは違和感だ。痛みではない。冬哉はスイの表情を確かめながら、摑んだ足を肩に乗せた。

「――――っ」

さらに腰が浮き、身体がたわんだ。スイが頼りなげに見上げてくる。

本当におかしい。その幼い表情を見つめて、冬哉は息を詰める。

子供も男も対象外だ。抱きたいと思ったことは一度もない。なのにスイの仕草や表情に煽《あお》られる。

――おまえ、俺を本気にさせたな。

冬哉が唇を歪ませた。

こうなったらとことん付き合ってもらう。

おまえの幼い身体と精神《こころ》に俺を刻みつけてやる。ドロドロに蕩《とろ》けさせて、泣かせて、啼かせて、身も心も俺でいっぱいにしてやる。

「……待ってろ。今、ヨくしてやるから……」

唇の端を上げて、冬哉はスイの中心に手を伸ばした。

スイの雄を包んで手を動かす。同時に指で先端をしごくと、力を失っているが完全に萎えてはいなかったソレがひくんと反応した。

「あ……っ」

肩の上で足が跳ねる。冬哉は強弱をつけて握りながら上下に手を動かした。

「あっ、あっあ……っ、んうっ!!」

上がる声に艶が戻ってきた。冬哉に覚え込まされた快感に煽られて、スイの浮いた腰がたどたどしく揺れる。

「んっ、は……っ、あ、あ、あ――っ」

彼の様子を窺《うかが》いながら、冬哉が少し身体を引いた。先ほどスイが鋭く応えた場所を探し当て、キツさを無視して自分を押し込む。

「ア――っ!!」

スイの唇から甘い悲鳴が上がった。背中に回った指が爪を立てる。

「あうっ、はっ、あ、あ、んぁっ、あ……っ!!」

身体の間にある手が煩《わずら》わしい。冬哉はスイから手を離して彼の腰を掴んだ。代わりに身体を倒してスイの雄に自分の下腹を密着させる。

擦《す》るように身体を揺らすと、勃ち上がったスイが肌を押し上げてきた。

熱く湿ったスイがひくひくと蠢《うごめ》くのを感じながら腰を動かす。

「うっ、んあっ、はっ、ア、ア、ア、ア――っ」

スイの息遣いが速く、熱くなって、上気した肌が濡れてきた。冬哉の息も速い。

しがみつく手が汗に濡れ、冬哉の背を滑って落ちた。

下腹に触れたスイの雄がぬめる。滑りの良くなったナカが粘つく水音を立てて絡みつく。

「く……っ」

熱く締めつけられて、冬哉が低く呻いた。自分の下で胸を喘がせているのがスイだと思うと意識が濁った。頭の中で光が爆《は》ぜる。汗が目に入って視界が霞む。

はっ、はっ、はっ、は……っ。激しい息遣い。これはスイか俺か。

「あ、あ、あっ、ちがっ、違う――――っ、ぁあっ!!」

「違う？　なにが？」

喘《あえ》ぎに混じる言葉に、冬哉がスイを見た。見おろす冬哉を、スイが潤《うる》んだ目で睨み上げる。

「こん……っ、こん、な、の、昨日と違うぅっ！」

「あれは忘れろ」

昨夜の失態を思い出して、冬哉が顔を顰《しか》める。

「も……っと、早、く……あ……っ、おわ、終わ、る、と思ったのにぃぃぃっ」

肌を上気させ、目元を染めて、胸を喘がせたままのスイが奇妙な文句を言う。

こんなに丁寧に抱かれるとは思っていなかった、こんな感覚になるのは違うと、熱っぽく潤む目で冬哉を責める。

「終わるか、ばかっ」

「ん――――っ!!」

短く返して突き上げると、スイの眉が寄せられた。閉じた瞼から睫毛を伝って、涙が一筋こめかみを伝う。

「お、まえが、その気にさせ、たんだ……っ。責任を、取れっ!!」

弾む息で声を途切れさせながら、冬哉が激しく追い上げる。

「せきに……っ、とれ、とれな……っ！　も――――無理ぃっ、あぁ！」

さらさらと髪を鳴らしながら、スイが必死に首を振った。

歯を喰い縛って、冬哉が動きを速める。歯を突き立てた唇が、場違いな苦笑に引き攣《つ》れた。

あんなに切ない顔で誘ったくせに、スイはどこまでもスイだ。

それが愉快で苦しくて下腹が騒ぐ。萎えるどころか熱が籠もる。

「無理、じゃ、ない。も、少し……っ、付き、合えっ」

「あっ、あっ、あっ、アァ！　は……っ、んうっ!!」

リズムを変えて突き上げると、律動に合わせて声が上がった。

上擦《うわず》り、擦《かす》れ、跳ね上がる声の甘さが、冬哉から思考を奪ってゆく。

自分も抱きたいと言った言葉通り、スイは冬哉の背中に腕を回し続けた。汗で手が滑っても、肌に爪を喰い込ませてしがみつく。

その拙《つたな》い仕草と力の強さのアンバランスが、冬哉をさらに熱くする。

「んっ、んぁっ！　あ、あ、あ、あ――――っ!!」

冬哉の動きにつられてスイの踵《かかと》が床を叩いた。

何も見ていない瞳から涙が溢《あふ》れる。スイの泣きボクロが濡れる。

涙で潤む甘い悲鳴。汗でぬめる肌。冬哉を包んで締めつけるスイの奥。

くそ、神経が灼き切れそうだ。

冬哉は弓なりに反り返る腰を摑み、力一杯引き寄せた。

「あぁ――――――っ!!」

一際《ひときわ》高い声を上げ、冬哉を飲み込んだ下腹を痙攣《けいれん》させながら、スイが限界まで仰け反った。

静かになった部屋を、雨音が満たした。

陽は暮れきり、外は夜。漆黒の闇に、雨が降り続いている。

油が尽きかけているのだろう。ぼんやり灯る洋燈《ランプ》の光が頼りない。

「――――アンタ、俺の口を吸わなかったね……」

昨夜も今も。ようやく息が整い、突き破りそうに胸を叩いていた鼓動がおさまったばかりのスイが、擦れた声で呟いた。

「そんなことしたら、舌を嚙み切られるって判ってたからな」

冬哉が肩を竦める。

彼は動けないスイの身体の汚れをざっと拭《ぬぐ》い、弛緩した身体に浴衣をかけて隣に寝そべっていた。

「遊女は客に唇を許さない――――んだろ？」

「そんな艶っぽい話、よく知ってたな」

何が言いたい？　冬哉がスイを見た。

スイはまだ汗の引き切らない身体を投げ出して天井を見上げている。

「本で読んだ。本当に好いた相手としか口吸いはしないって。それが遊女の操立《みさおだ》てだって――――」

言葉を切ったスイが、天井を見据えたまま淡々と続ける。

「……冬哉さんは、俺の操を守ってくれたワケ？」

「おまえは遊女じゃない」

「でも、考えたよね」

スイは相変わらず冬哉を見ない。

「舌を喰い千切られたくなかっただけだって言ってるだろ」

「うそ」

「嘘じゃない」

「うそだよ」

ふふ……。唇だけで笑うスイの顔を、肘を立てて頭を支えた冬哉が見おろす。

スイは遊女の実態を知らない。身体を売る女達に浴びせられる、粘つく欲と蔑《さげす》みを知らない。

だからスイは自分を卑《いや》しめている訳ではなく、ただ冬哉の真意を知りたがっているだけだ。息を吐いて、冬哉は泣きボクロにかかるスイの長い髪を指で払った。

「……おまえは殆ど全てを奪われた。御蔵さんも居場所も今まで生きてきた時間も。――身体まで。何か一つくらい、おまえだけのモノを残してやりたかった……」

紛《まぎ》れもない本心だったが、口に出すとひどく薄っぺらに聞こえた。

「――くだらないな。ただの自己満足だ」

呟いて、苦く笑う。

スイは視線だけを動かして冬哉の自嘲を見ていた。のろのろと腕を上げて彼の首に回すと、力を込めて引き寄せる。

されるがままに顔を近づけた冬哉の唇に、顎を上げてくちづけた。

「………冬哉さんって、案外可愛《かわい》い人だね」

触れるだけのくちづけをしたスイが、たった今冬哉に触れた唇でひっそりと微笑《わら》った。

「そんなこと、生まれて初めて言われたぞ」

「だって、くちづけなら初対面の時にしてるから。今更って感じ」

「俺に薬を飲ませたヤツか。アレはただの治療だろ」

「口が合わさることに変わりないじゃん」

しどけない様子とは裏腹に、口調だけはいつものスイに戻っている。

あっさりと言った後、スイは首に回していた腕をぱたんと落とした。もそもそと身動いで冬哉と向かい合う。

身体に力が入らないのだろう。タフで機敏なスイの動きがぎこちない。

「――あれだけヤっといてナンだが、身体、大丈夫か？」

自制が効《き》かなかった自覚のある冬哉はバツが悪い。むき出しになった肩に、上掛け代わりの浴衣を引き上げてやる。

「………よく、わかんない……」

冬哉の問いかけに、スイが小首を傾げた。

「吸われたり嚙まれたりしたトコがひりひりする。全身がダルい。いつもは使わない筋肉が突っ張ってる。叫びすぎて喉が痛い。腹の奥がじんじんしてる。カラダの中を滅茶苦茶に掻き回されて、臓腑《ぞうふ》の位置が変わった気がする」

　スイが事務連絡のように状況を伝えてくる。

「でも、ヨかっただろ」

「わかんないってば。俺、何もかも初めてだったんだぜ。痛かったし苦しかったし怖かったしスゴいカッコさせられたし、冬哉さんはヤだって言っても止めてくれないし」

　恨みがましげに睨んだ後、スイが目を伏せた。身体の中に目を凝らしているようだ。

「――最後は頭の中が白くなって、ワケが判らなくなった。今もヘンな感じがしてる。自分のカラダじゃないみたいだ。……痛いっていうより熱い……。これがイイってことなら、……そう、……なの、……かも……」

　まだ冬哉さんがいるみたいだ――……。囁いて、そっと下腹を擦《さす》る。

「冬哉さんはどうだった?」

　あっけらかんと尋ねてきたスイに、冬哉はため息を飲み込んだ。

　妖艶さとあどけなさを等分に混ぜ込んだスイの言動は、てらいがないだけに手練《てだ》れの娼婦よりタチが悪い。

「スゴくヨかった」

　微苦笑を返して肩を竦める。

「ただ、身体を繋げるのに、こんなに苦労したのは初めてだな」

――これほど欲しいと思ったのも………。

続く言葉を胸の中に落として、冬哉が身動いだ。

「どこ行くの!?」

起き上がる気配を察して、スイが冬哉の腕を摑む。

「このままじゃマズいだろ。夜が明けたら野湯に入るとして、取りあえず後始末を――」

「いい！」

冬哉の言葉をスイが遮る。

「後始末も野湯もいらない！　このままでいい!!」

この身体のまま行く。小さく続け、スイが腕にしがみついた。

矢張り、スイはこの先に待つコトを忘れていなかった。冬哉はそれを思い知る。

当然だ。どんなに声を上げて鳴いて啼いても、身体を昂《たか》ぶらせて冬哉を受け入れても、スイの本当の目的は別にある。

穢れた巫女として、その証《あかし》を濃厚に纏ったまま上之社に行く。

それがスイの決意と覚悟だ。

俺に対して情がなかったとは思わない。縋りつくスイを見ながら冬哉は考える。スイが俺を選んだのは、たまたま俺しかいなかったからという理由だけだなんて卑下もしない。

ここで暮らした時間の積み重ねと、それが冬哉だからこそ身体を任せたという自信がある。

ただ、スイが感じている情が愛情かどうかは判らない。スイの頭をいっぱいに占めている人間は他にいる。それは、嫌というほど身に沁みている。

――――俺はスイにどう思われたい？　スイをどう思ってる？

やめろ。それは今考えることじゃない。

「……なら、このまま眠れ」

冬哉は頭をよぎった疑問から目を背《そむ》けた。スイの頭をぽんと叩き、起こしかけた半身から力を抜いて、彼の隣に横たわる。

「夜明けまでは間があるし、雨はまだ止まない。少しでも身体を休めるんだ」

「うん」

こくんと頷いたスイが懐にもぐり込んできた。猫のように擦《す》り寄って、冬哉の胸に額をつける。

冬哉はスイの肩を抱き寄せ、しっとりと湿った髪に指を絡めた。

じじ。灯芯が焦げる音がして、揺らめいていた灯が消える。

胸元にスイの熱い吐息がかかるのを感じながら、冬哉も目を閉じた。

「……俺、ヒトとこんなふうに触れ合ったことはないし、考えたこともなかった……」

スイがぽつんと呟いた。

「ヒトがこんなにあったかいなんて知らなかった……」

睫毛が肌を擦《かす》って、スイが瞬くのが判る。

「ミドリがいただろ」

スイが眠るまで付き合うつもりで応える。

「ふふ……。ミドリ様は御蔵家の次期当主だし女の子だ。触るなんて無理」

「それもそうか」

くふんと笑ったスイが、冬哉の胸に顔を埋めた。

「……この暖かさも、冬哉さんしか知らない………」

くぐもった声で囁く。

「でも、それでいいんだ。俺が知ってるのは冬哉さんだけでいい。俺、を……覚えてるのも、冬、哉さん……だけ、で……」

スイの声が途切れ始め、もったりと重くなってゆく。

「……も、う、こ……れだけ、で……、い、い——……」

語尾が口の中に消えて、スイはことんと眠りに落ちた。

吐息が寝息に変わり、規則正しく、深くなってゆく。

眠るスイは微笑んでいた。

「——そんな哀《かな》しい言葉で、幸せそうに笑うな……」

苦さと切なさに唇を歪めて、冬哉がスイの頭を抱き締めた。

夜明け前、雨が上がると同時に二人は中之社《なかのやしろ》を出発した。

空気は雨の匂いを濃厚に漂わせていたが、細く続く参道に辿り着いた頃にはどんよりと曇った空に薄陽が射してきていた。

俺のことは気にするな。自分のペースで歩け。

その言葉に従うつもりか、杖をつく冬哉を追い越して、山道に慣れたスイが自然と先に立つ。

「巫女として役に立たなくなったらどうなるのか。それは、急に手足が伸び始めた頃からずっと考えてたことだよ」

スイが後をついてくる冬哉を見ずに言った。

「護主様からもういらないと言われるのが怖くて、一度もお尋ねしたことはないけどね」

上るにつれて勾配がきつくなってきたが、スイは息も切らしていない。

目覚めてすぐはぎこちなく、身体を庇うようだった動きは、歩くにつれてなめらかになり、足取りもしっかりしてきた。今は呆《あき》れるほどの回復力で軽快に歩いている。

「護主様に嫌われたら生きていけない。だから考えないようにしてきた。――でも、憎まれているかもって思ったコト、あるんだ……」

中之社を出てから、スイは話し続けている。

もともと喋るのが好きで、のべつまくなしに独《ひと》り言《ごと》を言っているスイだが、これはいつもの他愛無いお喋りとは違う。

ずっと胸に秘めてきた想《おも》いを、初めて言葉にして吐き出している。

全部吐き出させるつもりの冬哉は聞き役に撤していた。

「——俺が見ていないと思ったとき、たとえば背中を向けて仕事をしているとき、護主様の視線を感じることがあった。そんなとき、護主様が力一杯拳を握り締めているのが判った。お顔に表情がないのに、視線だけは射るように鋭かったのも知ってる………」

語尾が口の中に消えて、スイが項垂《うなだ》れる。

どうして？　と、問うことは怖くて出来なかった。ミドリに言えば悲しませるのも知っている。だから胸に閉じ込めて、しまい込んで、見ないふりをしていた。

スイの気配がそう告げる。

「………そんなとき、俺は絶対に振り向かなかった。仕事に没頭してるふりをしてた。冷たいのに熱のある視線が怖くて、痛くて、苦しくて、泣きそうになるのを我慢してた……」

項垂れたままのスイは喋るのを止めない。

今話しておかなければ、次はないかもしれない。

そんな切羽詰まった危機感を滲ませて、スイはありったけの想いを吐き出そうとしていた。

「でもね、そんなコトばかりじゃなかったよ。正反対の気配を感じる時もあったんだ」

沈んでいた声が明るくなって、スイが顔を上げる。

「やっぱり俺が見ていないと思うとき、護主様が温かくてやさしい目で俺を見てた。いつもは厳しいお顔が綻んで、俺に微笑んでくれてた。――――そんなことは一度もなかったのに、護主様に抱き締められて、頭を撫でられているような気がしたこともあったんだ………」

ふふっ。微笑を漏らしたスイが、ふう、と息を吐いて肩を落とす。

「そんなときも、俺は必死に振り向かなかった。俺の勘違いだと判るのが怖かったのと、もし勘違いなら、このまま勘違いしていたいと思ったから。それと――――」

言葉を切って、スイが立ち止まった。

「――それともう一つ。そういうとき、護主様が泣いているような気がしたから………」

「泣いてたんだよ」

振り向かない背中に、冬哉が短く返す。

「あの人は、そういう方法でしかおまえを愛せなかったんだ」

「――――うん」

頷いたスイが、また歩きだした。

「護主様が俺のことをずっと考えてくださってたって、手紙を読んで判った。でも……」

くるりと振り向いたスイが破顔する。

「あの手紙を読まなくても、俺、ちゃんと判ってたよ！」

「だな」

頷いた冬哉に嬉しそうに笑って、スイが前を向く。

「――だけど俺、やっぱり護主様に怒ってる」

「おまえに教えなかったから？」

「違う！『徴』が顕現したら山を下りろって言ったこと!!」

髪を振ったスイが、足元の小石を蹴り飛ばした。

「それは――」

「俺は嫌だと言った！　お傍に置いてくださいって泣いて頼んだ！　何度も何度もっ！」

しょうがないだろう。言いかけた言葉をスイが激しく遮る。

「……だけど、護主様は厳しいお顔で同じ言葉を繰り返した。……俺が……頷くまで……っ……」

溢れた怒りは急速に萎《しぼ》んで、スイの声が潤み始める。

「俺が頷いたとき、護主様は微笑まれた。……あんなやさしいお顔、初めて見た――っ……」

震える声に涙が滲む。

冬哉は足を速め、数歩先のスイに追いついた。前に回り込んで立ち止まらせる。

「それ、御蔵さんに全部言え」

片眉を上げて、スイの濡れた目を覗き込む。

「御蔵さんに怒鳴れよ。そのために行くんだろ？　悲しかった、苦しかった、寂しかったって。全部ブチまけるんだ」

そんな余裕があるとは正直思っていなかったし、御蔵翁《みくらおう》がどんな状況なのかも判らなかったが、こんな切ない顔をしたスイを、このまま上之社へ連れて行きたくはなかった。

「御蔵さんには俺も思うところがあるから俺も怒る。なんなら一発入れる」

「く……っ、くくくっ。ダメだよぉ……っ、ふふっ」

拳を握った冬哉を、目を丸くして見上げたスイが吹き出した。

「護主様はお年の割には頑健だけど、冬哉さんに殴られたらフッ飛ぶって。それに、俺は護主様さえいてくれれば、それでいいんだ」

「あんなクソジジイ、殴られて当然だろ」

「ジジイじゃない。護主様だ」

祖父だと知っても、スイは頑固に御蔵悟堂を護主様と呼び続ける。それは呼び慣れた呼称だからではなく、自分達の関係を崩さないと決めたスイの意志だ。

「俺にはただのクソジジイだよ」

むっと唇を尖らせるスイの頭をぽんと叩いて、冬哉は先に立って歩き始めた。

歴代の護主が上るためだけの参道は細く頼りない。

まるで獣道のようだったが、所々《ところどころ》石で補強されているのが人の作った証拠だ。こつん、こつん。冬哉が握る松葉杖が硬い音を立てる。

「それ、歩きにくいだろ」

大きな岩を跨ごうと袴《はかま》をたくし上げたスイに、冬哉が後から声をかけた。

スイは緋《ひ》袴に白い小袖、長く尾を引く千早《ちはや》まで身につけ、長い髪を紙縒《こよ》りで縛って背中に流している。神楽を奉納するときの巫女姿だ。

「着馴れてるから平気。――俺の姿を五頭竜様に見てもらわないとね」

振り返ったスイが口の端を上げた。微笑とも冷笑ともつかない不思議な笑みは、スイをひどく大人びて見せた。

スイは男と通じた身体に閨《ねや》の匂いを濃厚に纏い、穢れた巫女として上之社へ行こうとしている。

――結局、俺のしたことはスイの背中を押しただけだったな。

冬哉が苦く思う。スイの覚悟の前には、自分の気遣いなど底の浅い薄っぺらな同情でしかなかったということか。

「俺のことより足、大丈夫？」

隣に並んだスイが、冬哉の足元に視線を落とした。

ギプスを外した冬哉の足を気遣っている。ギプスをしたままでは靴が履けない、それでは険しい山道を上れないと冬哉が言い張ったのだ。

「大丈夫。松葉杖は念のためだ」

「おかしいと思ったらすぐに言って。無理すると後遺症が残るよ」

「無理はしないから安心しろ」

見上げるスイの頭をぽんと叩いて、冬哉はズック製の鞄を揺すり上げた。

正直に言えば、足は鈍く疼《うず》いている。外傷は癒《い》えたが、骨も腱《けん》も治りきってはいない。長く固定していたせいで足首は一回り細くなっていたし、違和感もある。

このまま動き続ければ痛み始めるのは判っていたが、冬哉は足を止める気がない。

ふう。スイが長い息を吐いた。

「…………自分で自分がイヤになる……」

「どうした？」

足取りが重くなり、俯いてしまったスイを覗き込む。

「――冬哉さんが逃げないのにホッとしてること。危ないから山を下りてって言えないこと。一緒にいてくれて安心してること……」

「あれだけゴタゴタしたのに、まだそんなこと言ってるのか」

「だってさぁ……」

呆れ顔の冬哉を、スイが上目遣いで見上げる。

「俺には俺の理由があるんだ。気にするなって言ってるだろ」

「……冬哉さん、『俺は人の外にいる』って言ったよね。『あやかしの眷属』だって。それが理由？」

「あの状況で、よく覚えていたな」

冬哉が苦笑する。

「それはいつか説明する。そんなことより、ここからは歩くことに集中したほうが良さそうだ」

スイの問いには答えず、冬哉が道の先を指差した。

鬱蒼《うっそう》とした森が少し先で切れて、木々の間から岩肌がむき出しになっているのが見える。白っぽい斜面の所々から蒸気が上がっていた。

吹き出す蒸気は高温らしく、薄く霞んだ景色が陽炎《かげろう》のように揺れている。

「……これが、五頭竜様の息吹……」

スイが息を飲む。

「ただの硫化水素の噴出口だ」

きっぱりと言い切った冬哉が立ち上る蒸気を指し示す。

「熱水と毒性のガスがあちこちで吹き出してる。参道を行けば安全だと思うが、周りを確認しながら進むぞ。口を塞いで俺の後ろからついてこい」

きゅっと唇を引き締めたスイが、手拭いで口を覆って冬哉の背後につく。

同じように手拭いで口を塞いだ冬哉が、周囲を見回しながら慎重に歩き始めた。


「――よし。もう大丈夫だ」

立ち止まり、口を覆っていた手拭いを取った冬哉がスイを振り返った。

「木と草が生えてる。ガス地帯を抜けたぞ」

「ぷは……っ!!」

呼吸を止めていたらしいスイが、勢い良く息を吐き出した。

参道は竜の息吹を避けて大きく迂回《うかい》していた。二人は有毒な蒸気を吹き出す黄ばんだ岩肌を見ながら森に添って歩き、代々の護主の足跡を頼りにここまで来た。

「ずいぶん遠回りしたから、距離は稼げなかったな」

汗を拭った冬哉が、肩越しに背後を振り返った。

彼らの辿った道の途中に、深い地割れと一際《ひときわ》大きな噴出口があった。

その周囲には硫黄に覆われ、形が崩れた骨が散乱していた。冬哉はその中に人間の頭蓋骨がいくつも転がっていたのを確認している。

神聖な禁域に人骨があるとは思わないのだろう。同じモノを見たはずのスイは反応はしなかった。

記録にあった罪人達は、ここで断罪されていたのか。冬哉は人身御供の名目で行われていた断罪を、スイに教えるつもりはない。

「まだ上之社は見えないな」

杖に寄り掛かり、疼く足を庇いながら冬哉が上を仰ぎ見た。

しかし、スイは冬哉の言葉を聞いていなかった。

「――――護主様がいる」

スイが呟く。

「判るのか？」

スイは返事をしない。その顔には表情がなく、大きく見開かれた瞳は虚ろで、何度も見た、夜に佇《たたず》むスイを思わせた。

「――――ここを上りきった先、上之社の手前に崩れかけた社がある。護主様はそこに……っ!!」

言い切る前に、スイが走りだそうとした。

「待て！」

冬哉が腕を摑んだ。暴れるスイを引き寄せ、強引に自分の方を向かせる。

「離せ!!」

「焦るな。落ち着け。そこに御蔵さんがいるんだろ？　だったら無駄に体力を消耗するな」

「――っ、うん。ごめん……」

唇を噛んだスイが小さく頷いた。

スイの身体から力が抜けたのを確かめて、先に立って歩き始める。どうしても気が急《せ》くスイが前に出ようとするのを背中で防ぎながら、ほんの少し足を速めた。

冬哉はスイの言葉を疑わない。この先に御蔵翁はいるのだろう。だが、スイが判って、しまうことに、じわりと冷たい汗が滲んだ。


どのくらい歩いただろうか。上るうちに、一度は途切れた森がまた現れた。山頂を隠す森は黒ずんで見えるほど樹影が濃いが、明らかに他より木々が若い場所が三ヶ所ある。

おそらく前回の山崩れの後に生えたのだろう。上ってくる途中でも、山肌を削って縦に走る三筋の深い溝を見ている。

三筋の溝は山の中腹でさらに分かれ、麓《ふもと》に辿り着く頃には五筋の流れとなって村へと達する。それが五頭竜様の謂《いわ》れだ。

「――いた！　あそこ!!」

言うなり、スイが走り始めた。

今度は冬哉も止めない。木々の間にちらりと建物らしきモノが見えたからだ。

「護主様！　護主様！　護主様ぁ!!」

想いそのまま、長い髪を背中で踊らせたスイが物凄《ものすご》い速さで遠ざかる。その姿はあっという間に森に消えた。

「護主様っ！」

御蔵翁を呼ぶ必死な声を聞きながら、冬哉も杖《つえ》を使って走り始めた。

森に入り、木々の間を抜けると、半ば崩れかけた建物があった。古い社のようだが、スイの声はそこから聞こえてくる。

「護主様！　護主様っ!?　護主様!!　冬哉さん！　来て！」

スイの口調が変わった。冬哉を呼ぶ声が上擦っている。

「どう――――っ、御蔵さん!?」

声を頼りに駆け込むと、スイに抱きかかえられ、ぐったりと項垂《うなだ》れる御蔵悟堂の姿があった。

「怪我してる！　ひどい傷なんだ!!」

駆け寄った冬哉に御蔵翁を任せ、スイが背負っていた風呂敷包みを下ろした。

スイは冬哉の足が耐えられなくなったときに備えてギプスと痛み止め、その他必要になりそうな薬を持ってきていた。

治療はスイに任せ、後ろに回って背中を支えた冬哉を、うっすらと目を開いた御蔵翁が見た。

「……き……み、は…………」

「青江《あおえ》冬哉です。覚えてますか？」

話しながら覗き込むと、御蔵翁はその手に何か握っていた。刀だ。造りからすると相当古い。

「ふふ……。き、み……だったのか…………」

「喋らないでください！　冬哉さん、支えてて!!」

血の気のない唇で微笑む御蔵悟堂を叱《しか》りつけ、スイが彼の足元に屈み込んだ。

傷を負ってから間がないのだろう。出血はまだ続いており、血溜《ちだま》りも乾いていない。

左足。大怪我だ。脛《すね》には幾筋もの裂傷《れっしょう》が走り、足首が潰《つぶ》れている。傷口は鉤裂《かぎざ》き状で刃物傷ではなく、骨まで砕《くだ》かれた足首を赤黒い痣がぐるりと取り巻いていた。

まるで――。まるで鋭い鉤爪で引き裂かれ、物凄い力で足首を握り潰されたような…………、

「う……っ……」

スイが足首をそっと持ち上げると、御蔵翁が低く呻いた。

「ああっ！　ごめんなさいっ！　お願い！　少しだけ我慢して!!」

狼狽《うろた》えきった涙声とは裏腹に、スイは的確に治療を施してゆく。

「冬哉さん、お湯を沸かして！」

冬哉を見もせずに、スイが竹筒を突き出した。受け取った冬哉が御蔵翁を寝かせて立ち上がる。

屋敷は旧上之社らしい。おそらく以前の山津波で壊れたのだろう。前半分は崩れていたが後ろはほぼ原形を保っていて、隅にある厨は無事だった。屋敷の残骸から木片を拾い、鍋を見つけて水を注ぐ。

見回すと、厨には煮炊きした跡があった。米、味噌、干物もある。なぜ山を下りなかったのか判らないが、どうやら御蔵翁はここで暮らしていたらしい。

沸騰した湯を持って部屋に戻ると、横たわる御蔵翁の傍で、スイがぺたんと座り込んでいた。放心《ほうしん》した表情。その頬に、幾筋もの涙の跡。

「持ってきたぞ」

呼びかけると、スイは一瞬で治療者の顔に戻った。

裂傷を消毒して止血し、持ってきたギプスに潰れた足首を乗せて包帯で保護する。

顔は土気色だったが、御蔵翁は一度呻《うめ》いただけで無言で耐えていた。スイの顔も蒼白《そうはく》だ。

スイは薬湯を作って御蔵翁に飲ませ、脈を取り、服をくつろげて他の傷を探し、血で汚れた足をお湯に浸《ひた》した手拭いで丁寧に拭いてゆく。

護主様、護主様、護主様、護主様……。スイは唇だけでその名を呼び続けていた。

俯いて身を清めるスイの目に涙が盛り上がり、雫《しずく》になって御蔵翁の上に落ちる。

声を出さずに泣き続けるスイを見上げていた御蔵翁が、ゆっくりと腕を持ち上げた。顎を伝う涙を指先で払って頬に触れる。

「………ああ、……だいぶ……楽になった。翠《すい》、ありがとう……」

「———っ、護主様ぁっ!!」

スイが突っ伏した。

「なんで一人で行ってしまったんですか!?　何故こんな酷《ひど》い傷を!?　どうして俺を置いていったの!?

どうして⁉　どうして⁉　どうして……っ⁉」

どうして⁉　スイが泣きながら繰り返す。傷に障《さわ》らないよう、作務衣の袖を摑んで号泣している。

「翠、すまなかった。心から詫びる」

「謝らないでください‼　そんなこと言って欲しくない！　俺は……っ、俺は護主様に会えて嬉しいだけです！　そして、もう、おっ、俺を！　置いて行かないでくださ……っ‼」

言葉を途切れさせ、肩を震わせて、スイが泣きじゃくる。

「疲れただろう？　色々と話したいこともあるが、今は少し眠るんだ」

御蔵翁は全身で泣くスイにそっと触れ、波打つ背中をゆっくりと撫でた。

「翠、眠りなさい。眠れ、翠。ゆっくり休んで、話はそれからだ――……」

眠れ。御蔵翁が猫が喉を鳴らすような不思議な声で囁く。眠れ。眠れ。眠れ、翠――。

繰り返し囁き、背中を撫で続けるうちに、スイの震えが止まり、泣き声が聞こえなくなる。強張っていた身体から力が抜け、呼吸が静かになって、スイはことんと眠りに落ちた。

「――催眠術ですか。面白《おもしろ》い技をお持ちですね」

無言で二人を見守っていた冬哉が声をかけた。

「ふふ、催眠術か。使ったのは言霊《ことだま》だが、そう思ってもらっても構わない」

口元を綻ばせた御蔵悟堂が冬哉を見上げる。

「事情は翠から簡単に聞いた。青江君は翠の罠《わな》に掛かって中之社《なかのやしろ》に逗留《とうりゅう》していたと」

ほんの僅かな間に、御蔵翁は驚くほど生気を取り戻していた。見つけたときは間違いなく瀕死《ひんし》の重傷だったのに、今は声に張りがあり、見上げる視線にも力がある。

スイの治療は的確だったが、それだけでここまで回復するとは思えない。

「――これは、五頭竜様の加護《かご》ですか？　それとも呪《のろ》い？」

冬哉が重傷を負ったはずの御蔵翁の足を指差した。

「どちらも。傷を受けたのは呪いで、異常な回復力は加護だ。――いつもはここまで酷くないんだが、五頭竜様は昨夜からずっと不機嫌でね」

無遠慮な振る舞いを怒りもせずに、御蔵翁が微笑んだ。隣で寝息を立てるスイの頭をやさしく撫でて、ゆっくりと起き上がる。

「座ってくれ。青江君を見上げていると首が疲れる。……さて、どこから話したものか」

「細かい説明は不要です。大変失礼ながら、日記を読ませて頂きました」

言われた通り御蔵翁の前に座り、胡坐《あぐら》をかく。

「儂《わし》の日記を？　それはスイが？」

「いえ。俺の独断です。部屋に侵入して日記を捜し出しました。すみません」

そう言って、申し訳程度に頭を下げる。

「俺を見つけたスイは激怒しました。スイがあんなに怒ったのは初めてです」

「ふふ……、やさしい容姿をしているが、スイは気性が激しい。――瑠璃《るり》に似たんだな」

瑠璃。自分の娘でスイの母の名を呟いて、御蔵悟堂が冬哉を見た。

「少し、昔話に付き合ってもらえるか？　日記には書かなかったことがまだある」

無言で頷く冬哉に、御蔵翁が淡々と話し始めた。

――儂の妻で瑠璃の母は紫乃《しの》といった。物静かで口数が少なく、だが芯の強い女だった。

娘の瑠璃はだいぶ違ったな。顔はそっくりだったが、性格は違っていた。活発でお喋りで、ちっともじっとしていない御転婆《おてんば》娘だった。

淑《しと》やかなのは神楽を舞っているときくらいだったな。神楽を舞うときの瑠璃は、母の紫乃にそっくりだった。父親の儂が見ても優雅で美しく、神々《こうごう》しささえ漂わせていた――。

「スイみたいだ……」

思わず呟いた冬哉に御蔵翁が微笑む。

「そうだな。翠と瑠璃はよく似ている。時折、翠の姿に瑠璃が重なって見えることもあった。違いは翠の泣きボクロくらいか」

二人を語る御蔵翁の表情は柔和で、口調には愛情が溢れていた。

「スイは、あなたに憎まれていると感じることがあったと言いましたよ」

冬哉の言葉に、御蔵翁が顔を強張らせる。

「――そうか、気づいていたか……」

深い悔恨を滲ませる息を吐いて、御蔵翁が眠るスイを見た。

「信じてもらえないかもしれないが、儂は翠が愛《いと》しかった。可愛かった。だが、愛しいと思うのと同じだけ、煮え滾《たぎ》るような怒りと、臓腑《ぞうふ》が凍えるような恐れを感じていた。翠が悪いのではない。翠には一つも罪はない。頭では判っていた。だが、心はどうしようもなかった――……」

「それは、スイの父親のせいですか？　御蔵慧吾《みくらけいご》の？」

御蔵慧吾。冬哉がその名を口にした瞬間、御蔵翁の肩が揺れた。顔が引き攣《つ》り、拳が白くなるまで握り締められる。

「――そうだ。御蔵慧吾は儂から瑠璃を奪い、瑠璃から命を奪った翠の父親だ」

スイは愛する娘の子供。そして、愛する者を奪った男の子供。

御蔵翁にとって、スイは愛情と憎悪が複雑に入り混じった存在だったのだ。

「彼について、聞いてもよろしいですか……？」

「……ああ。日記にはとても書けなかったが、誰かに話しておくべきかもしれない…………」

御蔵翁が自分に言い聞かせるように呟いた。

「慧吾は現当主である御蔵蒼馬《そうま》の父の、年の離れた兄だ。間にもう二人いたが、五歳になれずに早世《そうせい》した。慧吾は健康で頑丈な男だった。あんなことがなければ、今も慧吾が当主だったかもしれない」

重い息を吐いて、御蔵翁が話し始めた。


――儂と慧吾は従兄弟《いとこ》同士で幼なじみだった。歳《とし》は儂が二歳上だ。早くに両親を亡くした儂は本家に引き取られ、慧吾とは兄弟のように育った。慧吾の父の死は突然で、彼は当主だった父親から何も聞かされないまま代替わりした。

若くして当主となった慧吾は好き嫌いが激しく、思い通りにいかないと癇癪《かんしゃく》を起こすきらいはあったが、普段は明朗快活で賢く、決断力に富む優秀な領主だった。

儂がそうだったように、慧吾も五頭竜伝説を信じていなかった。迷信だと笑っていた。

だが好奇心だけは強く、護主でなければ、たとえ当主でも上之社は許されないと聞くと、ならば背中に竜を彫ると息巻いた。竜を背負って正々堂々と会いに行くと。どうせなら歴代の誰よりも立派で豪華な彫り物にしよう。そう言って、豪快に笑っていた――。

「儂は上京するまで慧吾の補佐をしていたが、医学の勉強をすると決めて郷里を離れた。――そのとき、紫乃もついてきた。儂と慧吾の関係が変わったのはそこからだ……」

御蔵翁が項垂れる。

――慧吾と紫乃と儂は二歳ずつ離れていたが、きょうだいのように育った。美しく成長した紫乃は、儂が自分のことを密《ひそ》かに想《おも》っていたのを知っていた。そして自分も同じだと言った。お傍に置いて欲しい、儂と添いたいと縋《すが》った。

紫乃は従順でおとなしく、いつも人の後ろで静かに微笑んでいるような女だったが、そのときだけは頑強に自分の意志を通し抜いた。

父親に怒鳴られても母親に泣かれても、最後まで儂についていくと言い張った。

だが、儂は躊躇した。紫乃が儂を選んだのが信じられなかったし、家柄も性格も良くて美貌の紫乃を、周囲が慧吾の許嫁《いいなずけ》にと勧めていたのを知っていたからだ。

同じ御蔵家でも、儂と慧吾では家格が違う。一段低い儂より慧吾を選ぶべきだと言ったのだが、紫乃は聞き入れなかった。

その理由を紫乃に聞いた。儂の目から見ても、慧吾は御蔵家当主に相応《ふさわ》しい男だと思ったからだ。慧吾より儂を選ぶ紫乃の気持ちが判らなかった。

だが、紫乃は幼いときから儂が好きだった、添うなら儂だと決めていたと言った。

それからずいぶんと言い淀《よど》んで、ようやく言った。慧吾様は怖い、と。傍にいると、腹の底から冷たくなって、震えが止まらなくなるのだ、と……。

――紫乃は、御蔵家に稀《まれ》に出る、鋭い勘の持ち主だった。

周囲の反対を押し切って、儂は紫乃を娶《めと》った――。


「恋愛結婚ですか。良家の婚姻としては珍しいですね」

「慧吾に申し訳ないと思ったが、そんな約束は交わしていないと笑っていた。許婚だ何だと騒いでいるのは周りだけだと。――その笑顔が、好いた女に袖にされたのを認めない強烈な自尊心で、慧吾が本気で紫乃を愛していたと知ったのは、全てが変わってしまった後だった………」

御蔵翁の唇が引き攣れた。言葉にならない後悔と悲嘆を飲み込んで、重く長い息を吐く。

「……上京してからは必死だった。不義理をした儂に本家の援助は望めなかったし、両親の土地にも手がつけられなかった。僅かばかりの貯金を学費と生活費に当て、足りない分は遮二無二《しゃにむに》働いた。紫乃も着物の仕立てで助けてくれた。すぐに長男が生まれ、続けて次男を授かった。生活は楽ではなかったが、紫乃はいつも微笑んでいた。――幸せな日々だった」

「では、どうして御蔵家に戻られたのですか？　なぜ護主に？」

それはスイから二代も前の話だ。冬哉が追憶に浸る御蔵翁を急《せ》かす。

「すまない。年寄りの自分語りを聞いてもらっている場合ではないな」

冬哉の焦りが伝わったのだろう。眠るスイをちらりと見て、御蔵翁が背筋を伸ばした。

「儂が御蔵家に戻ったのは、研修医になった直後だ。故郷を離れて七年が経っていた――」


――駈け落ち同然に家を出た儂達は、御蔵家とは絶縁状態だった。その儂のところへ、本家の執事から連絡が来た。問題が起きた、すぐに帰郷して欲しいと。

訳が判らなかったが、不安がる紫乃と二人の息子を帝都に残し、儂だけが戻った。

帰ってすぐに、御蔵家の荒廃に気づいた。

金のことではなく、空気が、だ。財は儂がいたときより一層増えているようだったが、使用人も親類も怯《おび》えきり、憔悴《しょうすい》していた。

出迎えたのは伯父達と執事で、当主の慧吾は荒縄で巻かれて土蔵に閉じ込められていた。

彼らの話では、慧吾は儂と紫乃が出て行ってからしばらくして、ふらりと五頭竜山を訪れたそうだ。そして当時の護主が止めるのも聞かずに上之社へと上った。

そこで何を見たのかは判らない。慧吾はそれ以降、少しずつ変わっていったという。

普段は明朗闊達《かったつ》な好青年で、当主としての手腕も見事で、手を出す事業は全て成功していた。慧吾の差配《さはい》で、御蔵家の資産は倍になっていた。

だが少しでも気に入らないことがあったり、誰かが小さな失敗をしたりすると荒れた。

それは尋常《じんじょう》な荒れようではなく、殴る蹴るで済めばまだマシで、物を投げつけ、刃物を振るって怒り狂ったのだという。

そして、女性に対して残忍になった。儂らが出て行ってすぐ妻に迎えた紫乃の遠縁の娘は、一年経たずに亡くなった。全身に青痣と火箸《ひばし》の火傷《やけど》痕があったそうだ。

それからも、気に入った女性を見つけると手段を選ばず自分のモノにした。その執拗《しつよう》さは常軌《じょうき》を逸していたという。

親類縁者は自分達の娘を慧吾から遠ざけた。

当然だ。大領主だろうが当主だろうが、娘を嬲《なぶ》り殺されると判っていて差し出す親はいない。犠牲になったのは使用人や領内の娘達だ。

ひどい話だが、嘆き悲しむ親達の口は、御蔵家の権威と多額の慰謝料で塞いだ。それでも慧吾が女を欲しがると、流しの遊女や身寄りのない娘を拾って与えた。

慧吾は女達を物のように扱い、壊《こわ》れれば一顧だにしなかったという。全く悪怯《わるび》れず、哀れみの欠片《かけら》も示さなかったと。

それでも慧吾が当主だったのは、御蔵家直系の権威と財産を増やし続ける才覚、激情の嵐が収まるまで耐え忍べば、何事もなかったように才気溢れる若き御蔵家当主の顔に戻ったからだ。親戚と執事は慧吾の後始末に奔走し、事が露見《ろけん》するのを必死に防いでいた。

しかし、ついに限界がきた。慧吾は亡くなった父親の若い後妻に襲いかかったのだ。現当主である蒼馬の祖母だ。その際、自分の邪魔をしたという理由で、普段は可愛がっていた年の離れた異母弟の左腕を引き千切った。蒼馬の父は、まだ八歳の幼児だった。

そこまできて、周囲の人間も認めざるをえなくなった。

慧吾が人として許される限度を越えてしまっていたことに――――。


「――若い小作人が十人がかりで取り押さえたが、慧吾は物凄い力で彼等を振りほどき、暴れ回って大怪我を負わせ、頭を殴られて昏倒《こんとう》するまで荒れ狂ったそうだ」

「それで御蔵さんが呼び戻された……？」

冬哉の問いに、御蔵悟堂が返事の代わりに項垂れた。

「そんな男が、どうして神として祀《まつ》られたんですか？」

冬哉はさらに問いかける。『御蔵慧吾は五頭竜様の化身《けしん》として五頭竜山に祀られた』。悟堂の日記にはそう書かれていた。御蔵翁の唇に冷笑が浮かぶ。

「それがたとえ残虐非道な行いでも、人間離れした膂力《りょりょく》でも、ヒトの限界を超えた力に、人間は恐怖を感ずると同時に畏敬の念を覚えるものだ。そして、御蔵家の人間にとって、その恐怖と畏敬の対象には、遥《はる》か昔から名前と実体があったのだよ」

「だから、御蔵慧吾は五頭竜山に連れてこられたんですね」

「そうするしかなかった。儂は慧吾を法で裁《さば》くことを提案したが、誰も聞き入れなかった。それは家名に傷がつくことを恐れたのではなく、御蔵の人間が慧吾を五頭竜様の化身だと本気で信じ、畏れていたからだ。家の者は、慧吾は五頭竜様に魅入《みい》られたと口々に言った」

「はっ！　ばかばかしい！」

冬哉が語気荒く吐き捨てる。

「儂もそう言った。アレはただのお伽話だ、時代錯誤の迷妄《めいもう》だと。だが、最後まで突っ張りきれない程度には、儂も御蔵家の人間だった。それに加えて、儂は慧吾に負い目を感じていた」

「紫乃さん、ですか？」

「そうだ。それに再会した慧吾は逞《たくま》しく男らしくなっていたが、口調も表情も以前のままだった。戸惑ってはいたが、荒《すさ》んだ空気は感じなかった。なろうことなら、助けたいと思った――」


――土蔵で会った慧吾は、何も覚えていないと言った。

皆が言うようなことを本当に自分がしたのかと、不安そうに聞いてきた。慧吾の悲しげな顔を見て、儂も何かの間違いではないかと思った。……そう思いたかった……。

儂は現場を見ていない。帰ったときには全てが終わっていたから、どんなに説明されてもむごたらしい光景を想像しきれなかった。儂の知っている慧吾は確かに短気だったが、罪のない人間に暴力を振るうような男ではなかったからだ。

だが、年若い継母が瀕死の重傷を負い、異母弟の腕が引き千切られたのは事実だ。

儂は慧吾に言った。五頭竜山へ行け。そこで暮らせ。自由以外の全てを保障するから、そこで罪を償《つぐな》え。御蔵慧吾の名を捨て、五頭竜様の化身として祀られるんだと。

ここに戻れるかどうかは慧吾次第だ。どれほどの時間が必要かは判らないが、その年月を贖罪に当て、心から悔い改めれば、いずれ故郷に帰れる。それまでは儂が責任を持つ。御蔵家を守ると約束する。この条件を飲まなければ官憲に引き渡す。と。

慧吾が思案したのは僅かな時間だった。

顔を上げ、一瞬儂を睨んだ後、思いがけないほど明るい顔で頷いた。

判った。俺は五頭竜様になる。さっそく彫り師を呼べ。背中に竜を彫る。一流の奴じゃないと承知しないぞ。

弾んだ口調でそう言うと、腹が減ったと屈託なく笑った――――。

「――――半月後、慧吾は屈強な男達に囲まれて五頭竜山へ行った。儂は慧吾を見送ってから、子供達と紫乃を呼び寄せた。それからは急遽《きゅうきょ》領主となった幼く隻腕《せきわん》の慧吾の異母弟の後見人として、御蔵家の家政と事業を引き継いだ。……瑠璃は御蔵家で生まれた」

「御蔵さんが後見人として働く傍ら、高齢だった当時の護主の代わりに護主代理として五頭竜山に通われたのは知っています。瑠璃さん、スイの母親が、巫女として同行していたのも」

焦《じ》れる冬哉が口を挟んだ。時間がない。その前に聞いておきたいことが山ほどある。

「日記を読んだときから腑に落ちなかったことがあります。慧吾は御蔵さんの二歳下ですよね。スイはどう見ても十代で、瑠璃様は御蔵さんの娘だ。慧吾とスイでは祖父と孫ほどの開きがあります」

冬哉の言葉に、御蔵翁が唇を歪めた。

「それは後で話す。気が急くのは判るが、もう少し年寄りの長話に付き合ってくれ――」

――五頭竜山に行った当初、慧吾は中之社に住んでいた。中之社にある座敷蔵だ。

慧吾はそこで暮らし、蔵には鍵を掛けて見張りの男達を常駐させた。高齢の護主はもともと下之社で暮らしていたから都合が良かった。自由を奪われることを自尊心の高い慧吾が受け入れるか心配したが、慧吾は五頭竜山を気に入ったようだった。

「監視の男達は御蔵家の人間ですか？　下之社より上は禁足の地ですよね。俺は里の人間の厳しい監視を避け、物凄い数の注連縄《しめなわ》を無理矢理乗り越えて侵入しました」

「当時は今ほど厳格ではなかったんだ。身体のどこかに竜を彫り、五頭竜様と御蔵家の紋の入った輪《わ》袈裟《げさ》をつければ、御蔵家の関係者なら中之社までは行けた。五頭竜山の神性を高め、徹底した不入《いらず》の山にしたのは儂だ」

そうか。冬哉は改めて現護主を見た。御蔵翁はそうやって慧吾を隠したのか。この人は、何年もかけて五頭竜伝説を作り替えていったんだ。

――里の人間には五頭竜山は以前から禁足の地だったし、五頭竜様は畏怖《いふ》と崇尊《すうそん》の対象だったから、さほど難しい事ではなかった。

当初は警戒していたが、慧吾はこちらが拍子抜けするほどあっさりと監視付きの軟禁状態を受け入れた。儂は後見人としての仕事の傍ら、五頭竜山に通《かよ》った。

いつ行っても慧吾は笑顔で儂を出迎えた。家政や事業のことを相談すると、歯切れ良く的確な助言をくれた。その姿は、儂が知っている慧吾だった。

不平を言わず、問題も起こさないまま三年が過ぎ、五年が過ぎると、監視は緩《ゆる》くなった。儂は中之社から下へ行かないことを条件に、日中は座敷蔵の施錠を解《と》いた。慧吾は監視の目が緩むのを待ち兼ねたように上之社へ入り浸《びた》った。

時には何日も中之社に戻らずに上之社で過ごしていたというが、監視の者は里に下りない限り報《しら》せる必要はないと考えて、放っておいたらしい。

その頃の儂は拡大した事業の切り盛りと幼い当主の教育、瑠璃を産んでから急激に体調を崩した紫乃の看病に手一杯で、いつしか五頭竜山へは足が遠のいていた。

ほどなくして紫乃が逝《い》ったが、儂には遺《のこ》された子供達がいた。母を恋しがる幼い息子達と、何も知らない乳飲み子の瑠璃が不憫《ふびん》で、傍を離れられなかった。

儂が正式に護主になったのは、高齢だった前護主が亡くなり、成人した慧吾の異母弟が正式に御蔵家の当主となった時だ。慧吾が五頭竜山に来て、十年が経っていた――。


「瑠璃さんを連れて？」

「そうだ。ただ、瑠璃がここで暮らしたのは僅かな間だ。儂は子供達を因習に縛られた御蔵家から遠ざけたかったし、後継争いに巻き込みたくなかった。息子達は帝都の別邸から学校に通わせ、瑠璃もそこから女学校に上がった。しかし瑠璃は五頭竜山が好きで、休みの度《たび》にここへ来ていた」

「当時は下之社で暮らしていたんですね」

「長居する気はなかったからな。ただ十年間遮二無二働き、妻を失って少し疲れていた。しばらく休んだら代わりの誰かに護主を譲って、帝都で医者に戻るつもりだった」

冬哉が頷く。当時の御蔵翁の心境は、日記を読んで知っていた。

「その間に、五頭竜伝説を暴《あば》こうとしたんですね」

悟堂の唇が引き攣れる。

「儂は五頭竜伝説は科学的に解明できると信じていた。『徴』は神の怒りなどではなく自然現象で、御蔵家の呪いは遺伝的な問題と、不幸な偶然が重なった結果だと。儂が護主でいる間に、闇雲に五頭竜様を畏《おそ》れ敬《うやま》う者達に『徴』の正体を突きつけてから去ろうと思った」

「そして御蔵さんは突き止めた。『徴』の正体を」

「半分だけだ」

身を乗り出した冬哉を避けて、御蔵悟堂が目を逸らす。

「傲慢だった。伝説の半分を解いただけで、全て判った気になっていた。儂の驕《おご》りのせいで瑠璃が犠牲になり、翠を不幸な子供にしてしまった……」

白くなるまで拳を握り、きつく目を閉じた悟堂が、喰い縛った歯の間から声を漏らした。

――瑠璃は正式な巫女ではない。慧吾のしたことを考えれば、彼の近くに巫女を置くのは論外だった。

だが朔《さく》の祓《はらえ》や節分の奉祀《ほうし》には神楽を舞う巫女が要《い》る。それを瑠璃は喜んで引き受けた。幼い頃に見様見真似《みようみまね》で覚えた神楽を、瑠璃は誰よりも美しく優雅に舞った。ただ、瑠璃には神様に奉納する神聖な儀式という意識はなく、巫女の衣裳を着て舞うのが好きなのと、自分の舞姿をうっとりと見つめる皆の視線が単純に嬉しかっただけだ。

そのくらい子供だった。瑠璃は祭りの都度にここへ来て、長い休みはここで過ごした。

しかし、中之社には慧吾がいた。事件から十年以上経ち、慧吾に対する危機感は薄らいでいたが、それでも瑠璃を慧吾に会わせるつもりはなかった。

瑠璃には慧吾がここにいる事情は教えなかった。知る必要はないと思ったからだ。

慧吾がしでかした残虐な事件のことは隠し、御蔵家の人間が長期の療養をしているとだけ伝えておいた。そして瑠璃には下之社から上へ行くことを厳しく禁じた。

瑠璃は頷いた。お転婆だったが儂の言うことをよく聞く素直な娘だった――。

「それでも、瑠璃さんは慧吾に会ってしまった……」

「瑠璃の好奇心の強さを甘く見すぎていたんだ。瑠璃は儂が中之社へと足繁《しげ》く通うのを不思議に思っていたらしい。興味を持ち、こっそり後をつけて、儂と話す慧吾を見た。病人だと聞いていたのに、凛々《りり》しく逞《たくま》しい若者の姿を」

「若者？　しかし……」

冬哉が眉を寄せる。慧吾は悟堂と二歳違いのはずだ。

「それがさっきの答えだ。慧吾は五頭竜山に来てから年を取らなくなった。儂にも少しその作用があるようで、儂も実年齢より遥かに若い。だが、慧吾はその比ではない。いつまで経《た》っても若々しい青年のままだった。――まるで、時間が慧吾を避けて通っているように……」

御蔵悟堂が項垂れる。

「瑠璃は慧吾と会ったことを儂に秘密にしていた。だから二人が何度会って、どんな会話を交わしたかは判らない。瑠璃は若くて健康な慧吾が、山の中で監視付きの不自由な暮らしをしていることを可哀相に思ったらしい。慧吾にとって、周囲に愛されて育ち、人を疑うことを知らない瑠璃を手玉に取ることなど雑作もなかっただろう」

そう言って、御蔵翁が凄惨《せいさん》な笑みを浮かべた。

「儂は何も気づかなかった。その頃慧吾の異母弟が急逝し、幼児だった蒼馬が、ミドリの父が遺《のこ》されていた。儂は再び後見人となって山と御蔵家を行き来して留守がちだった。五頭竜伝説の秘密を解いたことに有頂天にもなっていた。……ふふ、全て言い訳だな……」

「御蔵さん、これ以上は――」

「瑠璃が誰かに呼ばれると言うようになったのもその頃だ」

口を挟んだ冬哉を遮って、御蔵翁が先を続けた。

「儂は一笑に付した。気のせいだと取り合わなかった。静かな山にいると、ないはずの音が聞こえる経験は儂にもある。瑠璃の縁談が進んでいたのも理由だ。息子の友人に、瑠璃を嫁にと熱望されていたんだ。お互い憎からず思っていて、瑠璃が女学校を卒業したら婚約することが決まっていた。瑠璃もはにかみながらも心待ちにしていたから、多感な娘にありがちな心の揺れが、そういう形で表れたんだと思った」

浮かれていたんだ。儂は何も見ていなかった……。御蔵翁が声にならない悔恨を吐き出す。

「――――そして、事が起こった」

「御蔵さん」

この話がどこへ行き着くか知っている。冬哉が御蔵翁を遮った。

「いつものように御蔵家での仕事を終えて山へ戻ると、下之社に瑠璃はいなかった」

「御蔵さん、充分です」

「周辺を探したが姿はなく、里にも行っていない。胸騒ぎがした。まさかと思ったが、儂は中之社へと向かった。そこは――――、そこは血の海だった」

「御蔵さん、もういい！」

「監視につけた男達の骸《むくろ》が足元に転がっていた。頭が割られ、手足をもがれ、切り刻まれて、満足に人のカタチをした者は一人もいなかった。――――そして血を吸って膨らんだ布団の上で、慧吾が瑠璃を抱いていた………」

「やめろ!!」

冬哉の叫びを、御蔵翁は聞いていなかった。

「儂を見て、慧吾が嗤《わら》った。ザマァみろ。俺から紫乃を奪ったように、おまえから娘を奪ってやったぞ。おまえは紫乃だけじゃ飽き足らず、俺から御蔵家も盗んだ。ここに来たときからずっと、復讐の機会を窺っていた。おまえから全て奪ってやると決めていた。これがその報《むく》いだ。全部おまえのせいだ。ザマァみろザマァみろザマァみろ――」

全くの無表情で淡々と告げられる言葉が、かえってその凄惨な場面を鮮やかに描きだす。

哄笑《こうしょう》する血みどろの慧吾。その腕に抱かれて動かない瑠璃。血溜《ちだま》りに瑠璃の長い髪が広がり、周りには惨殺された骸が転がっている。

「――そこからの記憶は曖昧だが、どうやら儂は落ちていた刀を拾って慧吾に切り付けたらしい。我に返ったとき、儂は瑠璃を抱き締めていた。慧吾は背中を袈裟《けさ》掛《が》けに切られ、胸を貫《つらぬ》かれて転がっていた。瑠璃は血塗《まみ》れだったが息があり、身体に傷はなかった。だが意識がなかった。儂は瑠璃を呼んだ。瑠璃、瑠璃、瑠璃――。しかし、瑠璃は目覚めなかった………」

「すみません。そこまで言わせるつもりは――」

「その時、視線を感じた」

何を思い出したのか、能面のようだった御蔵翁の頬が痙攣した。

「なにかが儂を見ていた。振り返ると、慧吾は胸から刀の切っ先を突き出して転がっていた。視線は慧吾ではない。慧吾の背中の竜だった。一流の彫り師を呼び寄せ、背中一面に彫らせた竜。

――しかし、その竜には以前は無かった二つ目の頭があった」

「双頭の、竜……」

呟いた冬哉を、憑かれた目をした御蔵翁が見る。

「瑠璃を抱いたまま飛びのいた儂を、見覚えのない竜の眼が追った。儂を見つめながら首をもたげ、口を開けて、ずらりと並んだ牙を見せて嗤った。――その時、慧吾が呻いた。信じられなかった。刀は心の臓を貫いていたんだ。なのに、慧吾は呻きながら身動いだ」

「仮死状態、だったのでは？」

医学の知識に縋りつく冬哉に、御蔵翁が首を振る。

「絶命したのは確かめた。なのに竜が身をくねらせると、背中の傷がみるみる塞がっていった。竜が刀に首を巻きつけると、身体を完全に突き通っていた刃《やいば》がじりじりと動いて抜け落ちた。慧吾が大きく息を吐き、竜の頭が一つに重なって動かなくなると同時に、瑠璃の目が開いた。

……だが、虚ろに見開かれた瞳に、儂は映っていなかった……」

「――……」

冬哉が息を飲む。極限状態での錯覚。怒りと憎しみが見せた幻。御蔵翁の描き出した光景は、そんな通り一遍の解釈で片付けられない重量を持っていた。

――儂はその場に慧吾を残し、瑠璃を抱えて山を駆け下りた。瑠璃だけが心配だった。慧吾がどうなろうと構わなかったから、使いを出して事情を知る者達にあとを任せた。

慧吾は生きていた。凄惨な光景に戦慄《せんりつ》した家の者達は、儂の説明を疑わなかった。そして慧吾が五頭竜様に成《な》ったと言った。

殺すことは出来なかったが拘束はした。祀るという名目で上之社へ幽閉し、上之社を座敷牢《ろう》に造り替えて、建物全体を太い鉄格子で囲った。

儂は慧吾が生きていることが許せなかった。この手で殺すことを何度も考えた。だが慧吾が生き返ると同時に瑠璃が眼を開いたことを思い出して必死に怺《こら》えた。

目覚めた瑠璃は、魂を抜かれたようになっていた。見開かれた目はいつも虚ろで、感情を失って何も喋らなくなった。食べろと言えば食べ、眠れと言えば眠る。だが、そこに瑠璃の意志はなかった。息をする人形と同じだ。

唯一感情らしいモノを現すのは、山から下ろそうとしたときだけだ。儂は慧吾の近くに瑠璃を置くことは耐えられなかった。だが連れ出そうとすると、瑠璃は信じられない力で暴れた。強引に連れ出そうとしたら倒れて息が止まった。

瑠璃が慧吾に、五頭竜様に取り憑かれてしまったのを認めざるをえなかった。

儂は慧吾を憎んだ。同じだけ自分を憎んだ。この事態を引き起こしたのは儂だ。瑠璃は巻き込まれただけだ。儂の驕《おご》りによる判断の過ちを、瑠璃に背負わせてしまった。

儂は瑠璃を連れて中之社へ移った。そこで瑠璃が息絶えるまで一緒に暮らすのが、瑠璃に対するせめてもの贖罪だと思ったからだ。

――瑠璃が身籠《みご》もっていることに気づいたのは、しばらく経った頃だ――。

「気づいたときにはもう遅かった。瑠璃の身体は堕胎に耐えられる状態ではなかったし、出産も同様だ。儂は気が狂うほど煩悶《はんもん》した。腹の子は憎い慧吾の子供。しかし瑠璃の子供でもあったんだ。大きくなってゆく腹を撫でる時だけ、感情を失ったはずの瑠璃が幽《かす》かに微笑むのに、おかしくなりそうだった。――――赤子を産んで、瑠璃は逝った………」

「……それが、スイ……」

「翠は御蔵家に引き取られた。儂はすぐ養子に出すつもりだったが、本家がそれを許さなかった。当主の蒼馬はまだ若く、病弱で子供がいなかったし、血筋でいえば翠は彼より上だったからだ」

「もしもの予備ってワケか。くだらない！」

嫌悪を隠さない冬哉に、御蔵翁がぼんやりと頷く。

「……そうだな。だが儂は了承した。どうでもよかった。瑠璃を失って放心していた。儂はこの地に留《とど》まり、赤子は名すら付けずに御蔵家へ渡した」

「孫として自分の手で育てようとは考えなかったんですね」

「その子の中に慧吾を見たら、何をするか判らないと思った。自分を制御する自信がなかったんだ」

御蔵翁が拳を握り締める。彼の苦悩が痛いほど伝わってきて、冬哉が口調を和《やわ》らげた。

「そんな思いをしてまで、五頭竜山に残ったのは何故ですか？」

「瑠璃に償《つぐな》うためだ。慧吾の妄執《もうしつ》に、何《な》にかが力を貸した。それが五頭竜様だというなら、それも倒さなければ瑠璃は救われないと思った。儂が本格的に五頭竜伝説を調べ始めたのはそれからだ。そういう意味では、儂も五頭竜様に取り憑かれたんだ」

ふう。重い息を吐いて、御蔵翁が言葉を続ける。

――儂は五頭竜伝説に没頭した。書庫で埃《ほこり》を被っていた歴代の護主の日誌を読み込み、本家に残されていた文献を漁《あさ》った。そしてついに見つけた。もう一つの五頭竜伝説を――。

そこには御蔵家の当主の中に、時折慧吾のように荒れ狂う者が出ると書いてあった。

当主の狂乱は五頭竜様の怒りであり、贄《にえ》として求められたと捉《とら》えること。怒りを鎮《しず》めるためには背中に竜を彫って上之社に祀り、五頭竜様に捧げることと記されていた。

背中に無理矢理竜を彫り、御蔵家で起こった醜態を五頭竜様のせいにして、人身御供《ひとみごくう》の名で葬《ほうむ》る。

領地を治めるのに邪魔な人間も罪を犯した者も、竜を背負って五頭竜様の贄となることで昇華させる。荒ぶる五頭竜様は、御蔵家にとって都合の良い神だった。

ここまでは、御蔵家が伝説を利用しているだけだ。

だがごく稀に、狂乱する者の中に背中に竜が浮き出る者が出た――。

「慧吾のように?」

「慧吾のように」

ここからは門外不出で一子相伝、当主にしか伝えられない五頭竜様と御蔵家を繋ぐ秘中の秘だ。

一気に老けた御蔵翁が、冬哉の視線を避けて下を向く。

「この場合のみ、犠牲《いけにえ》は五頭竜様への供物《くもつ》ではなくなる。五頭竜様が乗り移って、神と一体と成ったと見做《みな》される。その者が次代を選ぶと、その証《あかし》として選ばれた者の背中に竜が現れ、五頭竜様が引き継がれる。

それは『徴』が顕現するまで続き、『徴』の出ている間に五頭竜様を宿した者を犠牲として捧げると、ようやく連鎖が止まる。次に誰かの背に、突然竜が現れるまで…………」

「神話と怪談がごっちゃになったような話だ。そんな与太《よた》話、あなたは信じたんですか？」

「儂は慧吾の背中で蠢く竜を見た。翠の背に浮かび上がる白い竜も見た。信じるしかないだろう」

冬哉が背筋を伸ばす。ここから先は日記に書いてあったが、御蔵翁の口から聞きたかった。

「スイが御蔵家にいる間、あなたは一度もスイに会わなかった。再会したのは、スイの背中に白い竜が現れたときだ」

「――その年は、今年と同じように雨が多かった…………」

視線を宙に漂わせたまま、御蔵翁が呟いた。

――しばらく前から、儂は上之社行きを再開していた。慧吾から直接話を聞きたかったのと、世話を任せていた者が次々と体調を崩して使いものにならなくなったからだ。

世話といっても、身の回りの品や食物を牢の前に置くだけだ。慧吾は殆ど眠っていたし、たまに起きていても儂を罵《ののし》って嘲《あざけ》り笑うだけで、会話にはならなかった。

だがある日、慧吾が突然言った。紫乃の子供がいるな、と。

最初は何を言っているか判らなかった。慧吾は紫乃と瑠璃を混同していたんだ。子供などいない。瑠璃はおまえが殺したと返した。

すると慧吾はあの時の顔で嗤った。隠しても判る。それは俺のモノだ。寄越せ。

いないものはいない。おまえには何一つくれてやる気はないと突っぱねた。

慧吾は喉を反らして哄笑《こうしょう》した。ならば勝手に獲《と》る。俺の力を見せてやると言った。

頭に血が上った。儂は常に携《たずさ》えていた御神刀で慧吾の喉を突き、腹を裂いた――。

「伝説などどうでもいい、殺そうと思った」

御蔵翁の語尾が震える。

「――その夜、山津波が起きた。規模は小さかったが犠牲者が出て、田畑は泥土に埋まった。そして、五頭竜様のお怒りだと騒ぐ村人を鎮《しず》めながら復旧作業を指揮していた儂のもとに、御蔵家から使者が来た。瑠璃の遺児が突然倒れて高熱を出し、その背中に白い竜が浮き出ている、と……」

御蔵翁が安らかな寝息を立てるスイを見た。その細い背中に視線を据える。


――儂は上之社へ行った。慧吾は瀕死の重傷だったが、儂を見て唇を吊り上げた。

俺の力を見たか？　紫乃の子に竜は現れたか？　そう尋ねてまた嗤った。

いいのか？　俺が死ねば、そいつが呼ばれるぞ。選ぶのは俺だ。印《しるし》を刻んだ。俺を殺せば紫乃の子が次の五頭竜様になる。それだけじゃない。その子を俺から、この山から遠ざければ五頭竜様の力が膨れ上がり、制御できなくなって、いずれ俺と同じになるぞ。寄越せ。俺と紫乃の子を。寄越さねば五頭竜様の怒りに触れるぞ。何度でも山津波を起こしてやる。寄越せ。寄越せ、寄越せ寄越せ寄越せ寄越せ――。

儂は脅《おど》しても無駄だと返した。五頭竜様の怒りなど起こらないと嗤ってやった。山津波を起こそうにも水がない。おまえが水を無駄遣いしたせいで、当分『徴』は顕現しない。里は安泰だと。

図星だったのだろう。慧吾の顔から笑みが消えた。儂はさらに続けた。

確かに瑠璃の腹には子供がいた。だが瑠璃と一緒に死んだ。おまえが殺した、と。

慧吾は儂の顔をじっと見つめ、肩を落として、嘘はついていないな、と呟いた。

それで、慧吾が儂の思考を読んでいたことに気づいた。

慧吾が子供を寄越せと言った日、儂は翠のことを考えていた。忘れようと努め、事実滅多に思い出さなかった赤子のことを――。

「儂は慧吾の治療をした。慧吾が死ぬと翠が代わりになるという言葉を信じた。数日後、子供の熱が下がって竜が消えたという報《しら》せが届いた。――儂は翠を引き取った。五頭竜山にいないと力が膨れ上がり、やがて制御できなくなるという言葉も本当だと思ったからだ」

「だからスイを孤児として、奉公人として、偽の巫女として迎え入れたんですね」

「慧吾が儂の思考を読むと判っている以上、瑠璃の子と認めることは出来なかった。御蔵家では別の名で呼ばれていたらしいが、儂はその子に翠と名付けた」

スイと呼ぶ冬哉に、御蔵翁が翠《すい》と返す。微妙なニュアンスの違いを冬哉は聞き取っている。

「その名を選んだのは瑠璃だ。以前、子供が産まれたら名は翠にすると言っていたんだ。男の子ならスイ、女の子ならミドリと呼ぶ。字も音も綺麗だ、素敵な名前だとはしゃいでいた」

御蔵翁がうっすらと微笑む。

「翠を見たときは本当に驚いた。翠は幼い頃の瑠璃に生き写しだった。慧吾の面影はどこにもなかった。この子は瑠璃の子だと思った瞬間、愛しさが込み上げた……」

綻んでいた唇が震えて、御蔵翁が歯を食い縛った。

「と同時に、身も凍るような恐怖も込み上げた。この子はいずれ五頭竜様にされてしまう。山を離れれば、力を暴発させて慧吾になる。どちらにしてもヒトではなくなってしまう。儂は誓った。それだけは絶対に許さない。どんな手を使ってでも、翠をこの軛《くびき》から解き放ってみせると――」

白くなるまで拳を握り、歯の間から声を押し出す。

「育つにつれて、翠はますます瑠璃に似てきた。容姿も性格も、表情も舞姿も瑠璃とそっくりになっていった。その笑顔を見るたび、翠は絶対に渡さないと繰り返し誓った。儂には瑠璃への贖罪に加えて、翠を解放するという使命が加わった。それだけを生きる糧《かて》に、今まで耐えてきた……っ」

「――いいんですか？」

抱え込み続けた想いを吐き出して、一回り縮んでしまった御蔵翁に冬哉が問いかける。

「慧吾は御蔵さんの思考を読むのでしょう？　こんなにスイのことを考えたら、今まで隠してきたスイの存在が慧吾に知られてしまうのでは？」

冬哉の危惧に、御蔵翁が薄く笑った。

「この地に長くいたせいか、それとも御蔵の血のせいか、儂にも妙な力が備《そな》わった。全ては無理だが、本当に隠したいことは隠せる。その力は、上之社に来て一層強くなった」

「では、慧吾が俺の思考を読むのでは？」

「大丈夫だ。言霊は真名《まな》を知らねば使えない。慧吾はきみの名を知らない」

「スイの思考は？」

「それも大丈夫だ。真名は字と音の両方で出来ている。呼び方を知っても、字が伴わなければ真名にはならない」

そうか。翠をスイと呼び、ミドリに同じ字を使って真名を隠したのか。仕掛けに感嘆する冬哉を余所《よそ》に、御蔵翁の顔が翳《かげ》る。

「ただし、翠の場合は事情が違う。真名ほどの力はないが、慧吾は翠を『呼ぶ』ことが出来る」

冬哉が息を呑む。

「誰かに呼ばれると、スイは言いました。夜中に佇むスイの姿も見ています」

きみもか……。陰気に笑った御蔵翁が、眠るスイの髪をやさしく梳いた。

「それを翠に聞かされ、虚ろに目を見開いて立つ姿を見たとき、慧吾が諦めていないのが判った。時間がないのも判った。それからの儂は、一日千秋の思いで『徴』の顕現を待った――」

「それは――」

「ん……」

冬哉が言いかけたとき、スイが微《かす》かに声を漏らした。

小さく身動ぎ、御蔵翁の膝にすり寄って身体を丸める。眠れ。翠、眠るんだ。額にかかる髪を払いながら御蔵翁が息だけで囁くと、翠の寝息がまた深くなった。

「ふう……。少し熱くなりすぎたな」

苦笑する御蔵翁に冬哉が首を振る。

「お疲れなんですよ。重傷を負っているのに、つらい話をさせて申し訳ありません」

「長話に付き合わせて、申し訳ないのは儂のほうだ。それに、傷なら気にすることはない」

冬哉が御蔵翁の足を見る。この巻かれた包帯の下は、今どうなっているのだろう。

「五頭竜様の加護と呪いだ。慧吾は手を触れずに儂を傷つけられるが、上之社にいる限り、普通なら命取りとなる傷も治る。それが儂がここに留まり続けた理由だ。もうしばらくすれば歩けるだろう」

そう言って、御蔵翁がスイが泣きながら巻いた包帯をそっと撫でた。

「それでもお疲れなのは確かでしょう？　俺は少し出てきます。スイと一緒に休んでください」

「どこへ行く!?」

立ち上がりかけた冬哉の腕を摑んで、御蔵翁が鋭く問いかけた。

「安心してください、上之社へは行きません。『徴』の正体をこの目で見たいだけです。ついでにあなたの仕掛けも確認してきます」

言いながら、冬哉が一枚のメモ書きをシャツの胸ポケットから出した。それは座敷蔵でスイが冬哉を見つけたとき、握り締めていた紙片だ。

「御蔵さんは五頭竜伝説から『徴』を取り除くことで、慧吾の力を弱めようと考えたんですね。思い切ったやり方で、かなりの危険が伴いますが、方法としては賛成です。ただ、それは俺に任せてください。学生とはいえ専門ですから」

「待ってくれ！」

摑まれた腕をそっと払い、立ち上がろうとした冬哉を、御蔵翁が逆に引き寄せた。

「ど――っ、どうして青江くんがそこまでする？」

伸び上がった御蔵翁が、膝立ちになった冬哉を見つめる。

「きみが言ったように危険だ。一歩間違えれば命が危うい。なのに、何故そこまでする？」

摑んだ腕をきつく握り締めた御蔵翁が、冬哉の目を覗き込む。

「きみは、何をしに来た？」

「神殺しのお手伝いに」

「――――っ」

さらり告げた冬哉に、御蔵翁の顔が険《けわ》しくなる。

「……思えば、初めて会ったときから青江くんは不思議な男だった。中之社に翠以外の気配を感じるのに、それ以上のことが判らなかった。圧倒的な存在感があるが、気配が人のそれではない。纏う空気が独特過ぎて実態が捉えられなかった。きみは――、きみはなんだ？」

返答次第ではただではおかない。冬哉の腕に爪を喰い込ませた御蔵翁が殺気を放った。

「俺は御蔵さんとは別な理由でスイを解放するつもりなんです。スイだけじゃなく、俺自身も」

「きみ、自身も……？」

呟いた御蔵翁が眉を寄せる。それに頷いて、冬哉が座り直した。

御蔵翁が心情を吐露する相手に自分を選んだように、冬哉も今まで誰にも言わなかったことを、彼に聞いてもらいたいと思った。


「————俺も、五頭竜様みたいなモノなんです。いや、どちらかというと慧吾か」

「そ……っ!!」

「みたいなモノ、です」

御蔵翁が目を見開くのに苦笑する。

「それに、俺は神というより妖怪、あやかしです」

「あ……やかし……？」

そう、妖《あやかし》。眉を寄せる御蔵翁に繰り返す。

「以前にも言いましたが、俺は神もあやかしも信じてません。どちらもヒトだ。それを環境や人間の都合が、神やあやかしにしてしまったと思っています。————或《あ》る一族の話をします」

陽が高いのを確かめ、スイの寝息に耳を澄ませて、冬哉が話し始めた。

「おそらく大陸から渡ってきた者達だと思いますが、高度な製鉄技術を持った技能集団がいました。一族はその外見と技術が当時の常識とかけ離れていたため崇《あが》められ、同時に恐れられた。彼等にとって、自分達の技術は命綱です。それを守るために他人との接触を断ち、畏怖と崇尊を利用して、自ら望んで孤立した。自分達の技術と家族を守るために、です。ここまでは彼等はまだヒトです」

言葉を切って、冬哉が眠るスイを見た。

「技術者達は自分達の価値を誇り、外の人間からの崇尊と畏怖を当然のこととして受け取って、外の暮らしから一線を画した。そんな関係が何世代続いたのか判りません。製鉄技術は民間に広まり、彼等の技能集団としての価値は薄れた。しかし異能の者と呼ばれて畏れ崇められた記憶が双方に残った。彼等は持っていた製鉄という技術から切り離され、長い年月をかけて、ヒトと違うモノに成ってしまったんです」

最初はただ『違う』だけだった。その差異が大きければ大きいほど、ヒトとヒト以外にかけ離れていった。『ただ違う』ことが、『違う以外』の意味を持ってしまった――――。

一気に言い切った冬哉が、気持ちを鎮めるために大きく息を吐く。

「互いに『そう』だと思えば、『そう』なってしまう。神と呼ばれ、あやかしと呼ばれたモノは、長い年月をかけて変質したヒトです。それが神やあやかしに成ってしまった、いや、されてしまった。――俺は、そういう一族の末裔です」

「青江くんの言おうとしていることは判る。しかし慧吾の持つ能力は……」

「結局、全てはココにあるんじゃないでしょうか」

眉根を寄せる御蔵翁に、冬哉が自分の頭を指差した。

「医師である御蔵さんには釈迦《しゃか》に説法ですが、人間は脳で全身を管理していますよね。しかし脳の持つ機能は半分も判っていない。——もし、使える範囲が常人より大きかったりズレたりするヒトがいたとしたら？」

御蔵翁が頷く。

「勘の鋭い人間は確かにいる。第六感、虫の知らせ、嫌な予感。火事場の馬鹿力《ばか》もそうか」

「まだあります。水の匂いを嗅ぎ当てる者、気圧の変化で天気の急変が判る者、蝙蝠《こうもり》の声を聞き取る者、顔色を読んで嘘を見抜く者、遥か遠くの雷鳴を聞いて落雷を予知する者。脳のリミッターを外して信じられない力を出す者——。全て通常の感覚が人より鋭いだけです。ただ、出し方次第では神がかって見えるんです」

指を折って数え上げた冬哉が肩を竦める。

「人の持たない知識や技術、鋭ど過ぎる感覚や身体能力の高さ、外見の相違。たったこれだけで、ヒトはヒトならざる者になってしまう」

「慧吾もそうだと……？」

「五頭竜様などいない。慧吾はタガの外れた人間だ。『徴』と、それに続く山津波は自然災害だ。俺はそれを証明するためにここへ来ました。俺自身のために。スイのために」

冬哉の言葉に、御蔵翁が首を振る。

「——少し、混乱している。青江くんを肯定したい。だが過去の経験と儂がこの目で見た出来事、そして今の状況を思うと、頷くことは出来ない……」

「正直に言うと、俺も言い切ることは出来ません。事実、謎や不思議は山ほどありますから。ただ俺は、それを神やあやかしのせいではなく、いずれ科学的に証明される現象だと思いたいんです」

「それで柏原殿の手伝いを？」

その言葉に、冬哉が唇を吊り上げた。

「好きで手伝ってるわけじゃありません。俺は柏原に飼われる身です」

「飼われ……？」

「柏原の伝説狂いはご存じですね？　今は滅多に出向くことはありませんが、以前は狙いをつけた伝説を調べるために自分で足を運んでいました。そして伝説を辿って俺達を捜し出し、隠れ里を見つけた。あやかしの一族を見つけたことに狂喜した彼は、俺達を丸ごと飼おうとしたんです」

「――――……」

御蔵翁が言葉もなく目を見張る。

「一族は、自分達をあやかしだと信じていました。人ならざる者であるならば、畏れられることも敬われることも当然のことと受け止めていました。――俺も、自分はあやかしだと思っていた」

苦笑が冷笑になって引き攣れる。

「逃げても柏原はあらゆる手段を使って追いかけてきた。彼が騒げば自分達の存在が知られてしまう。伝説を信じる人間達はあやかしを畏れていたし、恐れるあまり忌み嫌ってもいた。怖いもの見たさの見せ物にされるのは自尊心が許さない。隠れ里には女子供もいる。一族の長《おさ》は悩みました。悩んだ結果、長は柏原に一族の子供を差し出しました。それが俺です」

「子供……だったのか……」

「はい。あやかしが欲しいなら子供を渡す。好きな子供を選べ。ただし交換条件がある。一族には手出ししないこと、行方を探さないこと、あやかしの存在を触れ回らないこと。柏原は条件を呑《の》んで、俺を選びました」

「それで彼のところに……?」

「はい。俺を選んだのは、一番あやかしっぽかったからだそうです」

くく……。冬哉が喉で嗤った。

「どういう気紛《きまぐ》れなのか、柏原は俺達の生活やしきたりを根掘り葉掘り聞く以外は、俺を普通の子供として育てました。役所に手を回して戸籍を捏造《ねつぞう》し、名字のなかった俺に青江の姓を与えて、高等教育を授《さず》けて今に至っています」

「……きみは、柏原殿に恩を感じているのかな……?」

はっ! 冷笑が嘲笑になって冬哉の口から吐き出される。

「興味本位で俺の人生を引っ掻き回した相手に? 柏原のことは最初から嫌いだったし、今も嫌いですよ。俺が逃げたら一族を追いかけるのが判っているから逃げないだけです」

「――そうか。ならば憎んで当然か……」

『人生を引っ掻き回す』という言葉に自分とスイを思ったのだろう。御蔵翁が肩を落とした。

「……神だのあやかしだと伝説だのを嬉々《きき》として信じる反面教師が身近にいることと、教育を授けてくれたことで俺が俺の生き方を見つけられたことには感謝してますよ。嫌いですけどね」

「――――……」

肩を竦めた冬哉を見上げて、御蔵翁が目を細めた。

「……きみは強いな」

「俺は、俺や俺の一族をあやかしにした奴らを見返したいだけです。――長くなりました。俺の話はもういいです。休んでください」

冬哉が立ち上がった。

「きみの生い立ちは判った。何を思ってここにいるのかも」

歩きだそうとする冬哉を御蔵翁が止める。

「だが、これだけは忘れないでくれ。絶対に上之社には近づくな。きみがどう思っていようと五頭竜様が、慧吾が危険な存在なのは確かなんだ」

「承知しています」

頷いた冬哉が肩越しに振り返る。

そこには安らかな寝息を立てるスイと、彼の頭をやさしく撫でる御蔵翁の姿があった。

「駄目です！」

冬哉が山の上を調べ、頂上をぐるりと巡って戻ってきたとき、半分崩れた旧上之社からスイの悲鳴のような声が聞こえてきた。

「絶対に絶対に駄目です!!」

庭先に回って部屋を見ると、御蔵翁の前に正座したスイが、膝の上で緋袴を握り締めていた。

「目が覚めたのか」

声をかけたが、スイは冬哉を見なかった。ただ真っすぐに御蔵翁を見つめていた。

「――それは、俺の役目です……」

「儂の役目だ」

同じく冬哉を見ない御蔵翁が首を振る。

「違う！」

「翠、聞いてくれ」

「嫌です！」

「翠！」

「俺が行く!!」

御蔵翁の強い口調にひくんと肩が浮いたが、スイは引き下がらなかった。

「選ばれたのは俺です！　護主様じゃない!!」

「アイツが誰を選ぼうと知ったことではない。儂がそう決めた」

「駄目です！」

叫ぶスイの頬に涙が伝った。大粒の涙を零しながらも、スイは御蔵翁を見つめ続ける。

「どうしても行くと仰《おっしゃ》るなら俺も行きます!!」

「それは許さない」

「行きます！　お叱りなら、あとでいくらでも頂戴します!!」

「あと、か………」

ふっと息を吐いて、御蔵翁が薄く笑った。

その笑みに何を見たのか、スイが勢い良く身体を伏せ、床に額を擦りつけた。

「護主様！　お願いです！　俺を置いて行かないでください!!　お願いします！　お願いします！

お願いしま……っ」

お願いします。声を途切れさせ、背中を震わせながらスイが繰り返す。

「――翠」

やさしくその名を呼んで、御蔵翁がスイに手を伸ばした。

「――――っ!!」

その手が自分に触れる寸前、スイが飛びすさった。

「また俺を眠らせるんですか⁉　一人で行くおつもりですね⁉　そんなのひどい‼」

叫ぶスイは、頬を伝う涙を拭おうともしない。

「………すまない」

「謝って欲しいんじゃない！　俺は一緒に――っ‼」

「すまない、翠」

「嫌です！　謝らないでください！」

「すまな――」

「イヤだぁっ‼」

「――スイ」

髪を乱して首を振るスイの肩に、冬哉がそっと手を置いた。震える肩を握り締める。

「冬哉、さん……？」

肩を摑まれて、初めてその存在に気がついたらしい。振り向いたスイがぼんやり冬哉を見た。

見開かれたスイの目から、また涙が零れる。

「御蔵さんが困ってる。少し落ち着け」

話しながら移動して、さり気なくスイの前に立つ。

「泣き喚《わめ》くだけじゃ、まともな話は出来ないぞ」

自分の身体でスイの視界を遮って御蔵翁の姿を隠す。

「でも……っ‼」

「でもじゃない。ひどい顔だぞ。涙くらい拭け、ガキ」

「――っ」

ぐっと冬哉を睨んだスイが、巫女衣裳の袖で荒っぽく顔を拭いた。

「……どうだった？」

冬哉の背中に、御蔵翁が問いかけた。

「あなたの考察は正しいと思います」

その問いかけに短く応える。

「仕掛けはあれで？」

「だいたいは。ただ、あれでは御蔵さんの計画通りにはいかないでしょう」

「なんの話……？」

涙を拭ったスイが冬哉を見上げる。

「ふむ……。全てを一度で破壊するのは無理か」

「火力が足りないし、途中で火が消えたらそこで終わりです。それ以上に危険が大き過ぎる」

「ねえ、なんの話をしてるの!?」

焦れたスイが冬哉を睨む。

「俺に考えがあります。予備はありますか？」

「ああ。裏の蔵に。任せてもいいだろうか」

「はい」

「ねえってば！」

冬哉の腕を摑んだ。ぐっと引き寄せて伸び上がる。

「護主様も冬哉さんも、俺に内緒で何をしてるの!?」

目を吊り上げたスイが叫んだ。

「二人とも、俺に隠し事ばっかりだ！」

悲痛な声に、冬哉は睨みつけてくるスイを見た。

「――――もう隠さない」

スイの潤んだ瞳を見つめて顎を引く。

「ここからはスイにも手伝ってもらう」

「え……？」

「青江くん!!」

戸惑うスイと、冬哉を呼ぶ御蔵翁の声が重なった。

「ここまできたらもう隠せませんよ。それに、スイは知らなきゃならない」

背中越しに御蔵翁に告げ、スイの腕を摑んで立ち上がらせる。

「ついて来い」

「嫌だ！　俺は護主様と一緒にいる!!」

そのまま歩きだそうとする冬哉の手をスイが振り払った。その腕をもう一度摑んで、冬哉が御蔵翁を振り返る。

「大丈夫だ。御蔵さんは『徴』が現れない限り動かない。そうですよね？」

半分はスイに、もう半分は御蔵翁に話しかける。

「ホント……？」

頷く冬哉と顔を強張らせた御蔵翁を交互に見て、スイがきゅっと唇を引き締めた。

「――判った。行く」

短く答えたスイが、御蔵翁に笑いかけた。

「『徴』が現れるまでに帰ってきます。待っててくださいね、護主様」

唇を引き攣らせ、目に涙をいっぱいに浮かべてスイが微笑む。ぎこちない笑みだったが、それでもスイの精一杯の笑顔だった。

「――判った。『徴』が現れるまでは動かない」

一瞬逸らしかけた顔をスイに向けて、御蔵翁も微笑み返した。やさしい笑みだった。

「翠、気をつけるんだぞ。絶対に無茶はしないでくれ」

「…………っ」

口を開くと泣きそうなのだろう。何も言えず、ただこくこくと頷いたスイが身を翻した。

「青江くん」

後に続こうとした冬哉を、御蔵翁が呼んだ。

「翠を頼む」

「はい」

頷いた冬哉が、御蔵翁を残してスイを追った。

「スイ、違う。そっちじゃない」

屋敷を出て、そのまま山を駆け上ろうとしたスイに冬哉が声をかけた。

「まず蔵だ。持って行く物がある」

無言で頷き、方向転換したスイが、足早に屋敷の裏へと回る。冬哉を待たずに蔵に辿り着くと、重い扉を力一杯開いた。大股で踏み込もうとするスイの肩を追いついた冬哉が摑む。

「ばか！　乱暴に開けるな！　中にあるのは――――」

くるりと振り返ったスイが、ぶつかるようにしがみついてきた。

「待ってるって、言ってくれなかった……っ!!」

「ス――――」

「護主様が約束したのは『徴』が現れるまで動かないってだけだ！　お……っ、俺を待ってるとはい……っ、言わなか……っ!!」

シャツを握り締めて、スイが身を震わせる。

「――――御蔵さんは、もうスイに嘘をつきたくないんだよ」

胸のあたりが濡れてくるのを感じながら、スイの艶やかな髪をそっと撫でる。

「ちゃんと笑えたな。おまえは偉いよ。その笑顔だけで、御蔵さんがどれほど救われたか」

「う……っ、ふ――――っ………」

しゃくり上げるスイの髪をくしゃくしゃと掻き回し、濡れた泣きボクロを指先でつついて、冬哉が唇の端を上げた。

「『徴』が出るまでに帰ればいいんだろ？　だったら急げ。泣いてる暇はないぞ」

「……っ、うん……っ……」

頷いたスイが顔を上げた。手の甲で涙を拭い、震える唇を引き締める。

「説明はあとだ。荷物が多いから手伝ってくれ。ただし慎重に」

「……うん」

こくんと頷いたスイが先に蔵に入った。

悪いな、スイ。俺は隠し事はしないと言ったが、嘘をつかないとは言ってないんだ――――。

白く浮かび上がる細い背中に無言で詫びて、冬哉もスイの後に続いた。


「どうした？」

二人は上之社を大きく迂回し、山頂へと向かっていた。冬哉が遅れがちなスイを振り返る。

「――なんか……気持ち、悪い…………」

スイが呟く。

「少し休むか？」

「いい。だいじょう……っ」

大丈夫。言いかけたスイが、ふらりと身体を泳がせた。

「スイ!?」

冬哉が倒れかけたスイを寸前で抱き留める。スイは顔を歪めて浅い息をしていた。

「……頭……痛……い。カラダ……、熱い、のか、寒いのか、わ……かんな……」

切れ切れに呟いて、冬哉の胸に身体を預ける。

冬哉は力なく寄りかかるスイを覗き込んだ。頰に血の気がなく、唇が青褪《あおざ》めている。

おかしい。冬哉はスイの体調の急変に眉を寄せた。竜の息吹は遥か下で、風もないから有毒ガスはここまで来ない。五頭竜山は高山病になるほど高い山でもない。

となると――、
冬哉が素早く周囲を見回した。ある一点に視線が釘付《くぎづ》けになる。

上之社《かみのやしろ》。頂上と上之社を隠していた森が一部切れて、眼下に屋根が僅かに見えていた。

「まさか……っ、スイ!」

名を呼んで細い身体を抱き締めると、ぐったりと目を閉じていたスイの目がぽかりと開いた。

「……呼んでる……声……聞こえる……よんでる……お、れ……、よ……んで……」

見開かれた瞳は虚ろ。単調な一本調子の声が、褪《あ》せた唇から漏れる。

「嫌、だ……行かない……俺、を、呼……ぶな、や……来い。嫌だ来い来い来いイヤだ来――」

「スイ!!」

こいこい嫌こい嫌だこいこいイヤこいこいはいわかりましたこいこいイヤいきます。

唇だけで言葉を綴《つづ》り続けるスイが、冬哉の腕の中でゆるゆるともがく。

「聞くな‼　スイ！」

浮いた背中を力任せに抱き寄せると、小袖に包まれたスイの背中と自分の胸の間で、何かがもく、、、り
と蠢いた。

「――――っ⁉」

それは、身体の間に挟んだ蛇が身をくねらせるような感触だった。本能的に身を離そうとした冬哉
が、歯を食い縛ってスイを抱き締める。

「……っスイ！　負けるな！　スイ、スイ、スイ、スイっ‼」

はいいきますイヤだたすけてもりぬしさまとうやさんはいいやもりぬしさまもりぬしさ――――、
胸に何かが這い回る物凄い不快感。スイの背中が熱い。懸命に抗《あらが》っているのだろう。スイは感情の
ない譫言《うわごと》を呟きながら冬哉の腕を押し退《の》けようとして、次の瞬間縋りつく。

まずい。冬哉がめまぐるしく考える。スイの意識が引きずられかけている。

どうする？　御蔵さんの所へ？　彼の傍なら正気に戻るか？　それとも気絶させて山を下ろす？

――――いや、たぶんダメだ。根拠はないが、冬哉の勘が告げている。

山を下りる時間はない。それにアレから遠ざけたとしても、おそらくスイは瑠璃さんのようになっ
てしまう。スイが自分の力で振り切らなければ、いずれアレに取り込まれてしまう。

「くそ――――っ‼」

冬哉はスイを引きずって立ち上がった。きつく胸に抱き寄せて、遮二無二《しゃにむに》山を上り始める。

もりぬしさまもりぬしさまダメそっちを見るなもりぬしさまをみるなみるな――――っ
「御蔵さん？　御蔵さんがどうし……っ!?」

「見るなぁ……っ!!」

スイの身体が仰《の》け反《ぞ》った。虚ろだった瞳に一瞬生気が戻り、虚空を睨みつける。二人の間でのたくる何かが、スイの声に叩かれたようにひくんと浮き上がった。

いいぞ。冬哉が唇を吊り上げる。どうやらスイの意識を辿って御蔵翁に手を伸ばしたらしいが、それが逆にスイを刺激したらしい。

「負けるな！　戦え！　戦って、自分と御蔵さんを守れ!!」

も……り主様、もりぬしさま、護主様護主様護主様――っ……

「スイ！　戦え！　絶対に自分を手放すんじゃない！　それが出来るのはおまえだけだ!!」

「…………っ……」

冬哉の声が届いたのだろう。抱き上げたスイが冬哉の胸にしがみついた。ぶつぶつと呟いていた言葉が途切れて、唇がぐっと引き締められる。

脆《もろ》い岩に足を取られてぐらりと傾いだ。冬哉は完治には程遠い足で踏ん張り、スイを抱き直す。

「もっと呼べ！　おまえと、おまえの大切な人の名を呼び続けろ！」

「おれ……、俺、は、ス、イ。護ぬ、しさまが、す……き。と……や……が……すき」

スイが喰い縛った唇から切れ切れに言葉を漏らした。抑揚のなかった声に、少しずつ感情が戻ってきている。走りながら冬哉が叫ぶ。

「おまえはスイだ！　自分の名を繰り返せ！　俺を呼べ！」

「お、れは、す、い。スイ、スイ。と、やさ……、とうやさん、冬やさん、冬哉さん……っ」

「そうだ！　繰り返せ！　しがみつけ……っ‼」

重量のある荷物が肩に喰い込む。瓦礫《がれき》だらけの急勾配に道らしい道はない。足元が見えない。汗が目に入って周囲が霞む。怪我をした足に激痛。力が入らない。

それでも次第にしっかりしてくるスイの声に励まされ、冬哉は山を駆け上る。

「護主様、護主様っ。俺はスイ。スイだ！　冬哉さん、スイ、護主様。冬哉さん……っ‼」

「―――っ」

信じられない速さで山を上りきった冬哉が、きつく抱き締めていたスイの身体をそっと下ろした。そのまま崩折れて膝をつく。はあ、はあ、はあ、はあ。激しい息遣いと目眩《めまい》に声も出ない。

全身をしとどに濡らし、髪から汗を滴らせて肩で息をする冬哉に、スイが抱きついた。

「ありがとう……っ‼」

「ありがとう！　逃がしてくれてありがとう！　俺を呼んでくれてありがとう！　俺を俺のままでいさせてくれて、ありが……っ……」

冬哉の頭を抱え込み、髪に頬をすり寄せるスイの身体は細かく震えていた。

「気……分、は、どう、だ……？」

荒い呼吸に胸を喘がせながら、冬哉がスイを見る。

「こわ……、怖かった……っ」

スイの顔が歪み、唇が引き攣った。

「頭の中に声が聞こえて！　その声が俺を呼んで！　俺が俺でなくなっちゃうみたいで……っ!!」

「今は？」

ようやく息が整ってきた冬哉が、汗に濡れた髪をかき上げる。

「だい……丈夫。まだ何か聞こえるけど、言葉になってない。蚊の羽音みたいな嫌な音」

「耐えられるか？」

「……うん」

ほんの少し躊躇って、スイが頷いた。その目に光が戻ったのを確認して冬哉が身体を起こす。

「よし。なら始めるぞ」

一声かけて、立ち上がる。少し離れた所にある石の塊《かたまり》に近寄り、上に積まれた石を取り除《の》けた。石の下から現れたのは大きな木箱だ。中には油紙で包まれた筒状の物が並んでいる。そこから数本取り出して、スイの前で胡坐《あぐら》をかいた。

「おまえが寝てる間に確認しておいた。これは発破《はっぱ》だ」

「はっぱ……？」

スイは判らないという顔をして、冬哉と冬哉が持つ筒を交互に見る。

「発破。黒色火薬を筒に詰めた爆薬だ」

冬哉が見つけた御蔵翁のメモ書きは、黒色火薬の配合表だった。

黒色火薬は木炭と硫黄に硝石を混合して作る。木炭も硫黄も五頭竜山で調達できるから、以前、スイとミドリが妙な匂いのする袋があったと言っていたのは硝石かもしれない。

油紙を張った厚紙を幾重にも巻き、そこに火薬を詰めて導火線を差し込むと発破が出来る。作りはダイナマイトとほぼ同じだ。

御蔵翁は崩れた社の蔵で作業し、出来た発破を少しずつ山頂に運び上げていたらしい。

「ざっと五十本ある。御蔵さんはずいぶん前から用意していたようだが、これだけでは足りないんだ。残りは俺達で作るぞ」

「う……ん」

半端に頷くスイに苦笑して、冬哉は荷物でぱんぱんに膨らんだバッグを引き寄せた。

「説明してから手本を見せる。しっかり聞いてくれ」

無言で頷いたスイの前に、中が空洞の筒と大きな麻袋、黒く油光りした紐縄を並べる。

「袋に入っているのが火薬、こっちは導火線。筒に火薬を入れて導火線を繋げると発破になる。全部御蔵さんが作った」

「……そんなモノ、なんで護主様が……？」

スイが首を傾げる。不安そうに見上げてくるスイに、冬哉が息を吸い込んだ。

「――『徴』を破壊するためだ。神の象徴を破壊して、五頭竜様から神性を奪う」

全部おまえのためだ。最後の言葉を飲み込んだ冬哉の前で、スイが目を見張る。

「『徴』を破壊っ⁉　そ……っ、そんなのダメだよ！　五頭竜様がお怒りに――っ‼」

こんな目に遭《あ》っているのに、スイはまだ五頭竜様の呪縛から抜けられないらしい。

もどかしさを感じるが、しょうがないとも思う。物心ついたときから五頭竜伝説に首まで浸《つ》かり、闇雲に信じていたものを否定するのは難しいのだろう。

ふう。一つ息を吐いて、冬哉が立ち上がった。

「見たほうが早いな。ついて来い」

「ちょ……っ、冬哉さん⁉」

冬哉はスイを待たずに瓦礫だらけの急坂を上り、頂上に立って前方を指差した。

「これが『徴』の正体だ」

「え………？」

少し遅れて上ってきたスイが、冬哉の指し示す方を見る。

「――――あれ、なに……？」

五頭竜山の山頂は、異様な形をしていた。山頂があるべき場所がごっそりと削《けず》り取られ、その上に蓋《ふた》をするように黒光りする岩が塡《は》まり込んでいるのだ。

「おそらく隕石《いんせき》だ。文献で読んだことはあるが、現物を見たのは初めてだ。遥《はる》か昔に降ってきた石の塊が、山にぶつかって山頂を削ったんだ」

瞬きもせずに見おろすスイに、冬哉が低く呟く。

「隕石は、簡単に言うと星の欠片《かけら》だ。それが遥か昔に五頭竜山に落ちた。五頭竜伝説の『雷鳴と共に五頭竜様が降臨した』というのは、空気との摩擦《まさつ》で火の玉になった隕石が落ちた様子と、衝突の際の爆発と衝撃波が元になっているんだと思う」

「コレ、が、五頭竜様……？」

呆然《ぼうぜん》と呟くスイに、冬哉が首を振る。

「五頭竜様なんていない。空から降ってきて、物凄い確率でこの山に衝突した隕石だ」

大きさは縦十メートル、横八メートルくらいだろうか。凹《くぼ》みに填まり込んだ歪《いびつ》な楕円《だえん》形の石は、僅かに水に浸かっていた。その磨いたように凹凸《おうとつ》のない表面を冬哉が指差す。

「まるで鏡みたいだろう？　超高温の隕石が衝突した結果、ガラス質が溶けだして表面を覆ったんだと思う。それに風化が加わり、長期間地下水と雨で洗われ続けた結果、さらに磨かれたんだろうな。ただ、それだけじゃ『徴』にはならない。水が必要なんだ」

そう言って、太陽光を反射してきらきらと輝く水面に目を細める。

「激突の衝撃で、隕石の下に大きな空洞が出来た。地下水や普通の雨くらいでは埋まらないほどの大穴だ。この地方は雨が少ないから、水は滅多に上まで来ない。空洞を水で満たし、石が水を被る所まで溜まるには、洪水規模の大雨か、数十年に一度の長雨が必要なんだ」

「……今年は雨が多かった。冬からずっと……。護主様は殆ど毎日、山を上ってた……」

光る水面を見つめたまま、スイが呟く。

「水位を確認してたんだ。ただ、『徴』の発現にはまだ条件がある。月だ。それも満月」

そう言って、冬哉が空を指差した。

「乾いたままの石は光らない。平らな表面に薄く水が張り、そこに月の光が反射して、初めて発光する。太陽光でも同じ現象が起きているが、周囲が明る過ぎて微かな光は見えないんだ」

遥か昔に降ってきた隕石。凹凸のない表面と、それを覆ったガラス質。深い空洞を水で満たし、その表面をうっすらと覆う水位。そこに適度な高度と角度から射し込む光。太陽光では強過ぎる。ただの月の光では弱過ぎる。満月と夜闇が必要だ。

これらが揃って、ようやく五頭竜山の頂上はぼんやり発光する。『徵』の顕現だ。

確率は恐ろしく低い。全ての条件を満たすのは、数十年に一度あるかないかだろう。

それに続いて、多量の水の容量に耐えられなくなった山肌が崩れて水が溢れる。山津波だ。

山頂が発光すると山津波が起きる。その繋がりを知らない人々がそこに神性を見いだし、五頭竜様という神からの『徵』と呼んで畏れ崇めるのも判る気がする。

自然崇拝や原始宗教、神話や伝説の中には、こうして生まれたものもあるのだろう。

事実、五頭竜山は禁忌に守られた不入《いらず》の山となり、五つの頭を持つ竜が坐《いま》す神の山となった。

「――御蔵さんは『徵』の正体を暴いた」

半分だけ。御蔵翁の苦い自嘲を思い出して、心の中で付け加える。

「そして、これを壊すのが御蔵さんの願いだ」

「……ど……して………？」

「これが、五頭竜伝説の始まりだからさ」

冬哉が水に洗われる石を指差した。

そこに御蔵家がどう絡み、五頭竜様と結びついたのかは推測の域を出ない。慧吾の持つ能力も、スイや御蔵翁に及ぼす影響力も謎だ。しかし、関係がないとは思えない。

「『徴』を破壊するのが御蔵さんの望みなんだ」

無言で眼下を見つめるスイの硬い横顔に繰り返す。

「戻るぞ。時間がない。日が暮れるまでに仕掛けを完成させる」

短く告げて歩きだす。しばらくその場に佇んでいたスイがぐっと唇を引き締め、冬哉に続いて身を翻した。


「――――ふう」

顔を上げ、冬哉が額の汗を拭った。

少し離れた所で、スイがまとめた発破の下半分を土に埋めている。

「取りあえず、最初の仕掛けはこれでいい」

「うん」

スイが顔も上げずに頷く。

何も考えたくないのだろう。スイは目の前の作業に没頭していた。頬を土で汚したまま発破を埋め終え、少し下がって冬哉の指示通りの角度になっているか確認している。

腰を屈めた冬哉が、発破に取り付けた導火線を伸ばし始めた。

「これが終わったら山を下りる」

「うん」

視線を発破に据えたまま、スイがうわの空で頷く。

「御蔵さんを手伝う」

「うん」

「俺が行く。全部終わるまで、おまえはここを動くな」

冬哉は作業する手を止めず、スイを見ないまま淡々と続けた。

「う……、え――――っ!?」

頷きかけたスイが、勢い良く振り返った。

「ど……っ、どういうことっ!?」

「おまえにここを任せる。俺がするつもりだったんだが、そんな場合じゃなさそうだ」

「待――――っ、待って！」

「手順はさっき説明した通りだ。頭に叩き込めよ。一つでも間違うと吹っ飛ぶぞ」

「冬哉さん！」

叫んだスイが、導火線を慎重に手繰《たぐ》る冬哉の背中にしがみついた。

「動くなってどういうこと!?　全部終わるまでって何が!?」

「おい、気をつけろ。これは爆薬だぞ」

「答えて！　冬哉さん!!」

冬哉が肩越しにスイを見た。スイは冬哉のシャツを握り締め、縋るように見上げている。

「――――おまえは山を下りられない」

張り裂けんばかりに見開かれた瞳に、冬哉がやさしく囁いた。

「そ……っ!!」

「ここへ来る途中、おまえはどうなった？」

「――――っ……」

「御蔵さんや俺が、おまえがここに来るのを止めた理由が判ったな？」

穏やかに言って、スイを見つめる。一瞬冬哉を睨んだスイの視線が足元に落ちた。

「――――うん」

「おまえはさっき、物凄く危ないところまでいった」

「…………うん」

スイが微かに呟く。

「自分でも感じるだろう？　アイツがスイを見た。おまえの中に、通り道がついてしまったんだ。俺の言ってる意味は判るな？」

「…………」

否定できないのだろう。俯いたまま、スイが冬哉のシャツを握り締める。冬哉は項垂れるスイの頭にそっと手を置いた。

「一度はなんとか振り切った。だが、二度目はないと思ったほうがいい」

「や……っ、嫌だ！」

顔を上げたスイが、髪を乱して首を振った。

「冬哉さんが残って！　俺が護主様のところへ戻る!!」

「スイ」

「護主様と一緒に行って、五頭竜様に俺を選んでもらう！」

「スイ、それは出来ない」

「俺はどうなってもいい！　護主様はお助けくださいってお願いするんだ!!」

「スイ！　聞け!!」

「嫌だ！　絶対嫌だ！　嫌だ嫌だいや――――っ!!」

冬哉が手を振り上げた。スイの頬を鋭く打つ。

乾いた音がして、スイが倒れ込んだ。脆《もろ》くなっていた紙縒《こよ》りが切れて、長い髪がスイの身体に沿って流れる。

「御蔵さんは、それを一番恐れているんだ！」

冬哉が全身で叫んだ。

「近くを通っただけでおかしくなるおまえが、どうやって御蔵さんを助ける!?　アイツに取り込まれるだけなのが判らないのか!?」

冬哉の言葉が鞭《むち》のようにスイを打つ。

「御蔵さんに手をかけるのが、おまえになるかもしれないんだぞ!!」

「う……っ……、ふ………」

土を握り締めて肩を震わせるスイの前に、冬哉が片膝をついた。

「――御蔵さんは、スイをヒトに戻すことだけを支えに今まで生きてきた。御蔵さんの唯一の願いを、おまえは最悪な形で台無しにするつもりか?」

「………っ……」

嗚咽《おえつ》を怺《こら》えて、スイが歯を食い縛る。それでもどうしようもなく流れる涙が、いくつもの水滴になって乾いた地面に丸い染みを作った。

「俺は御蔵さんは戻らないと何度も言った。それがあの人の覚悟だ。今スイが動けば、御蔵さんの覚悟は無駄になる。それだけじゃない。あの人が耐え続けたことや、やってきたことが全部無駄になってしまうんだ。おまえは御蔵さんを無駄死にさせるのか?」

酷《ひど》いことを言っているのは百も承知だ。だが、隠し事はしないとスイに約束した。

「や……っ……、や……だヤダヤダや……っ……」

力なく振られる髪が場違いに涼しげな音を立てる。背中を丸め、顔を地面にすりつけて嗚咽するスイは、ひどく小さく見えた。

冬哉は震える肩を抱こうと伸ばした手を寸前で止めた。拳を握って立ち上がる。

「あれだけ止めたのに、おまえは来た。ならば責任を取れ。その結果を受け止めるんだ」

同情なんかでスイの悲しみは癒やせない。それが判るから、冬哉はわざと素っ気なく言う。

「御蔵さんも俺も、覚悟を決めてここにいる。おまえも覚悟を決めろ。それが御蔵さんのためだ」

「……ど……、すれば…………？」

顔は上げなかったし声も震えていたが、スイは微かに呟いた。

「『徴』を破壊しろ。やり方は教えたな？」

冬哉はスイに手伝わせながら手順を説明していた。スイに異変が生じた時点で、こうするしかないのが判っていた。

「それが、御蔵さんを手伝うことになる」

感情を込めずに言った冬哉に、スイが顔を上げた。

「――っ、お、れ、上手くやっ……ら、も……っ、護、ぬ……し様……あ……える……っ!?」

見開かれた瞳で懸命に冬哉を見上げる。スイの顔は土で汚れていた。頬も額も土に塗《まみ》れ、絶え間なく流れる涙の跡だけがくっきりと白い。

「――会える」

「――――っ!!」

「ただし、それはおまえの仕事が終わった後だ」

スイの目に浮かぶ歓喜を見たくない。冬哉は視線を逸らして口早に続ける。

「発破を全て爆破させて『徴』を破壊したら、上之社へ来てもいい」

「うん！　うんっ！　わか――っ……」

「とにかく顔を拭け。おまえ、泥だらけだぞ」

こくんと頷いたスイが袂《たもと》で顔を拭った。乱暴に擦った頬に、くっきりと手形がついている。

「けっこう腫れたな」

「いたい！」

赤く腫れた痕に触れると、スイが悲鳴を上げた。

「痛むか？　悪い」

「いたい！　いたい！」

「珍しく素直だな」

冬哉が苦笑する。呆れるほどのお喋りで感情表現が豊かだが、頑固で意地っ張りでもあるスイが苦痛を口にすることは滅多にないのだ。

「いたい！　いた……っ!!」

「スイ？」

「……たい！　…………いたい。……護主様、の、そばに……、居たいっ!!」

潤んだ瞳に、また涙が盛り上がる。

「いたい！　冬哉さんのそばに――っ、居たい……っ!!」

「ス…………」

「――ごめん。もう行って」

一歩踏み出した冬哉を拒むようにスイが背中を向けた。

「俺のために色々とごめん。我侭《わがまま》ばっかり言ってごめん。冬哉さんが今までしてくれたコト、これからしてくれるコトも全部ごめん。絶対忘れない。ありがとう。冬哉さん、ごめんね――――」

身体は小刻みに震えていたが、その声に涙はない。背中を向けたまま立ち上がったスイが、肩越しに振り返った。

「行って。護主様を助けて」

冬哉はスイを美しいと思った。土と涙で汚れた顔も、ひくひくと引き攣る唇も、乱れた髪も泥まみれで着崩れた巫女衣裳も。今まで会ったどんな人間より綺麗だと思った。

「――――……」

何か言おうとしたが、かける言葉がない。

「段取りは覚えているな!? 全部終わるまではここを動くな! 絶対に無理はするなよ!!」

放り投げるように指示を出して、冬哉は返事を待たずに走りだした。

戻る途中、何かが身体に絡みつくのを感じた。生臭く、熱いのに冷たい感触が肌に纏《まと》わりつく。

コレがスイの感じていたモノか? 俺にも手を伸ばしてきた?

冬哉は奥歯を噛み締めた。そうはさせるか!!

それがのたくりながら身体の内側に這い込もうとするのに、冬哉は腹に力を込め、精神を一点に集中させて抗った。巻きつく蔓《つる》を引き千切るように振り払うと、突き刺さるような痛みが一瞬脳を灼《や》いて、それきり不快な気配は消えた。


「御蔵さん!?」

崩れかけた社に駆け込んだ冬哉が見たのは、倒れ伏した御蔵翁の姿だった。

スイの巻いた包帯が鮮血に染まり、床には新しい血溜りが出来ている。

「どうしたんですか!?」

「だ……い丈夫……っ……」

近寄って膝をつくと、御蔵翁がうっすらと目を開いた。

「ふふ……、どうやら翠が慧吾の機嫌を損ねたようだな――っ」

苦痛に顔を歪めながらも、御蔵翁が微笑んでいる。

「翠を取り込もうとして弾かれた。その腹いせに儂を痛めつけたというワケだ」

上へ行く途中でスイがおかしくなり、護主様を見るなと叫んだ時か。

冬哉はその場を見ていたように話す御蔵翁を助け起こした。

「判るんですか?」

尋ねながら、冬哉が血で濡れた包帯を手早く解《ほど》く。現れたのは無惨な傷。猛禽《もうきん》類の爪痕のような傷が、御蔵翁の脛を再び切り裂いていた。

「判るというより、感じるといったほうが正しいと思う。……ああ、そのままで構わない」

薬に手を伸ばした冬哉を御蔵翁が止める。

「どうせすぐ治る。それより翠を救《たす》けてくれた礼が言いたい。ありがとう」

傷ついた足を投げ出したまま、御蔵翁が深々と頭を下げた。

「青江くんの機転がなかったら危なかった。翠をここから遠ざけてくれたことにも礼を言う」

「……傷が、塞がってゆく………」

冬哉は御蔵翁の感謝の言葉を聞き流して傷を凝視した。溢れ出ていた血が止まり、生々しい傷口が早くも乾き始めているのだ。

「言っただろう。何度傷つけられても、ここに居る限り癒える。それが面白くない慧吾がまた傷つける。慧吾と儂のいたちごっこだ。——しかし、昨夜の傷はさすがに酷《ひど》かった」

苦笑した御蔵翁が肩を竦める。

「巫女の姿が見えなくなったと怒り狂っていたと思ったら、突然首を押さえて苦しみだした。それからずっと荒れ続けている」

「それ、たぶん俺のせいです」

信じていないと言いながら、それを肯定する矛盾を感じながら冬哉が答えた。

「スイは、もう巫女ではありません」

「巫女で……ない？」

御蔵翁が眉を寄せる。

「俺が巫女でなくしました」

「――――っ……」

意味が判ったのだろう。目を見張った御蔵翁が、次の瞬間複雑な顔をした。

「なんかスイマセン。――色々と」

「ふ……っ、ふふ、ふふふ……」

必要なことだったが、祖父に聞かせる話ではない。バツの悪い冬哉が笑う御蔵翁に頭を下げる。

「いや、謝ってもらう必要はない。そうか、その手があったか。しかし儂には出来ない方法だな。ふふ……っ」

「ついでにスイの背中の竜の首を絞めました。苦しんだなら、いい気味です」

「くくっ、本当にきみは……っ。破天荒《はてんこう》というか滅茶苦茶というか、さすがあやかしなだけある」

傷はまだ相当痛むだろうに、御蔵翁は複雑な表情のまま破顔する。ひとしきり笑った後、外を確認した御蔵翁が冬哉を見上げた。

「まだ少し時間があるな。『徴』が顕現するのを待つ間に、上の様子を聞いておきたい」

冬哉も外を見る。高度を落とした陽光が影を長くしていたが、夕刻というにはまだ早い。

「手順を大きく三つに分けました。まず月が上空に来て石が発光したら、里と反対側の山の縁《へり》を数ヶ所爆破します。これでかなりの水が外側に流れ落ちて石が顔を出す。次に露出した石に発破を仕掛ける。表面を削るだけでいい。砕《くだ》くのが理想ですが、ガラス質が剝《は》がれれば石は光らなくなります。最後に里側の縁を爆破する。飛び散る土が石を覆うように、出来るだけ縁の内側に仕掛けました」

「ふむ……。山頂をぐるりと囲んで一気に爆破するのは矢張り無理だったか……」

御蔵翁が考え込む。

「それは火力次第ですが、途中で火が消えればそこで終わりです。加えてそれが成功した場合、一種の山体崩壊《さんたいほうかい》が起きる可能性もある。その場合、山そのものが崩落してしまう。穴は里側に傾斜しているし、こちら側の縁は外側より低くて脆い。爆破の圧に耐えられないのは里側です」

「……それでもいいと思っていたと言ったら、きみはどう思う？」

呟いた御蔵翁が、冷えた笑みを浮かべた。

「五頭竜様ごと山が崩れるなら、いっそすっきりする。全部壊れてしまえと――」

「その場合、最初に犠牲になるのはスイです」

御蔵翁もまた、五頭竜様に取り憑《つ》かれている。憎しみという形でだ。それが判る冬哉が、ことさら冷静に返した。

「里には村人もミドリもいる。あなたは、自分の昏《くら》い望みにスイ達を道連れにするつもりですか」

「ふふ……、それは困る。だから遠ざけようとしたのに、翠は来てしまった。最初で最後の反抗で、翠は儂から村を救ったな」

意外なくらい明るい顔で笑うと、御蔵翁がここからは見えない山頂に視線をやった。

「アレが五頭竜様で、五頭竜様の宝で、五頭竜伝説と御蔵家の関わりの始まりだ。青江くんにその謎は解けたかな」

「――たぶん。あの石はおそらく隕鉄《いんてつ》ですね。鉄とニッケルを多く含んだ隕石が高温で燃え、不純物が焼灼《しょうしゃく》された鉱物の塊だ。製鉄技術が確立していない時代に、純度の高い鉄は貴重でした」

話しながら冬哉が座り直す。

「武器にすれば威力が飛躍的に上がって勝敗を分けただろうし、売れば莫大《ばくだい》な金にもなった。まさに宝だ。五頭竜山にソレがあるのに気づいたのが、御蔵家の祖先だった。気づいて、秘密裏に独占しようとして、古くからある伝説に自分達を混ぜ込んだ。違いますか？」

冬哉が問いかけると、御蔵翁が上之社のあるあたりを指差した。

「上之社の背後には、巨大な岩が三つある。上之社は真ん中の岩を隠すように建てられた。その奥には短い坑道《こうどう》があって、石の側面に続いている。今は鉄の扉で塞がれているが、隕鉄を削って持ち出した跡だ。両脇の岩は水抜きだ。山頂に穿《うが》たれた穴がいっぱいになり、『徴』が現れる水位になったとき、そこから水を流す」

「水は自然に溢れるのではなく、計画的に放水していたわけですか。坑道を守るためと、山頂が崩れて石が露出するのを防ぐための措置ですね」

「そうだ。溢れ出た水は、途中で山筋に沿って五本の奔流になる。五頭竜伝説の始まりだ」

繰り返し山を抉った五条の山津波。それを五頭竜様の怒りと呼んだ。

こうして伝説は作られた。自然現象と人為的な操作が絡み合って、五頭竜伝説が作られた。

「露天掘りにせず坑道を作ったのも、隕鉄の存在を隠し、御蔵家が富を独占するためですね」

「そうだ。おかげで御蔵家は地方の小豪族から大領主にのしあがった。滝守《たきもり》村は最初、工人達が住む村だった。秘密を守れば多額の金を約束され、外に漏らせば殺された。村の人間にとって、御蔵家と五頭竜様は繁栄と恐怖の両方となり、成り立ちが忘れられた今も畏怖と崇尊が残った」

「御蔵家にとって、五頭竜様の宝は今でも宝ですか？」

「鉄の価値は今も変わらないから、売れば莫大な金になるだろう。その存在はもう一つの五頭竜伝説と共に当主のみに伝えられていたのだが、長い年月のどこかで途切れてしまった。今、その存在を知っているのは、文献を捜し出した儂だけだ」

「——五頭竜様の正体は、御蔵家にも忘れられた。そして伝説だけが残った、と……」

「忘れられたのは御蔵家が作ったところだけだ。現に五頭竜様はいる。あそこに——」

すっと腕を上げて上之社を指差した後、御蔵翁が古い刀を引き寄せた。

「——さて、そろそろ行く」

すっきりした顔で、御蔵翁が微笑んだ。

「翠には『徴』が顕現するまで動かないと言ったが、この足では時間がかかる。悪いが約束を破らせてもらう。きみはどうする？」

唇に笑みを残したまま冬哉を見上げる。

「儂としては翠の所へ行って欲しいが、無理強いはしない。山から下りてもらって構わない」

「その足で歩くのは無理です。御供《おとも》しますよ」

「もう充分だ。青江くんには感謝しかない。だからもう——」

冬哉は返事の代わりに立ち上がり、御蔵翁の腕を掴んで立ち上がらせた。

「俺は、なんとしても五頭竜伝説の正体を見届けたいんです」

その腕を肩に回し、生々しい傷痕を庇いながらゆっくりと歩きだす。

冬哉の応えに頷いた御蔵翁が、視線を山頂に向けた。

「……爆破は危険が伴う。翠は大丈夫だろうか」

御蔵翁は自分のことよりスイを気遣っている。

「どうやって点火する？」

「火矢を使って。スイに離れた位置から導火線を狙うように言いました」

冬哉の説明に、御蔵翁が口元をやさしく綻ばせた。

「翠は弓の名手だ。やり損なうことはないな」

「はい」

冬哉が頷く。危なくなったら逃げろと言ってあるが、スイは逃げないだろう。スイはやり抜く。

「…………っ」

壊れかけた社を出てすぐ、身体ががくんと重くなった。

——なんだコレは？

山頂から下りるときに感じた不快感が、何倍にもなって襲いかかってきた。

大気が質量を持って伸《の》しかかる。粘つく湿度が纏わりつく。帯電した風が肌を刺す。足元から底冷えするような冷気。なのに発熱しているように頭が膨れ上がる。息が苦しい。鼓膜がめり込むような耳鳴り。頭痛が脳に突き刺さる。血が濁って粘度を増す。

「くそ……っ」

冬哉は奥歯を噛み締めて、ぼやける目を見開いた。

「慧吾はきみが気に入らないらしいな」

冬哉の異変を御蔵翁が冷静に観察している。

「今からでも遅くない。山を下りるんだ」

「……っ、イヤ、だ――っ!!」

食い縛った歯の間から唸ると、冬哉は下腹に力を込めた。身体の内側に目を凝《こ》らし、呼吸を深く、長くする。

振り払え。捩《ね》じ伏せろ。意識を研ぎ澄まして抗《あらが》え。スイは耐えた。俺にも出来る――。

繰り返し呪文のように唱え続けていると、次第に呼吸が楽になってきた。

「………っ、もう、大丈夫……っ、です」

顔を上げ、額に滲む冷や汗を拭った冬哉が歩き始めた。

「無理をしなくていい、酷い顔色だ」

「少し目眩がしただけです」

顔面蒼白のまま、冬哉が精一杯強がる。

「――これで判っただろう?」

御蔵翁が浮かせていた足を地面につけた。肩にかかる体重が半減して、冬哉の負担が軽くなる。まだ手助けは必要だが、御蔵翁は自力で歩き始めていた。

不思議なことに、上之社に近づくにつれて御蔵翁は生気を取り戻しているようだった。

「慧吾を見ればもっと判る。異常な若さ、異常な怪力、儂や翠、そしてきみにも影響を及ぼす異能。

きみがどう思おうと、アレは人の理《ことわり》から外れている」

「……っ、今はそう見えるかもしれない。しかし、いずれ説明がつくと俺は思ってます」

「強情だな」

意地になって歩き続ける冬哉に苦笑して、御蔵翁が彼を見上げた。

「足の具合は？」

「大丈夫です。痛みません」

聞かれて始めて、冬哉はずっと感じていた激痛が消えているのに気づいた。

「――きみは、自分の髪の色が変わったのに気づいているか？」

「…………っ」

ぐっと身を強張らせた冬哉を、御蔵翁が見つめ続ける。

「目もそうだ。金色になっている」

冬哉は御蔵翁の凝視から逃れようと顔を逸らした。その拍子に前髪が顔に落ちかかる。

明るい薄茶の髪から色が抜けて、白っぽくなっていた。心なしか長くなったような気もする。

「慧吾の能力《ちから》ではないな。これはきみの――」

「光の加減です」

冬哉が語気を強めて御蔵翁の言葉を遮った。

「……そうか」

触れられたくないという冬哉の意思を感じたのか、頷いた御蔵翁が視線を外した。

「帰ったら、柏原殿に儂が礼を言っていたと伝えてくれ」

「礼、ですか？」

話題を変えてくれたことにほっとしつつ、冬哉が眉を寄せる。

「文のやりとりの際、柏原殿が書物を貸してくれた。その中に、古代中華の怪異や伝記をまとめた古い奇譚《きたん》集があった。そこに、五頭竜伝説と似た逸話を見つけたんだ」

「まったく！　あの人も余計なことを……っ」

冬哉が鋭く舌打ちをした
「怒らないでくれ。とても参考になったんだ。それで儂の考えに確信が持てた。最後の迷いが吹っ切れて、慧吾と闘《たたか》う腹が決まった。本当に感謝している」

「それが余計だと言っているんです」

不機嫌を隠さない冬哉に、御蔵翁が目を細める。

「きみにも感謝している。ここに来てくれたこと、翠と出会ってくれたこと、翠の傍にいてくれたこと。翠がどんなに泣こうと儂を引き止めようとしないこと全てに」

「あなたを止められないのは判っています。俺がここにいるのは自分のためです。感謝される謂《いわ》れはありません」

肩を竦めた冬哉を御蔵翁が見上げる。

「翠のため、とは言ってくれないのか？」

「言いません。スイの負担になるつもりはないんで」

「きみは本当に強情だなぁ」

あっさりと返した冬哉に苦笑して、御蔵翁が口調を変えた。

「――聞いてもいいだろうか」

「何を？」

「青江くんにとって、翠はどういう存在なのかな」

「――……」

冬哉が黙り込んだ。それは何度も自分に問いかけて、結局答えの出なかった問いだ。

突き詰めるのは危険だと本能が告げて、そこから目を逸らし続けていた。そのほうが楽だった。

しかしここで向き合わなければ、自分は一生このままだとも思った。

「――俺は、自分が冷たい人間なのだと思っていました」

覚悟を決めろ。スイに繰り返した言葉を自分にも言って、冬哉が話し始めた。

「我ながらドライというかシニカルというか、今まで人と関わって心が動いたことがないんです。人との付き合いは薄っぺらなほうがいい。相手のことを深く知りたいとも、俺を知って欲しいと思ったこともありません。踏み込まれない距離を保ち、人の営みから少し離れたところにいるのが心地《ここち》好い。そういう人間だと……」

御蔵翁は黙って冬哉の言葉を聞いている。

「でも五頭竜山に来て、スイと出会って、今まで動かなかった感情が揺《ゆ》す振《ぶ》られた。俺はここまで誰かのために腹を立てたことはないし、守りたいと思ったこともないんです」

冬哉は頭を空にして、思ったことを口にしている。そんな言葉が自分の口から出たことをぼんやり不思議に思いながら、今まで気づかぬふりをしていたモノに形を与えようとしていた。

「スイを女扱いしているワケではありません。そういう意味で守りたいんじゃない」

だてに場数は踏んでいない。たった一度抱いただけで、勘違いするほどウブでもない。

なにより、あの抱擁には肉欲以上に大事な意味があった。

今まで女に不自由したことはない。仕事と割り切って抱いたこともある。肌を合わせるのに抵抗はないし、突き上げて放出する快感も知っている。

だが、身体は熱くなっても気持ちはいつも醒《さ》めていた。肉欲は肉欲として愉《たの》しんでも、それが心と繋がらないし感情は揺れない。

身体のどこかに空洞があって、そこに風が吹いているような感覚が常にあった。

冷たくてドライ。自分はそういう性分なのだと思っていた。

「スイを最初に見たとき、笑顔が似合わない顔だと思いました。なのにスイは屈託なく笑う。くしゃりと顔を崩して、口を大きく開けて心の底から笑う。あんな顔で笑うことが出来るヤツが、泣くのを見たくない。あいつの顔は涙が似合いすぎる。だからこそ、スイには笑っていてほしい」

本当におかしな気分だ。スイといるとき、いつも感じていた醒《さ》めた虚ろがどこにもなかった。それを今更ながらに自覚する。

「俺はスイを弱いと思いません。むしろ逆だ。たとえ力ずくで曲げられても、しなやかに撓《たわ》んで折れない。あんな環境で育ったのに、スイは心から笑うことが出来る。スイは強い」

「……耳が痛いな」

「いつもは騒々しくてお喋りで、なのに本当につらいときは声も出さずに泣く。息を呑むほど見事な神楽を舞うくせに、普段はがさつで開けっ広げ。俺はそんなチグハグなスイが好きなんですよ」

愛じゃない。恋でもない。この感情に相応しい言葉が見つからない。

「――上手く言えませんが、あいつの傍は息がしやすい。スイといると、足りない何かが埋まる気がする……」

口の中に言葉が消えて、冬哉が我に返った。途端に顔が熱くなる。

ここまで多弁に自分の心情を語ったことがない。というか、自分の中に、こんな感情があったことを、言葉にしてみて初めて知った気がした。

「あー、すいません。余計なことを言いました。こういうの、慣れてないんです」

「――ありがとう」

御蔵翁は照れる冬哉を茶化したりせず、深々と頭を下げた。

「翠の傍にいたのが、青江くんで良かった」

自分もそうだとは言わずに、冬哉は御蔵翁の身体を支え直した。

上之社へ続く崩れかけた長い階段に辿り着いたところで、御蔵翁が足を止めた。

「翠が泣いている」

しばらく無言だった御蔵翁が、ぽつりと呟いた。

「はい」

「泣き続けている」

「……はい」

御蔵翁には『見えて』いるようだが、冬哉はそれを『感じ』る。

「やさしい子に育ってくれた。青江くんの言う通りだ。あの子はやさしくて強い」

これから行く場所を見上げたまま、御蔵翁が唇を綻ばせる。

「翠こそが儂の宝だ」

「はい」

「青江くん」

「はい」

「翠を任せていいだろうか」

御蔵翁は冬哉を見ずに、やさしく微笑んだまま言った。

冬哉が唇を引き締める。簡単に頷くことは出来ない。

御蔵翁が命を懸けて守る宝を受け取る覚悟はあるか？　俺はどうする？　どうしたい？

「――――はい」

長い逡巡の後、冬哉が頷いた。

冬哉の返事に無言で頷いて、御蔵翁が階段に足をかけた。

「上之社は、建物全体が檻《おり》になっている」

細く急な階段を上りながら、御蔵翁が言った。

「床や壁、天井も全て、山頂の鉄で作った鉄格子で囲ってある。慧吾はこれに触《さわ》れない」

話しながら、御蔵翁が首から下げた古い鍵を取り出した。

「この鍵も同じ鉄で出来ている。儂が中に入ったら、これで鍵をかけて離れてくれ」

「手伝うと言ったはずです」

「見届けてくれるだけでいい。きみはそのために来たんだろう?」

「俺はあなたが、決着をつけるのを手伝いに来たんです」

「慧吾がどう出るか儂にも判らない。本当に危険なんだ。青江くんを巻き込むつもりは――」

「いい加減にしてくれ!」

冬哉が御蔵翁の言葉を遮った。

「スイといいあなたといい、同じ言葉を繰り返す! もううんざりだ!!」

吐き捨てた冬哉が、立ち止まって御蔵翁と向かい合った。

「どうするかは俺が決める。気遣いは無用だ。余計な口出しはしないでくれ」

低く告げて、御蔵翁を睨む。

「俺はスイとは違う。御蔵さんを止めたりしない。だから、あなたも俺の邪魔はしないで欲しい」

「判った。すまない」

頷いた御蔵翁が古い刀を握り締めた。

「――――絶対にやり遂げる。そのために生きてきた。瑠璃のために、翠のために。儂自身のために。これが、儂の唯一の望みなんだ………」

自分に言い聞かせるように呟いて、御蔵翁が冬哉を見上げた。

「やって欲しいことを説明する。手伝ってくれるか？」

「それでいいんです。自慢じゃないが、妙な経験だけは豊富です。俺は役に立つ男ですよ」

軽く頷いた冬哉が、にっと唇を吊り上げた。


山の夕暮れは早い。

空を染めていた夕焼けが朱から紫へ変わっていったと思ったら、周囲は一気に薄暗くなった。夕闇が濃くなって一番星が光り、そして月が――――。

今日の満月はやけに大きい。山の端に顔を出した月を見おろして、冬哉はぼんやりと思った。

「ありがとう。もう歩ける」

御蔵翁が冬哉から離れた。一瞬よろけたが、すぐに体勢を立て直して階段を上り始める。

「最初は少し離れていてくれ。慧吾と話がしたい」

「俺の存在は気づかれています。隠れたりしませんよ」

「構わない。では、段取り通りに。その時が来たら躊躇わないでくれ」

「段取り通りに。躊躇いません」

短いやりとりを終えると同時に、二人は階段を上りきった。


周囲は夜に包まれたが、少しずつ昇ってくる月が意外なほど明るく闇を照らして、上之社の姿をくっきりと浮かび上がらせている。

上之社は想像より小さく、神社の形態をしていなかった。

鳥居はなく、拝殿《はいでん》も幣殿《へいでん》もない。建物全てが檻のせいだろう。通常の神社にはある登り口も階段もなく、建物は地面に直接据えられていた。

社の三方は厚い土壁の上に何重にも板が打ち付けられていて、正面だけは逆に全面が開いている。

建物は六畳二間くらいの横長で、板敷きの部屋の開口部分に戸や襖《ふすま》はなく、代わりに太い鉄格子が狭い間隔で並んでいた。

その建物の中央、本来ならば御神体の置かれる場所に男が一人。

胡坐をかき、膝に肘をついてくつろぐそれを男と、いや人と呼べるだろうか。

確かにヒトのカタチはしている。

伸び放題の髪を無造作に結んだ若い男。顔は御蔵翁に似ている。精悍《せいかん》な顔立ちと言ってもいい。

座っていても大柄なのが判る。体格や年齢は冬哉と同じくらいだろうか。

だが纏う空気が違う。男を取り巻くオーラは周囲が歪むほど濃密だ。黒く渦巻くそれの中で、時折雷に似た閃光《せんこう》が光る。唇に薄い笑み。漆黒の瞳の奥で、赤い炎がちらちらと燃えていた。

御蔵慧吾。五頭竜様に魅入られ、五頭竜様に成った男。

冬哉は本能的に後ずさろうとする身体を意志の力で押しとどめた。慧吾の放つ強烈な威圧感に負けまいと、しっかりと顔を上げる。

「慧吾」

彼の迫力に慣れているのか、御蔵翁が冬哉から離れて鉄格子の前に進み出た。

「なんだ、もう歩けるのか。つまらん。手加減し過ぎたな」

慧吾が御蔵翁を見て鼻を鳴らした。

「おまえは加減などしていない」

体格に見合った低く深い声。しかし御蔵翁は動じない。

「『徴』の顕現は、儂にも力を与えている。それはおまえも判るはずだ」

淡々と返した御蔵翁に答えず、慧吾が冬哉を見た。

「ずいぶんと妙なのを連れてきたな」

真っ黒な目を細めて冬哉を見つめる。

「この気配……。おまえが俺の巫女を隠した奴か」

「おまえの巫女じゃない」

冬哉が腹に力を込めて言い返す。

「おまえの巫女だと言いたいのか？」

慧吾が嘲《あざけ》るように歯を剝《む》いた。

「俺は巫女などいらない」

来る途中で感じた不快感がじわじわと冬哉を侵食してきた。それを気力で跳ね返して慧吾を見つめ続ける。

自分の気配に臆《おく》せず、視線を逸らそうとしない冬哉に、慧吾が眉を寄せた。

「——悟堂、この男はなんだ？」

「俺は、おまえの首を絞めた男だよ」

御蔵翁が口を開く前に、冬哉が答えた。慧吾の首にくっきりと残る指の痕を指差し、不敵に笑ってみせる。

「————っ」

途端に慧吾のオーラがぶわりと膨れ上がった。目の中の炎が火花を散らす。

「慧吾！」

鋭く呼んで、御蔵翁が二人の視線の間に割り込んだ。

「『徴』が顕現したんだ！　彼に構ってる暇などないだろう!?」

「それがどうした？　おかげで気力が漲《みなぎ》って、今までになく気分がいい」

慧吾が漆黒の瞳を御蔵翁に向けて薄く笑う。

「『徴』の顕現は五頭竜様の代替わりの証だ。その意味が判っているのか？」

「判っているとも！　俺の代わりを五頭竜様に捧げて、俺はこの忌々《いまいま》しい檻から解放されるんだ!!」

慧吾が叫んだ。それに首を振って、御蔵翁が檻に一歩近づく。

「儂は五頭竜様と御蔵家の関係を調べた。『徴』の顕現があったとき、五頭竜様に成った人間の末路を調べた」

話しながらさらに近づき、鉄格子のすぐ前に立つ。

「代替わりすれば、成った人間から五頭竜様の加護はなくなる。五頭竜様に命を根こそぎ吸われて脱け殻になるんだ。誰かに五頭竜様を譲れば、おまえは死ぬ」

「ふ……っ、ふふふ……っ。あは、あはは！　あはははっ!!」

御蔵翁の言葉を、慧吾の笑い声が遮った。

「悟堂！　俺を見縊《みくび》るなよ！　そんなコト、とうの昔に知っているさ!!」

「知って……？」

「俺は五頭竜様と一心同体だ！　わざわざ調べなくとも判るんだよ！」

「だったら何故？」

「俺は五頭竜様に乗っ取られたんじゃない！　俺が五頭竜様なんだ!!」

「――どういう意味だ……？」

困惑する御蔵翁に焦れた慧吾が立ち上がった。着物から腕を抜いて諸肌《もろはだ》脱ぎになる。

「こういう意味だ!!」

一声叫んだ慧吾が背中を向けた。

「────っ!?」

向けられた背中に、御蔵翁が息を呑んだ。少し離れて二人の応酬を聞いていた冬哉も目を見開く。

「────竜が、二匹………っ？」

囁いた御蔵翁がふらりとよろけた。素早く近寄った冬哉が倒れ込む背中を支える。その間も、慧吾の背中から目を離すことが出来ない。

慧吾の背中に竜が二匹。

御蔵翁は双頭の竜を見たと言った。一つは彫り物、もう一つは頭を動かしてこちらを見たと。

しかし今、慧吾の背中には竜が二匹いる。

どちらも描かれた竜ではない。双頭の竜でもない。二匹の竜は塒《とぐろ》を巻き、互いに身体をすり合わせながら、うねうねと蠢いていた。

「古い五頭竜様を次の憑代《よりしろ》に渡して『徴』の人身御供にする！　俺は俺が生み出した五頭竜様を背負って伝説の軛《くびき》から逃れる！　俺は自由だ!!」

向き直った慧吾が吠《ほ》える。

「憑代は俺の巫女だ！　おまえは隠し続けたが、御蔵家の誰かなのは判っている！　おまえと、俺を閉じ込めた御蔵家への復讐だ！　あはっ！　あははは！　どうだ悟堂!?　俺の勝ちだ!!」

勝ち誇る慧吾の哄笑を聞きながら、御蔵翁がゆっくりと身体を起こした。

懐から鍵を取り出して鍵穴に当てる。

「御蔵さん」

「大丈夫だ」

思わず呼び止めた冬哉に、御蔵翁が微かに笑った。

「段取り通りに、だ。あとは頼む」

無言で頷いた冬哉が鍵を受け取り、代わりに刀を差し出す。

「何をする気だ？」

部屋の中央に悠然と立った慧吾が、檻に入ってきた御蔵翁を見つめて唇を吊り上げた。

「――おまえに翠は渡さない……」

「すい。俺の巫女の名だな」

刀を構えた御蔵翁と相対しても、慧吾の余裕は変わらない。

「この時を待っていた！」

言うなり、刀を握り締めた御蔵翁が一気に間合いを詰めた。


御蔵翁の刀捌《さば》きは老人のそれではなかった。

振り上げ、振り下ろし、薙《な》ぎ払って、少しでも隙を見せればそこを突く。初対面の時、古武士然とした人物だと思ったが、今の御蔵翁は手練《てだ》れの侍だった。全ての動作が速く鋭い。全身から殺気を漲《みなぎ》らせ、一撃に体重を乗せて刀を振るっている。

しかし、全てにおいて慧吾が勝《まさ》っていた。

軽く身を引いて刃を躱《かわ》し、踏み込んで拳を振るう。切っ先が肌を裂いても、構わず突進して御蔵翁の手から刀を叩き落とそうとする。

切られた箇所から血飛沫《しぶき》が飛んでも、傷はすぐに再生して摑みかかってくる。慧吾は素手だけで御蔵翁を圧していた。

その気になれば一撃で倒せる膂力《りょりょく》を持っているのに、慧吾は渾身《こんしん》の力で刀を振るう御蔵翁をのらりくらりと躱すだけで、本気で闘ってはいない。

「楽しんでいやがる……」

その唇に浮かぶ薄ら笑いを見て、冬哉が奥歯を嚙み締めた。

——慧吾は儂から逃げない。むしろ向かってくるだろう。猫が蟷螂《かまきり》に戯《じゃ》れつくように、面白がりながら儂を弄《もてあそ》ぶはずだ。すぐには殺さない。慧吾は積年の恨みを、そんな簡単に終わらせるつもりはない。出来るだけ長く痛めつけ、苦しむ姿を見ようとする——。

御蔵翁の言った通りだ。御蔵翁はこうも言った。

——それでいい。そこが付け目だ。慧吾を本気にさせるには、奴を怒らせなければならない。弱者と侮《あなど》る相手に負ける屈辱を味あわせ、焦《あせ》らせなければならない。このままでは負けると思わせなければならない——。

「哈《は》っ!!」

摑みかかろうとした手をぎりぎりで避けて、御蔵翁がその腕に刀を振り下ろした。

全体重を乗せた正確な太刀筋。じゅっという音と共に刃が慧吾の肌を灼《や》き、腕から黒煙が上がった。

腕を断《た》ち落とすかに見えた刀は、半ばまで喰い込んで止まった。そのまま押すことも引くことも出来なくなる。

「ふん、この程度か」

御蔵翁の渾身の一撃を、慧吾は腕を捻《ひね》るだけで振りほどいた。つんのめり、たたらを踏んだ御蔵翁に向かって腕を一振りすると、御蔵翁の頬に鋭い掻き傷が走った。

「――――っ」

「老いたな、悟堂。昔はもう少しホネがあったぞ」

慧吾が嘲笑う。

「確かに待つ時間は長かった。だが、それも今夜で終わりだ」

流れ出る血を手で拭って、御蔵翁が正眼《せいがん》に構える。

「最後の夜だ。せいぜい楽しもうじゃないかっ!!」

叫んだ御蔵翁が床を蹴った。両手で握り締めた刀で喉元を狙う。

慧吾は鋭い突きを楽々と避け、伸びきった腕をまとめて抱え込んだ。

「意気込みだけは誉《ほ》めてやる。だが、最後になるのは悟堂だけだ」

摑んだ腕をぎりぎりと締め上げながら、慧吾が唇を吊り上げる。

「俺を楽しませてくれるんだろう？　痛みにのたうち回って、早く殺してくれと懇願する姿を見せてもらおうか」

「……っ、ふふ、そ……れは、どうかな……っ……」

苦痛に顔を歪めながらも、御蔵翁が微かに笑みを浮かべた。

「笑っていられるのも今のうちだぞ」

その余裕が癇《かん》に障ったのか、慧吾が本気で腕を折りにかかった。御蔵翁の腕がたわみ、握っていた刀が床に落ちる。

「御蔵さん！」

叫んだ冬哉が錠に飛びついた。

「まだだ……っ!!」

鍵を開けようとした冬哉を御蔵翁が止める。

「まだ？　なにが――」

眉を寄せた慧吾が呟いたとき、満月が作った影が不意に伸びた。

顔に淡い光を感じて冬哉が顔を上げる。月の光ではない。

ぼんやりとした光が、上之社を背後から浮かび上がらせていた。

「――『徴』……」

冬哉が呟いた瞬間、腹に響く轟音《ごうおん》と共に地面が波打った。建物の外にいる冬哉の身体が爆風に押される。上空に吹き上がる水飛沫《しぶき》が見えた。

「やったぜスイ!!」

鉄格子を握って身体を支えながら、冬哉が拳を突き上げる。

「な……っ、なんだ!?」

揺れる足元と轟音に戸惑う慧吾の隙をついて御蔵翁が拘束を逃れた。拾った刀を抱え、鉄格子を背に座り込む。

「なんだコレは⁉　悟堂！　おまえの仕業《しわざ》か⁉」

「いかにも、と言いたいところだが、儂ではない」

吠える慧吾を御蔵翁が見上げる。

「今夜をもって『徴』は消える」

「消え……っ⁉　どういう――っ⁉」

慧吾の叫びを次の轟音と震動が遮る。続いてもう一度。と同時に、破壊された山の縁《へり》を越えて、滝のように流れ落ちる重い水音。

建物が軋《きし》み、床が浮いた。地響きと震動に、さすがの慧吾も膝をつく。逆に御蔵翁が鉄格子に縋って立ち上がった。

「五頭竜様の本体を破壊する。『徴』は二度と顕れない」

「な――っ⁉」

「これはおまえの巫女がやったことだ！　おまえの巫女は、今あそこにいる‼」

おまえの巫女。嘲るように繰り返して、御蔵翁が山頂を指差した。

「その姿はおまえに視《み》えない！　おまえの声も届かない！　あそこにいる限り、おまえはあの子に手も足も出せないんだ‼」

轟く地鳴りと水音に負けじと御蔵翁が叫ぶ。

「どうする慧吾!? 『徴』が無くなれば、五頭竜様は二度と顕現しないぞ！」

「な——っ!!」

「おまえは五頭竜様なんかじゃない！　五頭竜様の本体は山頂に在《あ》る！　おまえはただの贄《にえ》だ！　御蔵家が代々差し出してきた人身御供の一人に過ぎない!!」

とんだはったりだ。冬哉は山頂を指差して毅然《きぜん》と立つ御蔵翁を見ながら考える。

だが、このはったりは有効だ。それは慧吾が初めて見せた動揺で判った。

一瞬でも慧吾が信じればそれでいい。御蔵翁はそう言った。慧吾を焦らせ、追い込んで、切羽詰まらせることが出来れば儂の企《たくら》みは成功する。

慧吾は今、御蔵翁の術中に嵌《は》まっていた。

「さあどうする!?　憑代がいなければ、五頭竜様を渡せない！　おまえは二匹の竜を抱え込んだまま、ここで終わるんだ!!」

「く……っ、そおぉぉおっ!!」

頬を引き攣らせて慧吾が叫んだ。

一気に間合いを詰めた慧吾が、刀を構え直す隙を与えずに固めた拳で御蔵翁を殴りつける。

「ぐ……っ」

殴られた御蔵翁の身体が宙に浮いた。鉄格子に頭を打ち付け、そのままずるずると崩れ落ちる。

がくりと項垂れ、動かなくなった御蔵翁の手から刀が落ちた。慧吾は倒れている御蔵翁に近づき、投げ出された手を踏みつけようとした。

「やめろぉぉぉ―――っ‼」

一声叫んで、冬哉が中に飛び込んだ。

御蔵翁の手を砕こうとしていた足を蹴り上げ、よろけた慧吾の腹に膝を叩き込む。

「ぐ―――っ‼」

冬哉に本気で鳩尾《みぞおち》を蹴られて、立っていた人間は今までいない。気を失えれば幸いで、反吐《へど》を吐いて悶絶《もんぜつ》し、折れた肋骨《ろっこつ》が内臓に刺さって瀕死の重傷を負う。

しかし慧吾は倒れなかった。身体を二つに折り、腹を押さえて膝をついたがそれだけだ。

慧吾が離れた隙に、冬哉が意識のない御蔵翁の衿《えり》を摑んで部屋の隅に引きずっていった。

蹴り上げた身体は信じられないくらい堅かった。まるで大岩を蹴ったようで、膝が砕けたかと思った。足に力が入らない。

刀！　取りあえず御蔵翁を避難させ、床に投げ出された刀を拾おうと震える足で踏み出す。その冬哉の前に、慧吾が立ち塞がった。冬哉が腕を伸ばすより早く、刀を遠くへ蹴り飛ばす。

くるくると回りながら床を滑った刀が、檻に当たってがしゃんと音を立てた。慧吾は刀を取ろうとはしなかった。五頭竜様の宝から作られた鉄に触れられないというのは本当なのだ。

「貴様ぁ、よくも俺を……っ……」

人間に蹴られて膝をついたことが余程《よほど》悔しかったのか、顔を歪めた慧吾が歯の間から唸《うな》った。

冬哉は倒れた御蔵翁を庇って立ちはだかる。

「俺と遊んでていいのか？『徴』が消えるぞ」

唇を吊り上げて、慧吾の背後を指差す。

「『徴』が……？」

慧吾が冬哉の指先を追って振り返った。その視線の先で、伸びていた影が少しずつ縮んでいき、光の明度が落ちてゆく。

「ついでに言っとくが、おまえの巫女はもう巫女じゃない。俺が喰った」

「――――っ!?」

意味を悟った慧吾の目から赤黒い光が放たれた。伸び放題の髪がざわりと逆立ち、髪紐がぶつりと切れて、犬歯が牙のように尖ってゆく。

「きさまぁぁぁぁっ!!」

慧吾が鉤爪《かぎづめ》に曲げた手を冬哉に向かって大きく振った。

――――来る！

殺気の塊。カマイタチの刃。

避ければ御蔵さんに当たる！　逃げようとする身体を叱咤《しった》して、冬哉はその場に踏みとどまった。

「――――っ」

衝撃。目の前が赤く染まった。それが自分の血だと判ったと同時に灼けるような熱さ。それから激痛。見ると、シャツの左肩から右胸の下まで、三筋の鉤裂きが深々と刻まれていた。

「つ……っ……」

マズイな。冷静に己《おのれ》の状況を確認する。傷が内臓に達しているのが判る。

冬哉は歯を食い縛り、足を踏みしめて、倒れないよう鉄格子を力一杯握り締めた。

その手の中で、太い鉄格子が彼の力に屈するように曲がった。

「――――っ」

嘘だ、ありえないと思うより先に、冬哉は鉄格子を渾身の力で引っ張った。

鈍い音がして、鉄格子が天井から外れる。さらに力を込めて、握り締めた鉄格子を曲げ始めた。

「……っ、ぐ……っ……」

力を込めるたび、胸の傷から血が吹き出す。鮮血がシャツを染め、床に滴る。

食い縛った歯で唇を噛み切っても、冬哉はその手を緩めない。そして遂《つい》に、くの字に曲げた鉄格子を捩《ね》じ切った。

「おいおい、なんだソレは？」

太い鉄格子を素手で捻じ曲げ、折り取った冬哉に、慧吾が目を見張った。

「こんな芸当が出来るなんて、俺も知らなかったよ」

肩で息をしながら、刀より少し長い鉄の棒を握った冬哉が汗に濡れた髪をかき上げる。

「どうやら俺は、鉄との相性がいいらしい」

慧吾が目を細めて冬哉を見た。

「――――おまえ、ヒトではないな。同類か？」

「アンタみたいな勘違い野郎と一緒にするな。俺はただの人間だ」

「ただのニンゲンなら、さっきの一撃で胴が千切れているはずだ」

「俺は特別頑丈な男前でね」

「そのナリはなんだ？　金色の目と白銀の髪。それでもヒトだというのか？」

「俺が美丈夫なのが、そんなに気になるか？」

薄ら笑いを浮かべた冬哉が、白銀に変わった前髪をかき上げた。

素早く視線を流して、動かない御蔵翁を見る。目を閉じた御蔵翁は動かない。

頭を強く打ち付けて気を失っている。彼が目覚め、スイが山頂を爆破し終わるまで、時間を稼がなければ。

油断なく身構えて、冬哉が唇を吊り上げた。

「――俺はヒトだよ。ただ、別の名で呼ばれたこともある」

「別の名？　なんだ？」

「デイダラボッチ」

「でいだら――」

「ダイダラボッチ、大太法師《だいたほうし》、だいだらぼう、ダダ星。色々と呼ばれてる。伝説が形成される過程で色々と混ざったが、その中の一種で製鉄に関わる妖怪だ」

時間稼ぎの計略は、慧吾の気を引くことに成功した。冬哉がさらに続ける。

「元《もと》を正せば、たたら製鉄という高度な製錬方法を駆使する技術者集団だよ。それが何時の間にか人から隔てられ、零落《れいらく》した神だ、化生《けしょう》だ、あやかしだと呼ばれるようになってしまったんだ」

「………おまえ、あやかしか？」

慧吾が身を乗り出す。

「だからヒトだと言ってるだろう」

冬哉が面倒臭そうに返した。

「神だあやかしだと呼ばれてるうちに、自分でもそうだと思い込んじまった一族の末裔《まつえい》さ」

「何故、そんなにヒトであることに拘《こだわ》る？」

牙状の犬歯を剝き出して、慧吾が嘲《せせ》ら笑った。

「おまえはバカだ。俺を見ろ。おまえ自身を見ろ。ヒトにはない力と能力を持った時点で、俺達は人間を超えた。なのに、何故ヒトなんぞに留《とど》まろうとする？」

「バカはおまえだ」

底光りする慧吾の目を見据えて、冬哉が吐き捨てた。

「神になって、それでアンタはどうなった？　牢に閉じ込められて、気の遠くなるような時間を人を憎んで恨んで過ごしただけだろうが。アンタは人間を超えたんじゃない。タガの外れた人間として、ヒトの暮らしから弾き出されたんだ」

「俺は神だ！　竜の化身《けしん》だ！」

「――――俺は、そういうのにうんざりしてる」

胸を張る慧吾に、冬哉が肩を竦めた。

「くだらない。俺は俺だ。ただのヒトだ。誰かの都合で崇《あが》められたり恐れられたり、卑《いや》しめられたりするのは真っ平なんだよ」

「おまえがヒトだろうがあやかしだろうが構わん。だが、俺は五頭竜様だ」

慧吾が自信たっぷりに言い放った。

確かに、御蔵慧吾は今まで冬哉が見てきた中で一番ソレに近い。

だが慧吾をそうだと認めれば、冬哉自身が揺らいでしまう。冬哉は自分の存在理由に懸けて慧吾を睨んだ。

「五頭竜様なんていない。おまえを神だとは認めない。俺はたかが伝説に生きた人間が巻き込まれ、振り回されるのが許せない」

そうだ。俺は俺の伝説に巻き込まれた。スイはスイの伝説の真っ只中《ただなか》にいる。

その理不尽な歪《いびつ》さを、俺は誰よりもよく知っている。だから許せない。冬哉は血の滴る裂傷を無視して背筋を伸ばした。

「俺は五頭竜伝説を暴くためにここに来た。様々な現象から伝説を剝《は》ぎ取って、アンタをただのヒトに戻してやる」

「あやかし風情が思い上がるな!」

そしてスイを人間に戻す。祈りに似た誓いを胸に落とす冬哉に、慧吾が腕を振り上げた。

「————っ!!」

反射的に鉄の棒を構えた冬哉の腕に、一陣の風と共に重い衝撃が来た。胴体は無事だったが、肩先から血がしぶく。

「無駄話をし過ぎた」

苛立ちを滲ませて、慧吾が指を鉤爪に曲げた。

「くだらない講釈にはうんざりだ。まずおまえから八つ裂きにしてやる」

「やってみな！」

一声叫んで、冬哉が大きく横へ飛んだ。部屋の長さを利用して、出来るだけ御蔵翁から離れる。

慧吾が手を振り下ろすと、斬撃《ざんげき》のような風が向かってきた。それを鉄格子で振り払う。

避けきれなかった風がシャツを裂いたが、刀と同じ素材の鉄格子も、慧吾の攻撃を防ぐことが出来るようだ。あとは見えない一撃の来るタイミングをはかって棒でいなし、隙を窺《うかが》って攻撃する。

刀を拾うことは諦めた。僅かでも目を離せば、鉤爪か斬撃の餌食になってしまう。

冬哉は続け様に飛んでくる風の斬撃を避けながら、慧吾を部屋の奥へと誘導していった。

受け損なった一撃にざくりと頬を裂かれ、腿や二の腕が抉《えぐ》られても、冬哉は動き続ける。ほんの一瞬生じた隙を見逃さず、冬哉が飛んだ。

力一杯振り下ろした鉄の棒が慧吾の肩を捉え、骨の砕ける音がした。

「ぐは――――っ！」

がくりと上体を折った慧吾が腕を摑もうとするのをギリギリで避けて背中に回り込む。頭を狙って振りかぶった鉄格子に、伸び放題の髪が蛇のように巻きついてきた。

「――――っ!?」

嫌な匂いをさせながら、絡んだ髪がじゅうじゅうと音を立てて溶け縮まってゆく。それでも髪は鉄格子を離さない。

「この野郎っ‼」

鉄の棒を取り戻そうと腕を引く冬哉を、慧吾が振り向きざまに鉤爪で薙ぎ払った。

顔を狙ったそれを頭を下げて避ける。遅れて流れた白銀の髪が、断ち切られて床に散った。

両者同時に飛びすさり、低く構えて相手を窺う。慧吾が牙を剥いて嗤《わら》った。

「さすがだな、あやかし。たいした身体能力だ」

「そりゃどーも」

「傷だらけだぞ、あやかし。いつまで続ける気だ？」

「あんたを倒すまで」

御蔵翁が微かに身動ぐのを目の端で捉えながら、冬哉は摺《す》り足で移動し続ける。

爆破の轟音が聞こえなくなってしばらく経つ。細かな震動は未だに続いているが、それも弱まってきている。スイが一方の縁を崩し終え、水から顔を出した隕石の表面を破壊にかかる頃だ。

もう少しだ。もう少し踏みとどまれ！

自分に言い聞かせた冬哉が、大きく踏み込むと同時に、握り締めた鉄格子を突き出した。

渾身の突きを腕で払って、慧吾がだん！　と床を蹴る。

一気に間合いを詰め、冬哉の目を抉ろうと指を突き出した。

「――――っ‼」

尖った鉤爪を紙一重で躱した冬哉をさらに追いかけ、続け様に腕を振るう。

致命傷を避けるのが精一杯の冬哉は、慧吾の勢いに圧されて後ずさった。間近から飛んできた一撃から顔を逸らし、伸びた腕を叩き落として後ろに飛びのく。

背後は壁だ。もう下がれない。

血と汗でぬるつく鉄格子を握り直し、腰を落として構えると、視界が霞んで膝が折れた。

「うわ……っ」

まずい、血を失い過ぎた。よろける足を踏みしめ、辛うじて体勢を立て直した冬哉を、大きく踏み込んだ慧吾が壁に叩きつけた。

「ぐ……っ……!!」

「どうしたあやかし。ふらついてるぞ」

冬哉を壁に押しつけ、肩に爪を喰い込ませた慧吾が嘲笑う。

慧吾が力を込めると、鉤爪が肉を裂き、骨が軋《きし》む音がした。このまま引き千切るつもりか、摑まれた肩がありえない角度に曲げられる。

「う……、あぁ……っ」

顔を歪める冬哉を見て、慧吾が唇を吊り上げた。

「あやかしの分際で、神に楯突《たてつ》くからだ」

全身に傷を負い、喰い込む鉤爪と容赦のない力がもたらす激痛に喘ぐ冬哉とは逆に、慧吾の身体を取り巻くオーラは燃え上がり、黒い炎が渦を巻いている。

「……っ、わ……、かんねぇヤツだなぁ……っ……」

乱れた髪で顔を隠した冬哉が、ぼそぼそと呟いた。

「なに？」

「……俺は、ヒト、だって、言――ってる、だ……ろうがぁっ!!」

叫んだ冬哉が、逆手《さかて》に持った鉄格子で慧吾の喉を突き上げた。

「んぐっ!!」

もう動けないと侮《あなど》っていたのだろう。まともに食らった慧吾が喉を押さえてよろめく。

その隙に壁際から逃れた冬哉が、慧吾の後頭部めがけて鉄格子を力一杯振り下ろした。

「――っ……」

ぼこりと鈍い音がして、慧吾が前のめりに倒れ込んだ。もう一撃加えようと鉄格子を振り上げたが、ざわざわと伸びてきた髪が鉄格子や身体に巻きつこうとするのに大きく飛びすさる。

「あやかしあやかしってうるせぇんだよ」

口から溢れる血を吐き捨て、感覚のない右手から左手に鉄格子を持ち替える。

「ちゃんと説明してやったのに、トチ狂った頭じゃ理解できないのか？」

「……っ、こ――の、……野郎っ!!」

低く唸った慧吾が、二匹の竜が蠢く背中を波打たせて跳ね起きた。振り向きざまに放った一撃が、冬哉の頬から額にかけて深々と抉る。

頭蓋骨を砕いた感触が確かにあったのに、慧吾は倒れない。赤く燃える目で冬哉を睨んでいる。

「………殺してやる……」

「それ、今更だろ」

軽く返した冬哉に、慧吾が突っ込んできた。

おかしい。攻撃を躱《かわ》し、反撃しながら、冬哉は妙に静まり返った頭で考える。

身体はとうに限界のはずだ。胸の傷は致命傷、出血は失血死レベルだ。

なのに何故俺は動ける？　何故倒れない？

逆に身体能力は上がっている。瞬発力、筋力、反射神経、持久力、五感の全て。どうなっている？

リミッターが外れた人間の底力？　死を前にして、生存本能が脳の制御機能を外した？

――それとも、俺は越えてしまったのか？

ヒトを越えて、ヒトではないモノに、あやかしに成《な》――、

「違うっ!!」

飛び掛かってきた慧吾を棒で押し返して、冬哉が絶叫した。

「突然なんだ？」

「うるさい！」

振り下ろした鉄格子を苦もなく躱し、冬哉の肉を削《そ》いだ慧吾がにやりと嗤う。

「何が違う？　気が乱れているぞ、あやかし」

「俺をあやかしと呼ぶなぁっ!!」

叫んだ冬哉が慧吾に向かって走った。下段に構えた鉄格子で腕を跳ね上げ、空いた胴体に捨て身の突きを繰り出す。

「あやかしをあやかしと呼んで何が悪い!!」

嘲笑う慧吾が、一気に五メートルほど飛んで着地した瞬間――――。

物凄い轟音と共に、上之社が激しく揺れた。

建物だけではない。鼓膜が内側にめり込むような轟音と滅茶苦茶な激震が、山そのものを揺す振っていた。

「うおっ!?」

「――――っ!」

音も衝撃も、前回の比ではなかった。

続け様に轟音と激震。上下左右に振り回され、立っていることが出来ない。

屋根から瓦が雪崩《なだれ》落ち、土壁が崩れて埋まっていた鉄格子が現れた。足元が激しく波打って、床板が捲《まく》れ上がる。上之社全体を囲っていた檻が歪み、屋根がズレて隙間から満月が見えた。

「スイの奴、石と山肌を同時に爆破したな!」

冬哉はスイに告げた。全ての発破に点火し、隕石を壊して水を流しきったら上之社へ、御蔵翁のところへ来てもいいと。

一刻も早く護主様と会いたいスイが、危険を承知で時間を短縮したらしい。

「無茶しやが……っ!!　うわっ!」

激しい震動に建物が浮き上がり、ずずっと動いて前のめりに傾《かし》いだ。

床を滑って檻に背中をつけた冬哉が、鉄格子を摑んで身体を支える。意識を取り戻した御蔵翁が、反対の端で鉄格子に縋っているのが見えた。

慧吾は部屋の真ん中で膝をつき、身体を低くして激しい揺れに耐えている。

――――と、慧吾の背後で、何かに圧されるように壁が内側に突き出てきた。

なんだ？　冬哉が眉を寄せる。気配に気づいた慧吾も振り返った。

二人の目の前で土壁に亀裂が入り、頑丈な鉄格子が折れ曲がって、腹に響く轟音と震動と共に、檻を突き破って黒光りする巨石が現れた。

「うおっ!?」

「あれは――――っ！」

山頂に塡まり込んでいた隕石だ。爆破の衝撃で割れたのだろう。鋭角な断面を見せて、隕鉄が上之社のほぼ中央に突き出してきていた。

昔の隕鉄採取は、思った以上に隕石を削っていたようだ。弱い部分が爆破の衝撃で割れ、水圧が坑道を押し広げて社の壁を突き破っ――――、
冬哉が冷静に考えていられたのはそこまでだ。

ぷしっと小さな音がして、突き出た隕石の隙間から、水が小さな噴水のように吹き出てきた。

一ヶ所だった噴水が二ヶ所、三ヶ所と増え、繋がって太い流れとなるのに数秒。そして突然、ごばっという重い水音を立てて、大量の水が流れ込んできた。

突き出た石をさらに押し出しながら、水が太い奔流となって上之社を二つに隔てる。

「――――っ!!」

隕石のほぼ正面にいた慧吾が、水に圧されて檻にぶつかった。

「ぐわぁぁぁぁっ！」

顔から檻に突っ込んだ慧吾が悲鳴を上げる。鉄格子に押しつけられた頬から黒煙が上がり、皮膚が灼ける臭いと音が冬哉のところまで届いた。

「あぁっ！　くそっ！　くそっ！　くそぉっ!!」

逃れようと藻掻《もが》くが、激しい水流が慧吾を捕らえて離さない。

顔や胸に、鉄格子の痕が焼き印のように黒々と刻まれる。鉄格子と隕鉄に挟まれて、背中の二匹の竜が狂ったようにのたうち回った。

「は……っ、はは、はははははっ!!」

激しい水音を縫って、笑い声が響いた。

「動けないのか慧吾！」

伸び上がると、流れの向こうに御蔵翁が鉄格子に縋って立っていた。

「ははははっ！　瑠璃や翠や儂をあれだけ苦しめた最後がこれか！　不様《ぶざま》だな！」

激しい水飛沫《しぶき》を全身に浴びながら、御蔵翁が喉を反らして哄笑する。

「巫女は山の上だ！　大事な憑代に、おまえの手は届かない！　おまえは二匹の竜を抱え込んだまま、灼け爛《ただ》れて死ぬんだ!!」

「こ――――のぉ……っ……」

ぎり、と奥歯を噛んだ慧吾が鉄格子を握り締めた。煙が上がり、摑んだ指が灼け焦げる。苦痛に顔を歪めながら、慧吾が水圧に逆らって身体を起こした。

背中の竜が激しく暴れ、慧吾の肌がぼこぼこと波打った。

「どうした慧吾！　おまえの大事な五頭竜様が苦しんでいるぞ！」

激しく脈動する背中を指差して、御蔵翁が尚も嘲笑《あざわら》う。

「ぐ……うぅっ……!!」

「儂が手を下すまでもない！　このまま灼かれて灰になれ!!」

「――ご、どぉぉ……っ!!」

笑う御蔵翁を、慧吾が全身から憎悪を漲らせて睨んだ。目をギラギラと光らせ、長い牙を唇に突き立てた慧吾が、煙を上げる指で鉄格子を摑み、腕に力を込めて激しい水流を押し返す。

肩が盛り上がり、二の腕の筋肉が張り詰めて、慧吾の身体が檻から浮いた。

「があぁぁぁぁぁっ!!」

咆哮《ほうこう》を上げた慧吾が、力ずくで奔流から逃れた。

「まずい！」

駆け寄ろうとした冬哉が、一段と太さと激しさを増した流れに阻《はば》まれる。水はさらに勢いを増し、行く手を塞いで彼我の距離を広げてゆく。

「悟堂ぉぉぉぉぉっ!!」

一声吠えて、水浸《みずびた》しの慧吾が御蔵翁に飛びかかった。

「御蔵さん!!」

「青江君！　刀――――っ!!」

最後まで言い切る前に、慧吾が鉤爪に曲げた指で御蔵翁の首を摑んだ。

「ぐ――っ！」

「……巫女などいらん……」

黒く焦げた指を喉に喰い込ませ、灼け爛れた顔を御蔵翁に突き付けた慧吾が低く唸った。

「憑代ならここにいる」

「……っ、ぐ……う……」

御蔵翁が首を絞め上げる腕に爪を立てる。御蔵翁の抵抗を無視して、慧吾が顔を近づけた。

「五頭竜様は、御蔵の血がお好みだ。なあ、御蔵悟堂」

食い縛った歯の間からその名を呼んで、慧吾がにいっと嗤った。

「次代の五頭竜様には歳を食い過ぎだが、なに、俺がここを離れるまで保てばいい」

どうどうと轟く水音にもかかわらず、低く囁く慧吾の声が聞こえる。

「御蔵さ――っ!!」

「動くな！」

冬哉が足を踏み出した瞬間、水に隔《へだ》てられた向こう側で慧吾が叫んだ。

「一歩でも近づいたら、こいつの首を折る!!」

「……っ……」

その場に立ち止まった冬哉を、苦悶の表情を浮かべた御蔵翁が見た。

まだだ。その時が来るまでそこで待て。薄く開いた目が冬哉に命じる。

「────っ……」

「そうだ。そこで見ていろ」

動けない冬哉に唇の端で嗤って、慧吾が御蔵翁を片手で吊り上げた。足が浮いて首が絞まり、御蔵翁が顔を歪める。

慧吾がもう一方の手で御蔵翁の手首を摑んだ。爪痕を刻みながらじりじりと腕を上げて、肘のすぐ下に鉤爪を喰い込ませる。

「……っ………」

弱々しく藻掻いていた御蔵翁がだらりと脱力した。

「御蔵さん！」

気を失ったのか、呼びかけても反応がない。

「くそっ！」

刀！　冬哉が刀を探して左右を見回す。どこだ!?　どこだ!!

あった！　刀は前に傾いだ檻に引っ掛かり、刀身を半ば外に出して不安定に揺れていた。駆け寄った冬哉が今にも落ちそうな刀を摑んだ。鉄格子を刀に持ち替えて立ち上がる。

振り返った冬哉が見たモノは────、

「────っ!?」

目を離したのは一瞬だった。しかしその僅かな間に、慧吾の背中で暴れていた竜が一匹、身体をのたくらせて彼の腹に巻きついていた。

「な……っ……」

冬哉が目を見開く。

慧吾の肌を押し上げながら、竜が腹から胸へ、胸から首へと移動してゆく。動きは緩慢《かんまん》だ。しかし見間違えようもない。それは黒い生気を纏って蠢いていた。

長い身体で慧吾の首に巻きついた竜が、鎌首をもたげた。御蔵翁の首を摑んだ腕に頭を向ける。

黒緑の竜が、肩から腕へと降りてゆく。

――翠に手が届かないと知れば、慧吾は儂を憑代に選ぶ。

五頭竜様を儂に乗り移らせようとするだろう。

御蔵さんの言った通りだ。冬哉は慧吾の腕を伝う竜を呆然と見つめながら考える。

確かに御蔵翁の説明は聞いた。だが、頷きながらも信じてはいなかった。御蔵翁には申し訳ないが、言い伝えを本気にすることは出来なかったのだ。

御蔵翁の説明に従えば、次に俺のやることは――……、
段取り通りに。躊躇うな。御蔵翁の声が蘇《よみがえ》る。

「………っ」

覚悟を決めた冬哉が唇を引き結んだ。

刀をきつく握り締め、その瞬間に備えて腰を低く落とす。

その間にも、竜は蛇のように身をくねらせながら慧吾の腕を伝い降りてゆく。二の腕を過ぎ、肘を越えてその先へ。長い尾が慧吾の肩を越え、頭が御蔵翁の腕を摑んだ手首まで達した。

振り返った慧吾が、赤く燃える目で冬哉を見た。

「見てろよあやかし！　これが五頭竜様の代替わりだ‼」

言うなり、慧吾が摑んだ腕に爪を喰い込ませた。吹き出した血が御蔵翁の腕を赤く染める。

ぞろりと並んだ牙の間から竜の舌が伸びて、腕を伝う血をちろりと舐めた。

味に満足したのか、竜がまた進み始める。手の甲から指へ、そして御蔵翁の腕へ――……。

「――――っ」

竜が肌に触れた瞬間、無反応だった御蔵翁の身体がびくんと跳ねた。弛緩《しかん》していた手足が突っ張って、真っ赤に充血した目が飛び出さんばかりに見開かれる。

「ほら、受け取れ。おまえが憎み続けた五頭竜様だぞ」

それなりに苦痛があるのか、額に汗を滲ませた慧吾が毒が滴るように嗤う。

竜は泳ぐように身体をくねらせながら慧吾の手を乗り越えた。その身体が滲むように一瞬ぼやけたが、すぐに色と形を取り戻して御蔵翁の腕に乗り移る。

長い胴体が二人の腕を跨ぎ、頭が御蔵翁の肘を越えて二の腕に辿り着いたとき――――、
御蔵翁がかっと目を見開いた。

「青江くん‼」

「え……？」

その声に籠もる気迫に驚き、振り返った慧吾が冬哉のいた場所を見る。しかし、冬哉の姿はそこになかった。

御蔵翁が呼ぶと同時に、冬哉は床を蹴っていた。

全身の筋肉を極限まで使って跳躍し、激しい奔流を飛び越えて、振りかぶった刀を勢いそのままに力一杯振り下ろした。

「――――――！」

腕に爪を喰い込ませた慧吾の手ごと、御蔵翁の肘のすぐ下を一刀両断する。

慧吾の手首と御蔵翁の腕がごとりと落ちて、床に鮮血を撒《ま》き散らした。

「ぎゃぁぁぁぁぁぁっ!!」

慧吾が絶叫した。切断された腕を握り、よろめきながら膝をつく。

突き飛ばされた御蔵翁が、どさりと倒れて血の海に横たわった。

「御蔵さん!!」

冬哉が御蔵翁を抱き起こした。刀を置き、シャツの腕を引き千切って素早く止血する。

「ま……だだ、ま――」

切れ切れに呟いた御蔵翁が、肘から下を断ち落とされた腕を見た。

御蔵翁が見ているモノを冬哉も見る。

肩のすぐ下に、胴から切断された竜の首があった。

首だけになった竜が、ふらふらと揺れながら腕を這い上っている。

「これでいいんですか？　本当に？」

「…………ああ」

頷いた御蔵翁が、冬哉の背後に視線を投げた。

冬哉が振り向くのと、慧吾がゆらりと立ち上がるのは殆ど同時だった。

「……よくも……っ、よくもよくもよくもぉぉぉぉっ!!」

血の吹き出す手首を握って、慧吾が吠えた。御蔵翁から離れた冬哉が、刀を拾って身構える。

慧吾の腕に残った首のない竜はどす黒く灼け焦げ、燻《くすぶ》りながら細く縮んで、断末魔の痙攣《けいれん》に身体を波打たせていた。

「さすがの神サマも、首を落とされれば死ぬんだな」

「き――――っ、さまぁ!!」

怒りに我を忘れているのだろう。ろくに構えもせず、残った手を鉤爪に曲げた慧吾が飛びかかってくる。冬哉は刀を水平に振って、がら空きの腹を切り裂いた。

「許さん！　許さんぞ!!」

燃え上がる憤怒が苦痛を忘れさせるらしい。慧吾は裂かれた腹を押さえもせずに突っ込んできた。

その腹を蹴り、吹っ飛んだ慧吾を追って冬哉が走る。

床に四肢をついた慧吾の背中、残った竜を狙って刀を振り上げた時、上之社を二分していた水の流れが轟音と共に一気に倍になった。

水圧に耐え切れなくなった壁が崩れ、檻がへしゃげて、怒涛《どとう》のような水が襲いかかる。

「く……っ!?」

巻き込まれることは辛うじて避けたが、水圧に突き飛ばされて大きくよろめく。激しい水流が、バランスを崩した冬哉の手から刀をもぎ取った。

「しま――っ!!」

必死に伸ばした手を掠《かす》めて、刀は流れに呑み込まれた。

水に翻弄される冬哉とは逆に、少し離れた場所にいた慧吾に影響はない。立ち上がった慧吾が、冬哉に向かって腕を振り上げた。

「死ねぇっ!!」

「――――っ」

至近距離。真正面。避けられない。

せめて自分の最後くらい見届けようと目を見開いた瞬間、何かが横から突っ込んできた。

「――――っ!?」

突き飛ばされて背中を奔流にぶつけ、水圧に弾かれて激しく床に叩きつけられる。衝撃で一瞬目の前が暗くなった。

「な――っ!?」

何が起きた!?　跳ね起きた冬哉が振り返ると、慧吾と御蔵翁が檻の前にいた。

御蔵翁は残った手で鉄格子を握り、歯を食い縛って慧吾を檻に押しつけている。

「み……くら、さん……?」

御蔵さんが俺を突き飛ばした？　それから慧吾を檻に押さえつけて………、
違う。押さえつけているんじゃない。身体ごとぶつかって、檻に慧吾を――、

「かは……っ……」

虚ろに目を見開いた慧吾が血を吐いた。

慧吾の身体は、どこにも力が入っていなかった。

全身から放射していた濃密なエネルギーも、吹き上がるような黒いオーラも消えている。

膝を曲げ、弛緩した身体を檻に預けて、慧吾はだらりと立っていた。

自分の力で立っているのではない。

彼の背中を、冬哉が折り曲げた鉄格子の切っ先が貫いていた。

「御蔵さん!!」

冬哉が駆け寄る。

御蔵翁は固く目を閉じ、力の限り鉄格子を握り締めて、慧吾を鉄格子に縫いつけていた。

慧吾の膝が折れているせいで同じ高さになった胸を合わせ、檻と自分で慧吾を挟むように身体を重ねて――――、

「あぁ……っ」

折り重なる二人を、鉄格子が貫いていた。

御蔵翁の背中から鉄格子が突き出し、捻《ねじ》れた先端から血を滴らせている。

「あんた、なんてことを――っ!」

叫んだ冬哉が、御蔵翁の身体を檻から外そうと手を伸ばした。

「い…………」

御蔵翁が微かに首を振る。

「儂……は、い……から、た……しかめ………」

何を求められているか悟った冬哉が、檻に頬を押しつけて慧吾の背中を覗き込んだ。

慧吾の背中は黒煙を上げ、じゅうじゅうと音を立てて灼けていた。その肩甲骨のすぐ下、ちょうど心臓のあたりを鉄格子が突き通っている。

鉄格子は慧吾だけではなく、彼の背中に残ったもう一匹の竜の頭も貫いていた。

慧吾の背中が波打つ。それは頭を潰された竜の断末魔の足掻《あが》きだ。

竜は黒く灼け焦げながら尾をのたうたせ、身をくねらせて藻掻いている。鋭い爪が、太い鉄格子から逃れようと虚しく宙を掻いた。

見ているうちに動きが弱まり、黒く変色した身体が少しずつ崩れていった。

「――慧吾の竜が消えていく……」

「………っ……」

冬哉の呟きに、御蔵翁がほっと息を吐いた。色を失った唇が微かに笑みを形作る。

「があっ」

びくんと仰け反った慧吾が口から大量の血を吐いた。

「ご……どう、き――さ、ま……ぁ………」

虚ろだった目に僅かに光が戻り、血と一緒に言葉を吐きだす。

垂れ下がっていた腕を持ち上げて、御蔵翁の背中に爪を立てる。鋭い爪が着物を切り裂いたが、慧吾にそれ以上の力はなかった。

千切れた着物を道連れに、慧吾の手がずるずると落ちてゆく。

「み……くら、さ………」

露になった御蔵翁の背中を見て、冬哉が呆然と呟いた。

首だけになった竜の眉間から、鉄格子の先端が突き出ていた。

判っていると言うように、御蔵翁が小さく頷く。

振り返った冬哉が、ここからは見えない山頂を見上げた。

今頃スイは全速でここに向かっているだろう。

慧吾と折り重なり、鉄格子に刺し貫かれた御蔵翁の姿を見せたくない。二人を離さなければ。

「スイが来ます。このままでは――」

言いながら冬哉が御蔵翁の肩に手をかけた時、水圧に押された上之社がずずっと動いた。激しい水の勢いに耐え切れなくなったのだろう。前のめりになっていた社がさらに傾く。

倒れる――！

「怺《こら》えてください！」

叫んだ冬哉が御蔵翁を抱きかかえた。力ずくで鉄格子から引き剝がす。

「――っ」

御蔵翁の身体が仰け反った。痙攣する身体を抱えて鍵を開け、冬哉は檻を飛び出した。

必死で走って水から逃れ、御蔵翁を下ろして振り向くと、太さと激しさを増した水流に押された上之社が、ぐらぐらと揺れながら倒れるところだった。

びんびんと音を立てて、大きく歪んだ檻から鉄格子が外れる。形の崩れた檻が、激しい濁流に見えなくなった。

水に呑み込まれる直前、冬哉は串刺しになった慧吾を見た。

倒れた勢いで身体をさらに深く貫かれた慧吾は、一気に歳を取っていた。

いや、歳相応になったというべきか。黒々としていた髪は灰色になり、逞しかった身体が細く萎《しぼ》んで、皺の寄った手足を投げ出す姿は紛《まぎ》れもなく老人だった。

御蔵翁もまた、一回り縮んでいた。

胸に手を当てると微かな拍動。無駄だと知りつつ止血を施し、血の気の失せた御蔵翁を覗き込む。

「御蔵さん、終わりましたよ」

そっと告げると、伏せられていた瞼が震えて御蔵翁の目が微かに開かれた。

「慧吾は死にました。五頭竜様はもういない」

「…………っ……」

「喋らないで」

何か言おうとした御蔵翁を冬哉が止める。

「スイに会うまで死ぬのは許さない。あと少しでいい、生きてください」

唇にうっすらと笑みを浮かべ、小さく頷いた御蔵翁が目を閉じた。

冬哉はシャツを脱いで御蔵翁の胸の貫通創と切断された腕を覆った。引き裂かれてボロボロだが、御蔵翁の無残な傷をスイから隠すことは出来るだろう。

早く来い。

横たわる御蔵翁を見つめながら、冬哉はスイに呼びかけた。

顔には既に死相が現れている。呼吸は途切れがち。胸は殆ど動かない。長くは保《も》たない。

生きている御蔵翁にスイを会わせてやりたい。一言でいいから言葉を交わして欲しい。

スイ、早く来い。早く、早く――――！

焦れる気持ちを持て余し、唇を噛み締める。

と、ふっと視界が暗くなって、冬哉は地面に手をついた。その手が折れて崩れ落ちる。

力が入らない。全身を灼いていた激痛が遠ざかる。無理もない。俺も瀕死の重傷だ。

……ああ、マズい。意識が途切れる。

なんとか意識を保とうと、冬哉は霞む目で水の流れを見つめた。

上之社を呑み込んだ濁流が、轟音を上げて山を流れ下ってゆく。木々を押し倒し、岩を巻き込んで、山津波が大地を揺るがしている。

水は途中で五筋に分かれ、山肌を削って麓《ふもと》へ、村へと襲いかかるだろう。かなりの量を反対側に流したはずだが、被害は想像もつかない。ミドリが上手くやってくれるのを願うばかりだ。

「……でも、これが最後だ………」

冬哉が呟いた。山頂を塞いでいた隕石は割れた。『徴』は二度と現れない。山津波も起こらない。

スイも、ミドリも、御蔵家も里の人間も、五頭竜様の呪縛から解き放たれる。

これが最後の『徴』。

最後の竜の怒り。

五頭竜様はいつしか人の記憶から消え、伝説はただのお伽話になる。

「ざ……まぁ、み…………」

切れ切れに呟いたのを最後に、冬哉は意識を手放した。


「――さま！　護主様!!　冬哉さん！　どこ!?」

遠くから聞こえる呼び声に、冬哉の意識が戻ってきた。

うっすら目を開くと、ぼやけた視界に走る人の姿。

「ス……イ…………」

「護主様！　冬哉さん!!」

二人を見つけたスイが駆け寄ってくる。

汚れた長い髪、泥だらけの巫女姿。あれからも泣き続けていたのだろう。泥で汚れた顔に、涙の跡がくっきりと二筋。息を弾ませたスイが、二人の傍に膝をついた。

「ど……っ、どうして二人とも倒れてるの⁉　冬哉さん怪我を！　護主様？　護主様!!」

忙しなく二人を見比べたスイが、動かない御蔵翁を覗き込んだ。血の気のない御蔵翁に顔を歪め、傷口を隠した冬哉のシャツを摑む。

「よ……せ」

手を伸ばしたが遅かった。シャツを取り除けたスイが、ひっと息を吸い込んで動かなくなる。

「……も……りぬし、さ………」

一目で手の施《ほどこ》しようがないのが判ったのだろう。スイはそっとシャツをかけ直した。嚙み締めた唇が震え、見開かれた目から大粒の涙が零れ始める。

「――っ、冬哉さん⁉」

はっと顔を上げたスイが、横たわる冬哉の上に身を乗り出した。

「……ひどい……っ……」

胸の深い傷、顔に走る裂傷、全身を覆う無数の傷痕を見つめて呟く。頰に、胸に、肩に、スイの涙が落ちてくる。

「だい……丈夫……」

起き上がることは出来なかったが、冬哉は血の味のする口で無理矢理笑った。

「この程度……じゃ、死、なない」

「でも……っ！」

「俺、は、い……から、み……くら、さんと――」

時間がない。御蔵さんと話せ。

冬哉の言葉を聞き取ったスイがきゅっと唇を引き締めた。手の甲で荒っぽく涙を拭い、御蔵翁に向き直る。

「護主様……。護主様、俺です。スイです」

御蔵翁に顔を寄せ、耳元で囁く。

声が震え、拭ったばかりの涙がまた盛り上がった。

「護主様、お願いです。目を開けてください。お願い、俺を見て。護主様、護主様……っ」

スイの悲痛な呼びかけにも、御蔵翁は動かない。

遅かったか……。冬哉が唇を噛んだとき、御蔵翁の瞼が震えて、その目がうっすらと開かれた。

「………す、い……」

擦れ、嗄《しわが》れた微かな声。それでも御蔵翁はスイの名を呼んだ。

「護主様っ!!」

叫んだスイが、御蔵翁に屈み込む。

「なんで……っ！　なんでこんなっ!!　どうして!?　どうして!!」

辛うじて保っていた冷静さをかなぐり捨てて、スイが涙声で叫んだ。

「何があったかは、青江君に聞きなさい」

声は小さかったが、御蔵翁の口調が不意にしっかりした。

「それより、あれは翠が？」

御蔵翁の視線を追ってスイが振り返る。上之社を呑み込んだ土石流が、腹に響く水音を立てて流れていた。水量は減ったが、まだ勢いは激しいままだ。

「……っ、はい。でも冬哉さんの言う通りじゃないです。だって全部終わらないとここに来ちゃいけないって言うから！　一刻も早く護主様に会いたかったから……っ!!」

「よくやった」

御蔵翁が微笑んだ。

「翠、おまえが瑠璃を、儂を、御蔵家を、五頭竜様の呪縛から解き放ったんだ」

笑みを浮かべて囁く。

「ありがとう。心から感謝する。翠、おまえは凄い子だ」

冬哉は微笑む御蔵翁に最後の覚悟を見た。

今の御蔵翁は、気力だけで命を繋いでいる。

残してゆくスイのために、時間の全てを注ぎ込んでいる。

「も……りぬし、さまぁ……っ」

ぽろぽろと涙を零しながら、スイが御蔵翁の着物を握り締めた。

「泣かないでくれ。儂は今まで、このためだけに生きてきたんだ」

身を震わせて泣きじゃくるスイに、御蔵翁が微笑みかける。

「その願いが叶《かな》った。それも、翠に手伝ってもらって成し遂げた。望外の喜びだ。翠も喜んでくれないか？」

「無理です！」

涙まみれの顔を上げ、スイが御蔵翁を睨む。

「護主様はひどい怪我をしてるんです！　それを喜ぶなんて出来な……っ!!」

「それでも儂は嬉しい。二度と会えないと思っていた翠の顔が見られた。こうして顔を見て謝れる」

「謝らないで！　謝ってもらう理由なんかない!!」

ありがとう。泣き続けるスイに、御蔵翁がやさしく微笑む。

「独りで逝《い》くつもりだった。それが、翠を人の営みから遠ざけ、寂しい思いをさせた儂に相応《ふさわ》しい最後だと………」

「そ……っ、そんなこと言わないで!!」

「だが、全て終わった。やっと翠をヒトに戻せる。もう思い残すことはない」

「イヤです！　護主様!!」

「ふふ……、違うな。心残りはある。翠がこれからどんなふうに育ち、どんな人間になるのか見られないのが、ざ……んね――っ」

言い切る前に、御蔵翁が力なく咳《せ》き込んで血を吐いた。

僅かに顔を動かして、隣に横たわる冬哉の方を向く。

「青江君、翠を頼む」

こちらに向けられた視線は冬哉に合っていない。

返事をしたかったが、声を出す力は冬哉になかった。

「もう喋らないで！」

視線が合わないまま、御蔵翁はまたスイを見た。おそらくスイの悲痛な叫びは御蔵翁には聞こえていない。スイを見上げる瞳も、もう見えてはいないだろう。

それでも、御蔵翁は微笑み続ける。

「……ああ、夢のようだ。こんな幸せな気持ちで逝けるなんて――……」

「護主様っ！」

「翠……、どこだ……？」

急速に力を失い始めた声でスイを呼んで、御蔵翁が震える腕を持ち上げた。

「ここにいます」

スイがその手を摑んで頰に押し当てる。御蔵翁の言葉を聞き取ろうと顔を寄せた。

「翠、生きろ。人と交わって人間になれ………」

途方もない努力で口にされる囁きに、頰に押し当てた手を握り、唇を嚙み締めたスイが何度も頷く。

「はい、護主様。はい、は……っ……」

泣くな、俺。絶対泣くな。泣いたら護主様の声が聞こえなくなる。

二人を見つめる冬哉には、スイの声にならない叫びが聞こえた。

「……儂をここに置いていってくれ………」

見えていない目を見開いて、御蔵翁が言った。

「儂は最後の五頭竜様としてここで眠る。そして、これからは翠だけの護主になる。約束する。翠がどこにいようと護《まも》ると誓う」

儂は翠の護主だ。尽きかけた命を掻き集め、涙に濡れた頬をやさしく撫でて、御蔵翁が繰り返す。

「……っ、これからは、じゃありません。護主様はずっと俺を護《まも》ってくれてました。今までも、これからも……っ」

スイの声が聞こえたのか、御蔵翁が小さく頷いた。

力の抜けた指が、スイの手から滑り落ちる。

「もりぬしさ――――っ」

「すい……、翠。儂の愛《いと》し子、儂、の……唯一…………」

慈《いつく》しみのありったけを込めて囁き、ほうっと息を吐いて、御蔵翁は目を閉じた。

その顔には、最後まで微笑みが刻まれていた。


御蔵翁の最後を見届けたスイは動かなくなった。

目を見開き、呼吸すら止めて、全くの無表情で御蔵翁を見つめる横顔はまるで人形だ。

号泣するだろう、泣き叫ぶだろうと身構えていた冬哉は逆に声がかけられない。

どのくらいそうしていただろうか。

不意にスイが立ち上がった。

着ていた小袖を脱いで御蔵翁の身体を丁寧に包み、冬哉のシャツを裂いて彼の胸の傷に巻きつける。そして冬哉の傷だらけの腕をそっと持ち上げて肩に回した。自力では立てない冬哉を抱え、スイが歩きだす。

「……スイ？」

「旧上之社まで下りる。苦しいと思うけど辛抱して」

硬い声でスイが言った。

「ひどい傷なんだ。一刻も早く手当てしないと」

「俺、は……」

「黙って。土石流を避けて遠回りする。歩くことと気絶しないことに専念して」

「し……かし——」

御蔵さんを置いて行くのか？　言えなかった言葉をスイは聞き取った。

「今は治療が先。このまま冬哉さんを死なせたら、護主様に叱られる」

「……っ」

「それに——」

返す言葉のない冬哉を、スイのガラス玉のような目が見上げた。

「あなたまで失ったら、俺はもう生きていられない」

色のない声で言って、それきりスイは黙り込んだ。

よろめき、躓《つまず》き、時折意識を飛ばす冬哉を支えて、スイは足場の悪い山を歩き通した。

辿り着いた旧上之社は、前半分がなくなっていた。崩れかけていた建物は瓦礫と岩に埋まり、柱のもぎ取られた後ろ半分も傾《かし》いでいたが、奥の座敷は辛うじて部屋の形を保っていた。

スイは冬哉を寝かせると手早く火を焚《た》いて湯を沸かし、傷を洗って消毒した。どこからか裁縫道具を見つけてきて、針と糸を煮沸する。

傷を縫うつもりだと判ったが、冬哉が見ていたのはそこまでだ。

冬哉は薄れる意識に感謝した。麻酔なしで縫われる痛みを感じなくて済むことより、一切の表情を失《な》くしたまま、無言で動き続ける機械のようなスイを見なくて済むことに。

それから何度か意識を取り戻したが、疲弊しきった身体と傷からくる高熱で記憶は曖昧だ。

スイがうなされる冬哉の傷を消毒し、水を飲ませ、額の手ぬぐいを替え続けていたのはぼんやり覚えている。いつ見てもスイの目が乾いていたのも。

夜明け前、とろとろと微睡《まどろ》んでいるとき、スイが不意に姿を消した。

しばらくして戻ってきたスイは、冬哉の状態を確認して水と薬湯を飲ませた。何も言わないスイに、冬哉も何も聞かなかった。

スイが独りで御蔵翁の弔《とむら》いをしてきたのが判ったからだ。

ここに戻ってから、スイが一度も喋っていないのに気づいたのはその時だ。

話し好きなスイ。一瞬も黙っていられないスイ。そのお喋りな口と感情豊かに喜怒哀楽を現す表情が、スイから消えていた。

冬哉の看病をしていないときのスイは肩を落とし、ぺたんと座り込んで、視線を虚空に漂わせて動かなかった。

何も視《み》ていない目と虚ろな表情に、冬哉はスイの失ったものの大きさを知る。

以前、スイは『護主様が俺の全て』と言った。その全てを目の前で失った。

泣くことも出来ない喪失感が、スイから言葉と表情を奪っていた。


結局、二人は二昼夜そこに留まった。

三日目の朝、清姫に先導されたミドリが山を上ってきた。

きよひめ。大きな山犬を見たスイが、唇だけで清姫を呼んだ。表情は虚ろなままだったが、近寄ってきた清姫を抱き締め、その胸に顔を埋めて、気絶するように少し眠った。

五頭竜伝説に縛られた者達をどう説得したものか、ミドリは数人の男達を連れていた。

長い髪をきりきりと結い上げ、身体に合わない男物の服を着てゲートルを巻いたミドリは、泥と汗にまみれていたが、それでも可憐だった。

ミドリはやさしく、しかし有無を言わさずにスイを五頭竜山から連れ出した。

大怪我を負って意識が朦朧《もうろう》としている冬哉と、何も喋らないスイを見つけると、すぐに男達を指図して冬哉を戸板に乗せ、表情を失ったスイを促して山を下りた。

帰りも清姫が先導した。スイは清姫の白い毛を摑んで離さずに先頭に立った。しっかりとした足取りと虚脱しきった無表情というちぐはぐなスイを、冬哉は戸板の上から見ていた。

清姫は何もかも知っているようだった。表情のないスイに鼻面をすり寄せ、泥のこびりついたままの頰を舐めた後、片時も離れずに寄り添っている。

ミドリはスイに何も聞かなかった。

『御蔵さんは本懐《ほんかい》を遂《と》げた。五頭竜様はもういない』。苦しい息のなか、冬哉が切れ切れに伝えると、こくんと頷き、涙を一粒だけ零して、てきぱきと動き続けた。

帰路は困難を極めた――らしい。

ただでさえ険しい五頭竜山は土砂崩れで山道が押し流され、大きな岩や倒木や泥土が行く手を塞ぐ難路だったようだが、朦朧としたまま運ばれた冬哉の記憶は途切れ途切れだ。

中之社が土砂に埋まっていたのはうっすらと覚えている。

折れた柱が泥から突き出し、岩に押し潰された壁や瓦が散乱する中之社跡を、スイが無言で通り過ぎたのも。スイは残骸を無表情に一瞥《いちべつ》しただけで、振り返りもしなかった。

時折治療者の目で冬哉を診る以外、スイの視線は動かない。大きな身体を押しつけて隣を歩く清姫も、心配そうに見つめるミドリも、そこで暮らし、生活の全てだった中之社の無残な姿も、スイの感情を揺らすことはなかった。

泣け、スイ。泣き喚《わめ》け。このまま壊れてしまわないでくれ。

灼けるような焦燥を感じながらも、冬哉はそんなスイの姿に、ただそう願うことしか出来なかった。

そこで冬哉の意識は一度途切れる。

次に気づいたのは三日後だった。

以前泊まった宿が無事で、その離れに運び込まれたと聞かされた。

驚いたことに、目覚めた冬哉を柏原左京が覗き込んでいた。

出てしまえば帰るまで連絡しないのが常の冬哉だったが、こんなに長く音信不通だったことは一度もなく、彼を向かわせた滝守村が五頭竜山からの土砂崩れに見舞われたという報せを御蔵家から受けて車に飛び乗ったという。

「来てみて驚いたよ。悟堂氏は行方不明、冬哉は意識不明の重態で、まるで木乃伊《ミイラ》みたいに包帯でグルグル巻きになってたんだからねえ」

そう言って、左京がはんなりと微笑んだ。

「面白そうなことが起こったと知って、我慢できなくなったんですね」

スイの治療と安静が効を奏したらしい。声こそ擦れていたが、冬哉の意識と口調は目覚めたばかりとは思えないほどしっかりとしていた。

「心外だなあ。冬哉を心配して駆けつけたのに」

おっとりと返して、でも、と続ける。

「御蔵家の御息女から、悟堂さんが亡くなって、その場にいたのは冬哉と彼だけだったって聞いて、もっと驚いた。何があったの？」

言いながら、左京が少し離れた場所に控えるミドリとスイに視線を走らせた。

ミドリはきりりと凛々《りり》しく、スイは肩を落として俯いている。

よく似た面差しの二人の正反対な姿に何を感じたのか、左京は光の強い瞳を好奇心と興奮できらきらと輝かせていた。

「その件については後できちんと報告します。長くなりそうなんで、俺がもう少し回復するまで待ってもらえませんか」

「だったら彼に――」

「スイ」

冬哉が左京を制する前にミドリが割り込んだ。

「悪いが冬哉に水を持ってきてくれないか」

自分に向けられた左京の視線に気づいていないのか、スイはこくんと頷いて立ち上がった。

あやつり人形を持ち上げたような、不自然だがなめらかな動きで部屋を出る。庭先に寝そべっていた清姫も、同じように立ち上がった。

一人と一匹が消えるのをぽかんと見送る左京に、ミドリが深々と頭を下げた。

「お話を遮った無礼をお許しください。スイは育ての親である御蔵悟堂を失ったばかりで、まだ柏原様にご説明できる状態ではありません」

「御蔵さんから聞いた話は俺が説明します。スイが知らないことも知ってます。だから、あいつのことは放っておいてください」

冬哉は左京を軽く睨んでからミドリを見た。

「スイはまだ喋らないのか？」

「聞かれたことには答えるようになった。指示を出せば従う。だがそれだけだ」

ミドリが顔を歪める。

「ましになったのは清姫のおかげだ。冬哉の看病をしているとき以外、スイは清姫から離れない。一緒に土間で眠ろうとするから、宿に無理を言って夜は清姫をこの部屋に……」

「ミドリさんが腑甲斐《ふがい》なく思う必要はない。心配なのは判るが、そんなに抱え込むな」

「珍しいねえ。冬哉がそんなふうに人を心配するなんて」

二人のやりとりを目を丸くして聞いていた左京が、横たわる冬哉に身を乗り出した。

「いつもの冬哉は感情が冷えてるというか、人を内側に入り込ませないというか、他人にとことん無関心なのに。よっぽどのコトがあったんだねえ」

「あなたが知らないだけで、俺はやさしい男なんですよ」

玩具《おもちゃ》を見つけた子猫のような左京に返して、もう一度ミドリを見る。

「これからどうするつもりだ？」

「一刻も早くスイをここから連れ出す。本家には戻らず、帝都の別邸に行く。荒療治だが、全く知らない場所で暮らすほうがスイのためだと思う」

ミドリの言葉に、冬哉が唇を歪めた。

「そこがどこであろうと、スイには五頭竜山以外は全部知らない場所だろう？」

「――っ、すまん……」

「悪い。皮肉を言うつもりはなかった」

俯いてスカートを握り締めたミドリに、冬哉が口調を和らげる。

「俺もミドリさんの意見に賛成だ。スイはここから離れたほうがいい。だが、スイは了承しないだろうな」

「……スイは黙って頷いた」

「――そうか……」

「今のスイは意思のない人形だ。指示には従うが、そこに感情はない」

ミドリが唇を嚙む。冬哉は頷くしかない。

「帝都にいるなら会う機会はあるね。冬哉はしばらく僕の屋敷で治療に専念させるから」

二人の重い空気など微塵《みじん》も気にしない左京が、ミドリと冬哉を交互に見た。

「冬哉の胸の傷を縫ったのは翠くんなんだって？　縫合技術も他の傷の治療もプロ並だって医者が感心していたよ。翠くんがいなけりゃ冬哉は死んでたって」

あはあは。あっけらかんと言って、左京が明るく笑ったとき、からりと襖が開いて大振りの湯呑みを持ったスイが姿を現した。すべるように進んで冬哉の枕元に座る。

スイは湯呑みを傾け、喉を反らして水を口に含むと、躊躇なく冬哉に屈み込んだ。

冬哉も慣れた仕草で口を開く。受け取った水を飲み干すと、スイがまた注ぎ込む。それを何度か繰り返して、スイが空になった湯呑みを置いた。

「……なんか、見てるコッチが照れちゃうなあ」

くふんと笑って、左京が面白そうに片眉を吊り上げる。

「スイは冬哉に水を与えただけです」

冬哉を睨みながら返したミドリの顔も赤い。

二人の言葉に無反応なまま、スイが包帯の巻かれた冬哉の額に触れた。冷たい指が額から頬、頬から肩、肩から胸へと傷を辿る。

「――冬哉さん、死なない？」

「当分その予定はないな」

見開かれた瞳と硬い声に軽く返す。

「本当？」

「俺が頑丈なのは、おまえが一番よく知ってるだろ」

「ここに残るの？」

「まだ動かせないけど、医者の了解が出次第連れ帰るよ」

スイの問いに左京が答えた。冬哉が瀕死の重傷を負っていると判った時点で、左京は自分の主治医を呼び寄せたのだ。

「だ、そうだ」

「俺も残る」

「それはダメだ。おまえはミドリさんと行くんだ」

冬哉が視線を上げてミドリを見る。

「いつ出発する？」

「出来るだけ早く。可能なら明日にでも」

「そのほうがいい」

スイを気遣いながらもきっぱりと言ったミドリに、冬哉も頷いた。

「————そう」

頷いたスイが、湯呑みを持って立ち上がった。

「これで冬哉と会えなくなるわけじゃない。会う機会は必ず作る」

他人事のような反応が不安なのだろう。ミドリが身を乗り出した。

「冬哉さんが生きてるなら、それだけでいい」

気のない口調で返すと、スイは部屋から出て行った。

「あっさりしたモンだねえ」

愁嘆場《しゅうたんば》でも期待していたのか、左京が拍子抜けした顔で閉まった襖を見る。

同じようにスイの後ろ姿を見つめていたミドリが、姿勢を正して左京に向き直った。

「柏原様が冬哉をこの地に寄越してくださったことに、心からお礼申し上げます。冬哉が山津波を予見してくれたので早くから準備が出来ました。おかげで里の被害は最小です。おそらく冬哉がいなければ、スイはここにおりません。御蔵家当主に成り代わりまして感謝申し上げます」

淀みなく告げて、深々と一礼する。

「ヤだなあ。そんな堅苦しく考えなくていいよお」

さらさらと髪を鳴らして深く腰を折ったミドリに、左京がひらりと手を振った。

「冬哉がしたコトは冬哉の一存だから。冬哉を此処《ここ》に寄越したのは僕だけど、なんか面白い話が聞けそうだし、色々と興味深い出来事満載の気配だから、僕としては大満足かな」

「柏原様の書生である青江冬哉殿に大怪我を負わせたこと、お忙しい柏原様自《みずか》ら当方においで頂く事態になったことも含めて謝罪いたします。申し訳御座いませんでした」

飄々《ひょうひょう》とした左京の物言いにも、ミドリは姿勢を崩さない。

「僕は好きで来ただけだし、冬哉も当分死なないって言ってるから」

「落ち着きましたら、正式なお礼と謝罪に伺いたいと思います。よろしいでしょうか」

「いつでも歓迎するよ。その時は是非翠くんも一緒にね」

「――――はい。有難う御座います」

スイも一緒に。簡単に告げられた言葉にミドリがくっと息を詰めた。左京に一礼した後、横たわる冬哉に近づき、枕元に座ってその手を握る。

「冬哉、スイのためにしてくれたこと、本当に感謝している。その怪我も――――」

「俺のことは気にするな。ミドリさんも少し休めよ」

冬哉の言葉にこくんと頷いて、ミドリが唇を引き締めた。

「明日、発《た》つ」

「ああ。スイを頼む」

「冬哉に言われるまでもない」

いつもの強気をちらりと覗かせて、ミドリが立ち上がった。

「……この地を離れることも、冬哉と別れることも、スイには響かなかったな……」

背中を向けて呟く。

「焦るなよ。今のスイは心に蓋をして自分を守ってるんだ」

「────笑顔など望まない。せめて泣いてくれれば……っ」

語尾が震えるのを聞かれたくないのか、低く呟いたミドリは背中を向けたまま出て行った。

その華奢な背中に、冬哉は自分と同じ思いを見た。


泣いてくれ。

ミドリと冬哉の願いは翌日叶った。

早朝、ミドリとスイは帝都へ発つことになった。

連れてきた使用人達は村の後片付けに残し、ミドリとスイ、それから乳母だけの出発だ。

車は二台。ミドリは巨大な清姫を乗せるため、幌《ほろ》付きのトラックを用意していた。清姫はスイの傍を離れない。スイも清姫を離さない。スイと清姫を離すことなど考えられなかった。

仕事を放り出して来た左京は、昨晩のうちに帰京している。

冬哉はもうしばらくここに留まる。医者が首を傾げるほど驚異的な回復力を見せてはいるが、長距離の移動はさすがに無理だった。

出発の朝、冬哉は医者の制止を振り切り、左京が用意してくれた車椅子に乗って玄関まで出た。見慣れないシャツとズボン姿のスイは、皆と離れてぼんやり立っていた。

スイと離れるのは妙な気分だった。

こんなに長く他人と同じ空間を共有した経験は冬哉にはない。二人で過ごした時間も、起こった出来事も、あまりに濃密過ぎた。何時の間にか、自分の傍にスイがいるのが当然になっていたのだ。らしくないな。ガラにもない感傷に唇を吊り上げる。

いっぽうスイは、何も感じていないようだった。

車が到着し、荷物が積み込まれるのを生気のない目で見ているだけで、今の状況を理解しているかも怪しい。

出発の準備が出来、ミドリに促されたスイがガラス玉の目で冬哉を見つめた。小さく一礼して背中を向ける。かける言葉のない冬哉も黙って頷いた。

――そして、それは突然だった。

「清姫」

トラックの幌を上げたスイが清姫を呼んだ。

しかし清姫は応えなかった。片時もスイの傍を離れなかった山犬が、すっと後ずさってスイに背中を向けた。そのまま走りだそうとする。

「清姫！」

自分から離れていこうとする清姫に、スイが飛びついた。

「待って！　清姫!!」

ぶるりと身体を振って、清姫がスイを振りほどく。よろめいたスイは、すぐにまたしがみついた。

抱きついたスイを引きずって、清姫は尚《なお》も歩こうとしている。

「お願いだよ！　一緒にいて!!」

スイの声は悲鳴だ。太い首に腕を回し、硬い毛に顔を埋めて訴える。

「護主様はもういない！　五頭竜様の気配も消えた！　中之社も壊れた！　ぜんぶ……っ！　全部なくなった!!」

スイの言葉が上擦る。悲痛な声に、清姫が立ち止まった。

「護主様も五頭竜様も、俺を連れていってくれなかった！　清姫までいなくなったら、俺は……っ、俺は本当に一人にな……っ……!!」

スイの叫びが涙で途切れる。

「お願い清姫！　俺を置いて行かないで！　一人にしないで！」

全身を震わせて、スイが慟哭《どうこく》する。

「一人はイヤだ！　お願い！　傍にいて！　お……っ、お願い！　おねが……っ!!」

泣いて泣いて。泣いて泣いて泣いて泣いて――――。

ぺたんと座り込んだスイは、清姫に縋って号泣していた。

「清姫！　清姫！　きよ……ひめぇ……っ‼」

あとは言葉にならなかった。ついに溢れた涙は止まらない。堰《せき》を切ったように泣き続けるスイに抱きつかれたまま、清姫は微動だにしない。

――清姫。

冬哉は声に出さずに呼びかけた。それが聞こえたのか、清姫が視線を上げて冬哉を見る。

――約束通り、俺はスイを守った。今度はおまえがスイを護れ。

視線に力を込めて、大きな山犬に告げる。

――悔しいが、俺達におまえの代わりは出来ない。スイを頼む。

全身全霊を込めて、清姫の黄色い瞳を覗き込む。伝わらないとは一瞬も思わなかった。

そして、清姫は冬哉の言葉を聞き届けた。

清姫の身体から力が抜けた。泣き続けるスイの髪に鼻面を埋め、流れる涙をちろりと舐める。

「――っ、き……よひめ………？」

気配が変わったのに気づいたのだろう。スイが涙に濡れた顔を上げた。

濡れた頬をもう一度舐め、苦笑するようにくふんと鼻を鳴らすと、清姫はスイと視線を合わせた。

毛を握り締めていたスイの手が滑り落ちる。と同時に、清姫が鮮やかに跳躍した。

白い山犬の巨体は、音も立てずにトラックの荷台に消えた。

「ありがとう！　ありがとう清姫！　大好きだよ!!」

涙まみれの顔で叫んで、スイが清姫の後に続いた。

「――清姫と何を話したんだ？」

何時の間にか傍に来ていたミドリが冬哉を見る。

「保護者を自認するなら、責任を持って最後まで面倒見ろと言った」

「ふふ……っ、立場が逆だな」

唇を綻ばせたミドリが肩を落とした。

「――結局、冬哉も私も清姫にはかなわないというわけか……」

「しょうがないだろう。今のスイにとって、清姫は最後に残った御蔵さんとの繋がりなんだ」

「そんなこと、冬哉に言われなくとも判っている」

唇を尖らせたミドリが冬哉を睨む。

「清姫と俺達じゃ、一緒にいた時間が違い過ぎる。拗《す》ねるな」

「拗ねてない。悔しいだけだ」

らしくない子供っぽい表情に苦笑を零して、冬哉が一人と一匹の消えたトラックを見た。

ミドリには偉そうなことを言ったが、複雑な気分なのは冬哉も同じだ。

スイが泣けたこと、笑えたことを喜びながらも、スイから感情を引き出したのが清姫であり、自分でなかったことが、意外なくらい腹に重く蟠《わだかま》る。

スイの感情の発露を素直に喜べない。これでは自分を偽らずに悔しいと認めたミドリのほうがよほど大人だ。

「ふ……っ」

バカか俺は。冬哉が自分で自分を嘲笑《あざわら》う。元はといえば、左京の命令で渋々来た地だ。スイと出会い、一緒に暮らしたのだって不可抗力だ。

鼻を突っ込んだのは俺の勝手だし、死闘を演じたのも自分が望んだことだ。

それなのに、感謝だけでは物足りないのか？

スイに対する独占欲。清姫への嫉妬。そんなモノがあるとしたら、俺はスイに何を求めている？

「悔しいが、今のスイにとって清姫が拠《よ》り所なのは認める」

ミドリの声に、冬哉が顔を上げた。妙な方向へ向かいかけた自問自答に気を取られていた冬哉を余所に、ミドリは強い視線でトラックを見つめている。

「だが、スイをヒトに戻し、共に生きるのは私だ」

拳を握り締め、ぐっと顎を引いたミドリが表情を和らげて冬哉を見る。

「冬哉、手伝ってくれるか？」

「――――あんた、マジでイイ女だな」

「それは了解と取っていいか」

思わず呟いた冬哉に、ミドリがにっと唇を吊り上げた。

「……俺に出来ることなら」

頷くのに僅かに間があったのは、先ほどの自問に答えが出なかったからだ。冬哉の躊躇いに気づかなかったのか、ミドリが深々と頭を下げた。

「冬哉がいなかったらスイはここにいない。スイを救ってくれたことに感謝する」

心からの謝意を告げた後、ミドリがぐっと顔を近づけた。

「全部終わったら説明するという約束、忘れるなよ」

「ああ」

「では、帝都で会おう」

そう言って、ミドリは車に乗り込んだ。

——そういえば、ずいぶんスイと話していないな。

冬哉がそれに気づいたのは、車が見えなくなってからだった。

――五頭竜伝説は、隕石の衝突がもたらした。

衝突の衝撃が五頭竜山の頂上を削って、深い穴を穿《うが》ち、その上に隕石が蓋をした。その穴へ雨水が沁み込み、湧き出す地下水も溜め込んで、穿たれた穴は地底湖のようになっていた。

数十年に一度、五頭竜山の頂上がぼんやりと光る。それが『徴《しるし》』と呼ばれ、五頭竜様が顕現《けんげん》して犠《いけ》牲《にえ》を求めるという伝説になった。

滅多にないことだが、理屈そのものは単純だ。長雨が続いて地底湖が満水になると、穴を塞ぐ隕石の上に浅く水が張る。もともとの組成と長年風雨で洗われた結果、鏡のようになった隕石の表面が光を反射して頂上を光らせる。

『徴』が顕現するには、雨の少ないこの地方で石の上まで水が溜まること、満月が絶妙な角度で山頂を照らすことが必要だ。その他様々な条件が揃って初めて、『徴』が顕現する。

その後、大量の水を抱えきれなくなった頂上から水が溢れて土石流が山を駆け下る。

それが『徴』の正体だ。

全てはただの自然現象だ。

しかし、人々は流れ下る土砂と泥流に荒れ狂う竜の姿を視《み》、山に刻まれた五筋の深い爪痕に神の怒りを感じて五頭竜様と名付けた。

『徴』とその後の山津波。人間が神性を見いだし、恐怖と畏敬を覚えるのに充分な舞台装置だ。

これが五頭竜伝説の原型だ。伝説が形成される過程でよく聞く話でもある。

普通の伝説だったら、五頭竜様は年月を経て村の鎮守《ちんじゅ》の神として祭りの主役になり、子供の寝物語のお伽話になってゆく――はずだった。

しかし、そこに御蔵家が関わった。

土着の伝承を伝説へと変化させたのは人間の欲だ。

隕石は純度の高い隕鉄だった。御蔵家の祖先は鉱脈を探す必要がなく、大規模な掘削《くっさく》の労力もいらず、掘り出せばほぼそのまま鉄として通用する宝物を見つけたのだ。

鉄はいつの時代も最重要鉱物だ。地方の小豪族に過ぎなかった御蔵家がそれを独占し、最大限利用した結果、彼等は大領主へと成り上がった。

そこで御蔵家一族は考えた。富を独占するには、隕鉄を隠し通さねばならない。人に口を噤《つぐ》ませるのは欲と恐怖だ。御蔵家はそのどちらも利用した。

もともとあった五頭竜伝説に自分達を加え、五頭竜様の子孫として周囲の人間からの畏怖と崇尊を得るいっぽう、辣腕《らつわん》の領主として自分達が治める領地を富ませた。

ごく稀《まれ》に顕現する『徴』とそれに続く土砂崩れは五頭竜様への畏敬と、その子孫であり、荒神を鎮める御蔵家への忠誠を強固にし、五頭竜様と御蔵家は完全に一体化した。

その結びつきは両者に深く浸透し、長い年月の中で御蔵家が隕石の存在を忘れ去って、いつしか自分達が加工したはずの五頭竜伝説に取り込まれるまで続いた。

物凄い確率で起こった自然現象と、それを利用した人の欲。

それが五頭竜伝説だ――。

冬哉が左京に五頭竜伝説の顚末《てんまつ》を語ったのは、帰京してから半月後だった。傷はまだ癒えきってはおらず、医者から安静を言い渡されていたため、ベッドに起き上がっての会談となった。

説明は一度で済ませたいとミドリも呼び寄せた。スイは来ない。まだ御蔵翁の最後を聞かせることは出来ないとミドリが判断したのだ。

冬哉も賛成した。理由は少し違う。冬哉は自分の体験全てを語る気がなかった。

上之社であったことは隠し、伝説の解明のみで話が通じるようにする。

ある部分を大幅に省略し、捏造《ねつぞう》して、事実に嘘を混ぜ込んだ説明をするつもりだった。

その場にいたスイにそれは違うと言われるのはマズいし、嘘を言う自分を見られたくなかった。

「――つまり、五頭竜伝説は元からあった伝承と、御蔵家が付け加えたモノの合作で、五頭竜様はいない、と……？」

冬哉の話を聞いた左京がこてんと小首を傾げた。

「少なくとも、あなたが望む形では」

その可愛らしい仕草が似合ってしまう左京に冬哉が頷く。

「隕石が五頭竜様だったってワケね。でも、どうして御蔵悟堂氏はそれを壊そうとしたんだろう。彼は護主様だったんだよ？　五頭竜様信仰の元締めだよね？　なんで？　判らないなぁ」

「それはさっき説明しました。御蔵さんは理系の人間だったんですよ」

気をつけろ。冬哉は左京のおっとりとした物腰に誤魔化されない。

左京は何か感じている。説明を何度も繰り返させることで、内容のズレを見つけようとしている。

ここからが本番だ。冬哉は自分に言い聞かせ、顎を引き、腹に力を込めて、左京の光の強い瞳を見つめ返した――――。


――――御蔵悟堂は医者だった。論理的思考の持ち主だ。

一族が深く関わり、護主として自分がその頂点にあったとしても、伝説を鵜呑《うの》みに出来なかった。

それに加えて、彼は五頭竜様が御蔵家に影響を及ぼしていることを苦々しく思っていた。

五頭竜様に一番近い当主は絶対的存在。当主の命令は五頭竜様の命令と同じで、一族は無条件で従わなければならない。全ては五頭竜様ありきだった。

一族の中に極めて短命な人間が出るのは五頭竜様の呪い、戦禍や災害を切り抜けて御蔵家が繁栄しているのは五頭竜様の御加護。それを頭から信じて疑いもしない親族への疑問もあったし、医師である自分を呼び寄せて、護主としてこの地に縛りつけたことへの反発もあった。

何かある。伝説の核となる出来事、もしくはモノが。

そう考えた御蔵翁は、護主になった機会を捉えて色々と調べ始めた。

最初は単なる知的好奇心だったかもしれない。しかし調べるにつれて、伝説と御蔵家の繋がりが見えてきた。同時に五頭竜山が厳重な結界に守られた禁足の地である理由も。

そしてついに、御蔵翁は五頭竜様の正体を暴いた。『徴』と山津波の関係も。

しかし、そこから御蔵翁の苦悩が始まる。

原因を発表して終わり、では済まないのだ。

人間には拠り所が必要だ。村人から信仰を奪ってはならない。

それは御蔵家も同じだ。良いことは単純に喜べばいいが、耐えきれないほどつらいこと、苦しいことがあったときに、呪いだと思うことで救われることもあるのだ。

御蔵家には五頭竜様を信じたい理由があった。極端な短命だ。自分の子供が、夫が、妻が、若くして逝ってしまう恐怖。御蔵家は医学的にはまだ判らないそれに呪いという名前を付けて、無理矢理納得してきたのだ。

それは御蔵翁自身にも覚えがあった。自分の妻も一人娘も若くして逝った。悲嘆にくれながらも、五頭竜様に呼ばれたと思うことで自分を慰めたことがあったのだ。

御蔵家の人間として、村人を御蔵家の都合に縛りつけてきた事実を隠したい気持ちもあった。

五頭竜様から御蔵家や里の人間を解放したい。しかし縋れる対象は残したい。

矛盾したアンビヴァレンスは長く御蔵翁を苦しめた。

熟考を重ねた結果、御蔵翁は『徴』を利用することを思いついた。

『徴』の顕現を待ち、その神秘的な光景を見せつけた後で隕石を破壊する。

発破で隕石と穴の周辺を破壊し、土石流で押し流せば二度と『徴』は現れない。雨水の溜まる穴がなくなれば大規模な土砂崩れも防げる。

『徵』をその目で見た者は、神の存在を疑わないだろう。

信仰はそのまま、五頭竜様の本体だけを抜き取る。それが御蔵翁の出した結論だった――。

「冬哉は悟堂氏が自分の仕掛けに巻き込まれて命を落としたって言ったけど、ソコが信じられないんだよね。聞けば聞くほど、彼がそんなヘマをするような人物には思えないんだ」

「イレギュラーな事態が起こったのも説明しましたよ」

目を逸らすな。身を乗り出し、きらきらと輝く瞳で自分の内側を覗き込む左京を見つめ、冬哉が唇を吊り上げる。

「俺とスイが彼を見つけたとき、御蔵さんはひどい怪我をしていました。かなりの重傷で、山から下ろすことは出来なかった。だから、俺とスイが御蔵さんの代わりに仕掛けを発動したんです」

「で、巻き込まれた？　だとしたら、冬哉達は取り返しのつかないミスをしたことになるね」

「ちゃんと安全な場所に避難させましたよ。しかし俺達が戻ったとき、御蔵さんはそこにいなかった」

言葉を切って、冬哉が視線に力を込める。

「あの時は訳が判らなかった。しかし、御蔵さんが本家に宛てた手紙でその理由が判りました。御蔵さんは最初から生きて帰るつもりがなかった。実体のなくなった五頭竜様の代わりに、自分が新たな五頭竜様に成るつもりだったんです」

その説明はミドリから聞いた。御蔵翁が本家に宛てた手紙の中に、五頭竜様は天へ還《かえ》った。代わりに自分が新たな五頭竜様となってこの地と御蔵家を護ると書いてあったそうだ。

御蔵翁は自分の命で二つの問題を解決した。里の人間には今まで通りの信仰の対象を与え、御蔵家には自分が最後の犠牲だと宣言したのだ。

「御蔵さんは心臓を患っていました。自分が長くないのを知って、命を有効に使おうとしたんです」

これもスイに聞かれたくない嘘だ。しかし話に信憑《しんぴょう》性をもたせるのに必要な嘘だった。

「……立派と言えば立派だし話の辻褄《つじつま》は合ってるから、最初に聞いたときは納得したけど……」

呟いた左京が、上目遣いに冬哉を見た。

「冬哉、まだ僕に隠してること、あるよね」

「――――っ」

言い当てられて、一瞬言葉に詰まる。

「……判りますか？　かなわないなあ」

動揺を無理矢理苦笑に変えて、冬哉が髪をかき上げた。額の傷に触れて顔を顰める。

「隕石が隕鉄なのを発見し、製鉄して加工したのは、おそらく俺の祖先だろうと思ったんです。高度な技術を持った流浪の製鉄集団なんて、そうそういるもんじゃないでしょ」

「つまり、五頭竜伝説の発端を作ったのが自分の一族だったのを隠したかった？」

「五頭竜伝説が終わるとき、その場に俺はいた。ガラにもなく因縁めいたモノを感じたんですよ」

「ふうん………」

「ミドリ嬢の前で、その話をしたくなかったんです」

瞬きもせずに冬哉を見つめ、その言葉の真偽を見極めようとする左京に付け加える。

「――でいだらぼっちが神様の最後を看取《みと》ったなんて、なんか面白いね」

満足したのか、くふんと笑った左京がぱっと顔を輝かせた。

「あやかしが人間に加担して竜を天に還したなんて浪漫《ロマン》だなあ。これ、僕の備忘録に書いていい？」

「俺はあやかしじゃないと何度も言ってます。それに御蔵家も記録を残したくないと思いますよ」

釘を刺す冬哉の声を聞き流して、左京がうっとりと目を細める。

「あれから色々と調べたけど、隕石が落ちたという記録は見つからなかった。ということは、衝突は人が字を発明する以前のコトだったか、さらにもっと昔の時代の出来事だったのかもしれない。それでもヒトはそれを伝え続け、いつしか五頭竜伝説を作り出したんだ。膨大な時間と人間の想像力にも浪漫を感じるなあ。そう思わない？」

「俺に言わせれば、大規模な自然災害と事実の歪曲《わいきょく》に欲が絡んだトンデモ話です」

苦り切る冬哉に極上の笑みを返して、左京がほっと息を吐いた。

「五頭竜様が隕石で、そこに旧家の因縁が絡んでいたなんて、これも浪漫だよねえ。面白かったから、僕的にはＯＫデス」

「また浪漫ですか？　浪漫の大安売りだ」

「コレは本物臭いと睨んでたんだけど、当てが外れちゃったね。おかしいなあ、僕の勘は当たるんだけどなあ」

冬哉の皮肉を笑顔で受け流し、左京が小首を傾げる。

「外れっぱなしじゃないですか」

「だって、僕はちゃんと冬哉を見つけたでしょ？」

唇を吊り上げた冬哉に、左京がにこりと微笑んだ。

「――――……」

品の良い微笑に、冬哉は硬い無表情で応える。

「五頭竜伝説と御蔵家の関係は判ったよ。でも、翠くんはどういう立場なの？」

圧のある凝視が気にならないのか、左京がさらりと話題を変えた。

「ミドリ嬢がいたから黙ってたんだけど、彼、悟堂氏のお孫さんでしょ？」

「――っ、どうしてそれを……っ⁉」

「え？　だって悟堂氏から僕宛ての手紙に書いてあったよ。それに、悟堂氏が五頭竜伝説を説明する交換条件が翠くんの保護だったから」

身を乗り出した冬哉をきょとんと見つめて、左京があっけらかんと言った。

「『御蔵家に縁の深い翠という少年が、本家の一人娘の代わりに巫女として五頭竜山にいる。理由は言えないが、翠は一歩もこの地を出たことがなく、その素性も隠されている。もし翠が僕を訪ねて来たら保護してほしい。おそらく動揺しているだろうからしばらく様子を見て、落ち着いたら翠が持参した手紙を本家に送り、帝都の別邸にいる御蔵ミドリに連絡を取ってほしい。』それが悟堂氏さんの出した条件だったんだ。だから、僕は最初から翠くんのことを知ってたよ」

「……なんで俺に言わなかったんです……？」

がっくりと脱力した冬哉が、つらつらと説明した左京を睨んだ。

「だって、何か曰《いわ》くがありそうだったから。必要があれば悟堂氏が冬哉に言うだろうと思ってさ。マズかった？」

「……いいえ」

冬哉がむっつりと返す。

初めからスイの存在を知っていたとしても、その後の展開は変わらなかった。ただ、自分より先に左京が知っていたことが単純に面白くなかったとは、プライドにかけて言うつもりはない。

「で、翠くんの立場は？」

迂闊《うかつ》なことは言えない。冬哉が気を引き締める。

「――俺も詳しくは知りません。スイの母親は御蔵さんの娘で、父親は本家筋らしい、としか。下手をすると家督争いに巻き込まれそうで、それを危惧した御蔵さんがスイを隠した、と……」

「そっか。旧家のお家騒動はエグいもんねぇ」

異母兄弟の多い華族の人間として、その煩《わずら》わしさに覚えのある左京があっさり納得する。

「それについてはミドリ嬢が巧《うま》く取り計らうでしょう。彼女に任せておけばなんとかしますよ」

「うん、僕もそう思った。彼女、華奢で可憐な美少女なのに、目力がスゴいね。頭の回転も早いし胆力もありそう。気に入ったよ」

「彼女は次期御蔵家当主です。妙なコトを考えないでくださいよ。それにとんでもないじゃじゃ馬、いや、そこら辺の男より遥かに雄々しくて気骨のある牝獅子《めじし》です」

「あはは、それ、素敵な誉め言葉だね」

屈託なく笑った左京がぐっと顔を近づけた。きらきらと輝く目で冬哉を見つめる。

「さっき、その牝獅子に睨まれてたよね。スゴく怒ってたけど、冬哉は何をしたの？」

「それは………」

冬哉が言葉に詰まった。


「――この嘘つき！」

冬哉の説明をおとなしく聞いていたミドリが、部屋を辞する直前、すっと近づいてそう言った。

「約束が違う！　全部話すと言ったのに、おまえは私が一番知りたいことを話してない！」

左京を憚《はばか》った小声だったが、ミドリは怒りに燃える目で冬哉を責めた。

「スイを見れば判る！　悟堂伯父様の御最期は、冬哉の説明ほど単純なものではなかったはずだ！」

ミドリの手が伸びて、寝巻代わりの浴衣を摑んだ。

「悟堂伯父様が亡くなり、冬哉は瀕死の重傷なのに、スイが無傷なのはどういうことだ⁉　伯父様の危機に、スイがじっとしているわけはないだろう⁉」

摑んだ衿を引き寄せて、ミドリが語気鋭く問いかける。

「なにより、冬哉は上之社で何があったか一言も説明していない‼」

矢張り誤魔化せないか。冬哉は怒りに燃えるミドリに苦笑を圧し殺した。

大量の情報を一気に注ぎ込み、その中に埋もれさせてしまうつもりだったが、ミドリには通用しなかったらしい。

「冬哉！　なんとか言え!!」

　ふっと息を吐いて、冬哉が自分を睨むミドリを見つめた。

「――――悪い。今は言えないんだ。約束は絶対守る。いつか話すと誓う」

「いつだ!?」

「……そうだな。あんたが当主になったときにでも」

「この――――っ!!」

　囁き返した冬哉に、ミドリの目が殺気を孕《はら》んだ。衿を握り締めた手に力が籠もる。

「全部を知るには、あんたはまだ若過ぎる。それくらい重い。一生残る傷になる。俺はあんたを気に入ってる。過去の出来事で心を痛めてほしくないんだ」

　激しい気性そのままの視線を受け止めて、冬哉は微笑んだ。

「スイに言うつもりはない。出来ればミドリさんにも知らないままでいてほしい。だが、それを許すミドリさんじゃないのも判ってるからいつか話す。それまで待ってくれ」

「――――冬哉が私とスイを気遣っているのは判る」

　嚙み締めた歯の間から、ミドリが声を押し出した。

「スイに知らせたくないならそれでいい。だが、私は知らなくてはならない。スイのために、私のために、御蔵家のために……っ」

「それは今じゃない。ミドリさん、今じゃないんだ」

「────っ……」

冬哉の表情に何を見たのか、ミドリはそれ以上何も言わなかった。

ミドリは引き寄せた冬哉を突き飛ばすように衿を放し、身体を起こした。離れ際、突き刺すような視線で冬哉を一瞥した後、肩を怒らせたまま部屋を出て行った。

「彼女、怒ってたねえ。視線で人が殺せるなら、冬哉は今頃虫の息だ。で？」

「言えません」

無邪気に説明を求める左京に、冬哉が首を振った。

「これは御蔵家の内情に関することで、五頭竜伝説とは何の関係もないんです。俺は偶然そのことを知りましたが、俺が知っていい内容じゃなかった。だから左京さんには言えません」

「ミドリ嬢はその御蔵家の人間だよ」

「御蔵家の人間だから、なおさら言えないんです。それで怒らせました」

「ふうん……」

つまらなそうに唇を尖らせた左京が冬哉を覗き込む。

「それ、翠くんのことだね」

断言する左京に、冬哉はそうだとも違うとも言わない。

「山中で生まれ育って、里の人間にも存在を知られてなかったんだって？　謎めいてるよねえ」

無反応の冬哉に構わず、左京が続ける。

「それに、朧《ろう》たけた美童だ」

「……ただのうるさいガキです」

「うるさい？　彼が？」

ぼそりと呟いた冬哉に左京が目を見張った。

「すみません。さすがに疲れました。少し休ませてください」

それ以上左京に何か言う隙を与えずに、冬哉が唐突に会話を終わらせた。身体を横たえ、大きなため息をついて、包帯の巻かれた胸を押さえて顔を歪める。

「ああ、ゴメン。ゆっくり休んで」

「……すみません」

出来るだけ弱々しく呟いて目を閉じる。立ち上がった左京がライトを消して出て行った。

足音が遠ざかるのを待って、冬哉は目を開いた。両手を胸の上で組んで天井を見上げる。

朧たけた美童？　冗談じゃない！

冬哉が天井を睨みつける。

あいつはお喋りで、忙しなくて、がさつで、活発なんて言葉では足りない、一瞬もじっとしていられないただのガキだ。

可笑《おか》しければ大口を開けて笑い、怒れば目を吊り上げてきゃんきゃん喚き、悲しければぽろぽろ涙を零す、呆れるほど感情が豊かな奴だ。

淑《しと》やかなのは神楽を舞うときくらいだが、その神楽も凛《りん》としていながらしなやかだ。滞空時間の長い跳躍、伸ばした手が翻《ひるがえ》る瞬間の鮮やかさ、刀を一閃する速さ、鳴らす鈴の涼やかな音。

神楽を舞うスイは確かに美しい。しかし、それは生命力に溢れた美しさだった。

終始俯き、虚ろに目を見開いて、人の指示に無言で従うだけのスイしか知らない左京が、本当の姿を知らないのは当然だろう。

今のスイは、美しいだけの空っぽの人形だ。しかし――……。

「――あんなの、スイじゃない……」

遣《や》る瀬《せ》なさを噛み締めて、冬哉は薄暗い天井を睨み続けた。


夜半、冬哉は唐突に目覚めた。

――視線……？

何時の間にか眠ってしまっていたらしい。枕元の時計は午前零時を回っている。

冬哉は頭を回して気配を探った。

彼の部屋は広大な左京邸の本館ではなく別棟にある。外は雑多な樹木群で、庭というより林だ。

その窓の外に、自分を目覚めさせた気配があった。

知っている気配。馴染んだ気配だ。

正体が判って、冬哉が緊張を解く。

「入れよ。鍵なら開いてる」

声をかけると、かたんと窓が開いて黒い影がふわりと浮き上がった。物音一つ立てずに着地し、片膝をついた影を、少し遅れて長い髪が追いかける。

「久しぶりだな」

ベッドに横たわったまま、冬哉は立ち上がった影に笑いかけた。

「顔を見せてくれ」

ライトを点ける気にはならなかった。影は影のまま、呼びかけにすべるように近づいて来る。

冬哉が無言でベッド脇に立った細い影に手を伸ばした。引き寄せられるまま、影が身を屈める。

窓の外の細い三日月が、近づいた影を人の姿にした。

「スイ」

呼びかけて、頰に触れる。

「うん」

頷いたスイが、冬哉の手に猫のように頰をすりつけた。

「痩せたな」

肩を摑んで引き寄せ、腕や背中に手をすべらせた冬哉が呟く。

「そう？　自分じゃわかんないよ」

「――少しはマシになったか？」

そう尋ねて、スイの表情を探る。

スイは曖昧に笑って小首を傾げた。

「……どうだろう。少しは笑えるようになったよ。でも、中之社にいたときみたいに笑うことは出来ないかな」

「今はそれでいいんじゃないか」

「うん。――護主様のことを思うと息が出来なくなる。悲しくて、苦しくて、どうにかなりそうになる。でも叫びたいのに声が出ないんだ。おかしいよね」

そう言って、スイがぼんやり微笑んだ。

「――よくここが判ったな」

護主様。スイの口からすんなりと出た名に一瞬言葉を詰まらせた後、冬哉が話題を変えた。言いたいことや聞きたいことが山ほどあるのに、それが上手く言葉にならない。もどかしさに焦れながら、冬哉はスイにベッド脇の椅子を指差して身体を起こした。

「護主様から戴《いただ》いた地図があったから」

「ああ、座敷蔵の金庫にあった手紙か」

「屋敷に辿り着きさえすれば、冬哉さんの気配は判るよ」

話すスイの顔を慎重に窺《うかが》う。表情が動く。言葉もなめらかだ。さすがに生気は乏しいが、最後に見たときと比べると以前のスイに近づいたように見える。

いっぽうスイは、昼間ミドリが座っていた椅子に腰を下ろして珍しそうに部屋を見回していた。スイの視線が豪華な調度、分厚いカーテン、凝ったライト、装飾の施されたベッドへと注がれる。

「なんか……、冬哉さんらしくない部屋だね」

言いたいことが言葉にならないのはスイも同じらしい。屋敷を抜け出してまで冬哉を訪ねた理由を言わず、スイは当たり障りのない話をしている。

「だろうな。普段は大学に近い所に住んでるから、私物は全部そっちにあるんだ。ここは俺がこの屋敷に連れてこられたときに与えられた部屋だ」

「そっか。だから冬哉さんの匂いがあんまりしないんだね。怪我の具合はどう？」

「まあまあだな。ただ、歩き回ったせいで足が、な」

上之社で受けた傷はほぼ治りかけていた。全身に傷痕はあるが、それもいずれ消えるだろう。瀕死の重傷だったのは確かだから、その回復力には我ながら感心するしかない。

例外は胸を切り裂いた三条の傷で、これは残るだろう。しょうがない。傷は内臓に達していた。その場で死んでいてもおかしくなかった。生きているのが奇跡なのだ。

不思議なことに、スイの罠で負った傷はしっかり悪化していた。時間が経てば治るだろうが、当分足を引きずることになるだろう。

上之社で受けた傷は異様に治りが早い。罠傷は言ってみれば人並みだ。その違いが何なのか、冬哉は考えないようにしている。

結局、上之社での傷は皆が言うほどひどい怪我ではなかったんだ。そう自分に言い聞かせる。

そうでなければならない。

「………」

スイが治療者の目で冬哉を見つめる。当然だろう。スイは冬哉の傷を見ているのだ。

「清姫は？」

上之社にいたときの自分の変化から目を背けたい冬哉が、強引に話題を変えた。

「イヌは外を歩くとき、鎖で繋がないとなんだろ？　そんな侮辱、清姫は許さないよ」

そのことに触れられたくないという冬哉の意思表示を感じたのだろう。スイは浴衣から覗く、胸の包帯から顔を上げた。

「ミドリに内緒で抜け出して来たな。あんまり心配かけるなよ」

「大丈夫。ミドリ様は冬哉さんの説明を伝えに御本家に出かけたから」

「怒ってただろ」

「うん。冬哉は嘘つきでペテン師でひどいオトコだって」

全部その通りだ。冬哉は苦笑するしかない。

「ミドリから話を聞いたか？」

「ざっとね。前に冬哉さんに説明してもらったコトとだいたい同じだった」

「だろ？　俺は誠心誠意、言葉を尽くして説明したんだぞ」

「ふふ……っ、やっぱり冬哉さんは嘘つきだね」

「おまえまでそんなことを言うのか。さすがに傷つくな」

「だって、五頭竜様は確かにいたから」

「――っ」

スイの言葉に、浮かべた苦笑が凍りついた。

「それに、護主様は山津波で亡くなったんじゃない。――護主様の腕を断ち落としたのは鋭利な刃物だ。胸の傷は完全な円形。あんな傷、木や石じゃつかないよ」

断言するスイは、真っすぐに冬哉を見つめている。

「他の傷も、ね。護主様も冬哉さんも無数の傷があったけど、あれは鋭い爪のようなモノで切り裂かれた裂傷だ。土石流に巻き込まれて出来る傷じゃない」

静かな口調、瞬きもせずに冬哉を見つめる眼差《まなざ》し。

「護主様の御言葉だってそうだ。山津波に巻き込まれて本望だなんて言う？　俺を五頭竜様の呪縛から解き放ったってどういうこと？　五頭竜様の正体が隕石だなんて信じない」

淡々と言葉を続けるスイの瞳は乾いている。

「五頭竜様はいた。それを護主様が倒した。――俺のために」

「見……たのか……？」

慧吾を。五頭竜様の正体を。冬哉の擦れ声にスイが首を振った。

「見てない。でも判る。俺はずっと前から五頭竜様の存在を感じてた。でも、それが突然消えた」

言葉を切ったスイが、冬哉の手を摑んだ。

「何があったの？　護主様は最後まで微笑んでた。あんな幸せそうな顔で逝《い》った理由はなに？　俺はそれを聞きに来たんだ」

おそらくスイは、そのことをずっと考え続けていたのだろう。虚ろな表情と何も見ていない目をしていた間、御蔵翁の最期と彼の言葉を繰り返し反芻《はんすう》していたのだ。

薄闇の中、スイの瞳が冬哉を見つめる。

「教えて冬哉さん。五頭竜様と護主様のこと。冬哉さんが見たこと、聞いたことを全部。じゃないと俺は上手く笑えないままだ。そんなんじゃ、俺を救《たす》けてくれた護主様に顔向け出来ない。護主様を悲しませることになってしまうよ」

自分のためではなく護主様のために。護主様、護主様、護主様――。

御蔵翁に対するスイの思慕、崇尊、愛情、そして悲しみは、これほどまでに深い。

「…………っ」

冬哉は初めて御蔵悟堂を憎んだ。

スイの全てだった男。死して尚、スイを捉えて離さない男に、灼けるような殺意を覚えた。これは濁った羨望。生まれて初めて感じる嫉妬だ。

だがスイは救いたい。たとえそれが御蔵翁のためでも、蹲《うずくま》ることをやめて一歩踏み出そうとしているスイの力になりたい。

どうする？　どこまで言う？　冬哉が躊躇う。

――言えないことが多過ぎる。慧吾のことを告げる気はない。ミドリにはいつか話すつもりだが、スイには一生言わないと決めている。

上之社での出来事は、いずれスイに伝えなければならないとは思っていた。スイがもう少し落ち着いて、こちらでの暮らしに馴染んだら、知らせたくない部分を除いて説明するつもりだった。早過ぎる。まだ準備が出来ていない。冬哉は奥歯を噛み締めた。

「冬哉さん、教えて」

無言の冬哉を縋るように見つめて、スイが握った手に爪を立てた。

「────自分を五頭竜様だと思い込んだ人間なら、いた」

冬哉がようやく口を開いた。

「え……？」

「詳しくは知らないが、おそらく御蔵家の人間だと思う。ソイツは御蔵さんを憎んで、御蔵家を恨んで、憎悪と怨念に凝《こ》り固まってた。御蔵家はソイツを神に祀り上げて上之社へ幽閉し、五頭竜様と呼んだ。ソイツも自分を五頭竜様だと信じ込んでいた」

目を見張るスイに、冬哉がぐっと顎を引く。

「人間の持つエネルギーの中で、一番熱量があるのは憎しみだ。ソイツは憎しみに取り憑かれて、ヒトではないモノに成り下がってた。自分の全てを憎悪に注ぎ込んで、姿形まで変質していた」

話しながら、冬哉は慧吾の姿を思い出していた。

若く逞しい長身と盛り上がった筋肉、鋭い爪と肌を切り裂く風、腕に纏わりついてきた髪と背中で蠢いていた二匹の竜、全身から立ち上る禍々《まがまが》しいオーラとどす黒い怨嗟《えんさ》の炎を。

あれは、確かに怪生《けしょう》だった。

「も……り主様と、御蔵家への憎しみ……？」

理解できないのだろう。眉を寄せるスイに冬哉が頷く。

「ソイツは御蔵家を恨んでた。特に御蔵さんを憎悪してた。そういう意味では、御蔵さんの孫であるスイも憎んでた。御蔵さんに繋がる全てを根絶やしにすると叫んでたよ」

「ど……っ、どうして……っ」

理由を問うスイに、冬哉が知らないと首を振った。

「ソイツも言わなかったし、御蔵さんも教えてくれなかった。だが、ソイツにとって理由はどうでもよくなってた。長い時間が経つうちに、理由は擦《す》り切れてしまってたんだ。残っていたのは、御蔵さんと御蔵家への憎しみだけだ」

スイを理由から遠ざけて、冬哉が肩を竦める。

「御蔵家は古い家系だ。長く続く家には、人間関係の縺《もつ》れや外から窺い知れない秘密があるのはよく聞く話だ。これもその一つなんだろう」

孤児として育てられ、殆ど人と交わらずに生きてきたスイは、人と人との繋がりを肌感覚で理解していない。スイはおそらく憎しみを知らない。負の感情に纏わりつく生臭《なまぐさ》さは判らない。

スイが知っているのは、本から得た知識だけだ。そして本の中には家系に纏《まつ》わる因縁や、家族間の憎しみを綴った話が腐るほどある。スイはそれらを読んでぼんやり理解している。

冬哉はそんなスイの人間の感情に対する無知を利用した。

スイをスイ自身の生い立ちと、そこに繋がる因縁から切り離し、『よく判らないがそういうモノがある』程度で、深く掘り下げないよう内容をぼやけさせた。

「……そのヒト、御蔵家の人なんだね。護主様に似てた……？」

案の定、スイはそれ以上踏み込んでこなかった。

「全然似てなかった。禍々しい、おぞましい姿をして、全身から憎悪を吹き出していた」

「……それが、五頭竜様……？」

「自分を五頭竜様と信じ込んだヒト、だ」

スイが身を乗り出す。

「おかしいよ！　だって俺は感じてた！　俺を呼ぶ声も聞いた！　近くに行くだけで苦しくなった！　あれが全部ヒトの仕業だなんて……っ!!」

「おまえは五頭竜伝説を頭から信じてたから、その存在を感じたんだ。聞こえたのは確かにソイツの叫びだと思う。スイは耳がいいから、言葉として届かなくても音の波が届いたんだ。苦しくなったのは硫化ガスの影響だ。その証拠に、俺もおかしくなったからな」

スイの叫びを、冬哉が淡々と解説する。

頼む、納得してくれ。平静を装いながら冬哉が願う。おまえの周りから、五頭竜様を消し去りたいんだ。五頭竜様の呪縛から解き放たれてくれ。

スイは表情を強張らせて考え込んでいる。

上之社で自分が見たことと御蔵翁の最後の言葉が、冬哉の説明と重なるのか考えている。息苦しい沈黙の中、冬哉はスイの次の言葉を待った。

「も……り主様は、これで自分と俺が解放されるって笑った。五頭竜様を終わらせるのに俺が関わったのをスゴく喜んでた。それが何か特別なコトみたいに………」

考えながら切れ切れに呟いた後、スイが不意に顔を上げた。

「……ひょっとして、そのヒトって俺の――っ!!」

「老人だった。御蔵さんと同じくらいの」

最後まで言わせず、冬哉がスイの言葉を遮る。

「事が起こったのは、おそらく御蔵さんの若い時代だろう。ふた昔も前の出来事だ。スイは関係ない」

昔の話だ。おまえには関係ない。冬哉はスイと慧吾の間にくっきりと線を引く。

「――護主様と冬哉さんは、ソイツと戦ったんだね」

スイが冬哉の傷だらけの身体と胸に巻かれた包帯を見た。冬哉の傷を通して、御蔵翁の裂傷や断ち落とされた腕、胸の貫通創も見ているのだろう。

「俺も手伝ったが、とどめを刺したのは御蔵さんだ。御蔵さんはソイツに勝った」

「相討ちじゃないか！」

「御蔵さんは生きて帰るつもりがなかった。そいつは何としても生き延びたかった。だから、御蔵さんの勝ちだ」

「どうして護主様はソイツと戦ったの!? ただのニンゲンなら、放っておけばいいじゃないか！ なんでオ、レ……の、た、めに……、闘って死んだの……っ!?」

スイの声が震える。泣くかと思ったが、見開かれたスイの目は相変わらず乾いていた。

「護主様が死んだのは……っ、俺の――っ！　俺のせい⁉」

「違う！」

悲痛な声に、冬哉が叫び返した。

「絶対に違う！　御蔵さんは、おまえにそんな重荷を背負わせたりしない‼」

「じゃあどうして⁉」

一つ息を吐いて、冬哉は自分の手に爪を喰い込ませるスイの指をそっと包み込んだ。

「ソイツは御蔵さんの娘を殺した」

冬哉は言葉を投げ出すように告げた。スイの目が見開かれる。

「護主様の娘様……っ、瑠璃、様を……？」

祖父と母を敬語で呼ぶなと言いたいが、今はこのほうがいい。人間関係に疎《うと》いまま、自分と瑠璃の繋がりを深く考えないでいてほしい。

「そうだ。ソイツが御蔵さんを憎んでいたように、御蔵さんもソイツを憎んでた。御蔵さんがやったのは、娘を殺した相手への復讐なんだ」

「ふく……しゅう………」

呟いたスイに冬哉が頷く。そうだ、娘のためだ。おまえじゃない。だから自分を責めるな。御蔵さんの死を背負い込まないでくれ。

「御蔵さんはソイツに復讐したかった。だがスイと同じように、御蔵さんにも五頭竜伝説は骨の髄まで染み込んでいた。最後まで、五頭竜伝説を否定しきれなかった。長い時間が経つにつれて、五頭竜様と名付けたソイツと伝説の五頭竜様が重なってしまったんだ」

スイに余計なことを考えさせないために、冬哉は話を続ける。

「御蔵さんの中で、その二つがごっちゃになってた。頭で理解したつもりでも、心は言うことを聞かなかったんだ」

「だって、五頭竜様は確かに――――」

「確かに五頭竜伝説はあった。だが、あそこにいたのは人間だ。ソイツは人間離れした膂力と狂暴さを持ち、激しい執着を抑えられず、欲しいモノを手に入れるためなら手段を選ばなかった。ヒトの理《ことわり》からはみ出した人間という意味では、確かに荒神と言えるかもしれないがな」

「………」

「御蔵さんの手紙を読んだなら判るだろう？　結局、御蔵さんも御蔵家の人間だったんだ」

五頭竜様から神性をむしり取り、御蔵悟堂は間違ったと仄《ほの》めかす物言いに、スイが冬哉を睨む。

「だから御蔵さんは『徴』を待った。『徴』が顕現するとき、御蔵家は人身御供を捧げる。ソイツを犠牲として差し出すことで復讐を遂げ、五頭竜様の子孫である自分が新たな五頭竜様に成ることで、自分の中の五頭竜伝説を守ったんだ」

「――――じゃあ、護主様は五頭竜様になった、の……？」

こんなにひどい目に遭わされても、スイは五頭竜様と護主様を崇める気持ちを忘れられない。

スイには縋るモノが必要だ。苦いため息を落として、冬哉が頷いた。

「おまえがそう思いたければ、それでいいんじゃないか。それに、御蔵さんはおまえの護主になると言ってただろう？」

五頭竜様と護主様はスイの全てだった。それを奪うことは出来ない。

冬哉は腹の奥の黒い塊を飲み下した。

「――それに、御蔵さんにとって、復讐相手は神のほうが都合が良かったんだ」

不本意ながら御蔵翁を神に祀り上げた腹いせに唇を歪める。

「え……？」

「人殺しは咎《とが》められるが、神殺しは裁《さば》けない」

御蔵さん、スイを傷つけない形で上手く言いくるめたぜ。このくらいの嫌味は許されるよな。

ここにいない御蔵翁に向かって、冬哉は唇を吊り上げた。


「どうだ、納得できたか？」

冬哉が俯くスイを覗き込んだ。

聞こえていないらしい。無言で顔を上げたスイが、視線を窓の外に流す。

何を見ているのか、それとも何も見ていないのか、スイは木々の重なる濃い影に視線を漂わせている。冬哉は瞬きもしない瞳を、慎重に見定める。

スイは注ぎ込まれた情報量に圧倒されて、ぽかんとしているようだった。その目に涙はないが、泣いて泣いて泣き疲れ、放心しているようにも見えた。

大丈夫だ。あの、寒気のするような虚ろな表情とは違う。

冬哉はしばらくスイを放っておくことにした。見るともなしにスイを眺める。

椅子に座ったまま、スイは動かない。猫の爪のような三日月が、スイの横顔を白く染めていた。吹き込む夜風がスイの長い髪を微かに揺らしている。

放心した表情と力の抜けた姿勢はひどく頼りない。目元の泣きボクロが、乾き切った瞳を泣いているように見せた。

痩せたせいで顔が尖り、少女めいたまろやかさは消えている。

しかし、まだ完全には失っていない。なめらかな頰のライン、長い睫毛。呼吸に合わせて微かに上下する薄い胸。窓から射し込む薄明かりに透けるシャツの中で、細い身体が泳いでいる。

……なんだ？　不意に込み上げてきた不安に、冬哉はスイに目を凝らした。

伸ばした手が、スイの身体を突き抜けてしまうような不安。ばかなことを、と、冬哉の中のリアリストが言うが、その不安を笑えないほど、スイの姿は朧気《おぼろげ》だった。

スイは弱い月明かりを顔に受けながら、身体を薄闇に溶け込ませている。

その境界は曖昧で、スイの輪郭はぼやけていた。

このまま透けていって、消えてしまいそうな………、

「スイ！」

触れたいのに身体が動かない。焦りが声になって、冬哉は思わずスイを呼んだ。

「…………なに？」

スイが首を回してこちらを見る。視線が合うのにほっとして、冬哉が平静を取り戻した。

「これからどうする？」

「――――わからない」

「山へ帰りたいか？」

その問いかけに、スイはゆっくりと首を振った。

「護主様がいない。中之社もなくなった。あそこには、もう…………」

ぽつんと呟いて、スイが両手で自分の肩を抱いた。白い指が、薄い肩を握り締める。

そんなスイを見ていられなくて、冬哉は目を逸らした。

スイは今、どうしようもなく独りだ。

肩を抱き、寒そうに身を縮める姿に、決して寂しいと言わないスイの寂しさが滲む。なのに、スイはそれに気づかない。

自分が寂しがっていることを知らない。それがどんなに寂しいことか。

抱き締めてやりたい。暖めてやりたい。俺がいる、おまえは独りじゃないと言ってやりたい。

だが、冬哉の中には躊躇いがある。

今まで極力人と関わらないように生きてきた。自分に向けられる関心を煩わしいと感じ、感情が波立つのを嫌って、他人と距離を取ってきた。何に対しても冷淡で無関心。望んで孤独を選んだ。

――――そんな男に、スイの寂しさに寄り添う資格があるか？

奥歯を噛み締め、冬哉は自分の内側に目を凝らした。

「――――俺、泣けないんだ」

スイが小さく呟いた。我に返った冬哉がスイを見る。

「泣けない？　おまえ、清姫が残ろうとしたとき大泣きしただろ」

スイの号泣に感じた安堵《あんど》を覚えている。それが自分のためでなかったことへの複雑な気分も。

「うん、泣いた。でも、あれで残ってた涙を使いきっちゃったみたい」

「……どういうことだ？」

眉を寄せる冬哉に、スイが困ったように微笑んだ。

「――俺、なんかおかしいんだ。身体の中が空っぽで乾いてる。カラカラでスカスカ。穴が開いてるみたい。俺、どうなっちゃったのかなあ……」

本当に判っていない顔で、スイが小首を傾げる。

「それだけじゃない。頭に霧がかかってて、身体が妙に軽くて、何を見ても色が薄くてぼやけてるんだ。ヒトの声が全部遠くて、空気が重くて上手く息が出来ない……」

低く呟いて、スイが自分を抱く手に力を込める。

「苦しいか？」

「……たぶん、苦しい……ん、だと思う。このままじゃ、護主様の望みを叶えられないから」

また『護主様』か!?　冬哉は苛立ちをやり過ごすために歯を食い縛った。

「俺は御蔵さんの望みじゃなく、おまえの望みを聞いてるんだ」

それでも声が尖るのは止められない。

「俺……の……？」

顔を上げたスイが、不思議そうに冬哉を見る。

「おまえの、だ。御蔵さんはもういない。これからは自分がどうしたいか自分で決めるんだ」

俺の望み……。唇だけで繰り返し、スイはそのまま黙り込んだ。

冬哉はもどかしさに拳を握り締める。難しいことを言っているのは判っている。今までは御蔵翁がスイの生き方を決めてきた。スイは御蔵翁の許す範囲で生きてきたのだ。

それを突然自分で考えろと言われても、戸惑いしかないだろう。

おそらくこれは、御蔵翁の誤算だ。

御蔵翁はスイがそこまで自分を慕うとは思っていなかった。そうならないためにスイを遠ざけ、触れることすらしない冷たい雇い主で通してきたのだ。

孤独な山中から解放され、新しい環境で温かな人達に囲まれれば、自分のことなど忘れると思っていたのだろう。

だが、そうはいかなかった。スイは感情を読む。冷たい態度と厳しい顔の下で、御蔵翁が自分に向け続けた愛情をしっかりと受け取っていたのだ。

御蔵さん、あんた、スイを見縊《みくび》り過ぎたんだよ。冬哉がもういない御蔵悟堂を嘲《せせ》ら笑《わら》う。

と、スイが不意に顔を上げた。

「――やっぱり、護主様の願いが俺の望みだ」

そう言って、きゅっと唇を引き結ぶ。

「護主様は俺に生きろって言った。それが願いだって言った。護主様の願いなら叶えたい。それが俺の望みだ。だから、ちゃんと生きたいって……思いたい……」

はっきりした口調が徐々に曖昧になって、語尾が口の中に消えた。一度は上げた顔が力なく俯き、スイがか細い息を吐く。

「…………だけど、俺の中に、生きる理由が見つからない……」

ため息のように囁いて、スイがすっと手を上げた。月明かりに細い指が浮かび上がる。

「俺さ、カラダが段々透けてきてるような気がするんだ。カラカラでスカスカのまま、浮き上がって消えそうななカンジ…………」

頼りない声で呟いたスイが、乾いた目で冬哉を見つめた。

「冬哉さん、俺のコト見えてる？　俺、ちゃんとここにいる……？」

「――――スイ」

呼びかけて、冬哉が唇を引き結んだ。

このままでは消えてしまう。壊れてしまう。スイが訴える。

生きたいと言うスイの望みを叶えてやりたい。ミドリも清姫も、そして俺も、スイに生きて欲しいと願っていると伝えたい。

だが、それでは駄目なのも判る。どんな願いも、スイにとっては誰かの望みだ。御蔵翁の願いと同じで、スイを戸惑わせるだけだ。

言葉はスイの身体を素通りしてしまう。スイの心と身体を満たすには、言葉では足りないのだ。

「――生きる理由なんて、俺にもない」

冬哉は乾いた目にしっかりと視線を合わせた。

「身体を動かして、食って、寝て、喜怒哀楽を全身で表わすのが生きるってコトだ。そこに理由なんざ必要ない。全部スイが得意だったことだろう？」

「……今は全然得意じゃないよ。全部穴から零れ落ちちゃった」

目元の泣きボクロを歪ませて、スイが疲れた顔で微笑う。

「――スイ、もう一度俺に抱かれてみるか？」

その言葉は突然零れ出た。自分の口から出た言葉に、冬哉自身が驚く。

「――は？」

スイがきょとんと冬哉を見上げた。

「穴を塞ぎたいなら考えても無駄だ。心を動かすのは理屈じゃなくて感情だ。感じるしかない」

考えるより先に言葉になる。だが口にしてみて、これが正解だと思った。

「脳は考える。身体は感じる。だったら考えることが出来なくなるくらい、感じることでいっぱいになってみないか」

「え………？」

スイの瞳がさらに大きく見開かれた。

「理由が欲しいのは判る。だが、誰かの望みを理由にするのはやめろ。スイ自身が、腹の底から望まなけりゃ駄目だ。何かを感じて、心が動いて、初めてそれが理由になるんだ」

「……だから、抱かれてみろって……？」

「痛みや苦しさを嫌ってほど味わったんだ。どうせ我を忘れるなら、快楽がイイだろ」

スイを抱く。自分の言葉に煽《あお》られて、腹の奥が疼《うず》き始めた。スイを救けたい一心で言い出したことで、さっきまでそんなつもりは微塵もなかったのに、期待で身体が熱くなる。

「…………」

スイはぽかんと口を開き、目を見開いて冬哉を見ていた。

「無理強いはしない。嫌なら断れ」

スイは勘が鋭い。冬哉の欲を感じ取るだろう。

そう思うと気まずくて、冬哉は目を逸らしてぶっきらぼうに告げた。

――と、スイの纏う空気が変わった。

何を言われたのか判らないという顔をしていたスイが、見開いていた目を僅かに細めた。

顎を引いて、下から掬《すく》い上げるように冬哉を見る。

「冬哉さん、俺を抱きたい……？」

ため息のように囁いて、唇の端を上げる。

「前に同情や憐愍《れんびん》じゃ抱けないって言ったよね。俺も同じだ。同情や憐愍で抱いてほしくない。欲しいなら欲しいと言って」

スイの唇に浮かぶのは、冷笑と微笑の中間のような不思議な笑みだ。角度をほんの僅か変えただけなのに、スイの表情に滴《したた》るような艶が滲む。

「冬哉さんは嘘つきで、俺にいっぱい嘘をついてるのは判ってる。でも、今だけは冬哉さんの言葉を信じるから――」

言って……………。息だけで囁いて、冬哉を流し見たままゆっくりと瞬いた。

甘く詰《なじ》って切なく懇願し、思わせ振りに目を伏せる。これが遊女なら、一級品の手練手管《てれんてくだ》だ。

しかしスイは手管など知らない。そんな高等技術はスイにはない。だからこれは無自覚だ。自覚のない媚《こ》びは、百戦錬磨の冬哉が呼吸を忘れるほど艶《なまめ》かしかった。

「――――」

冬哉が勢い良く毛布を剝いだ。腕を伸ばしてスイの手を摑み、力を込めて引く。

「……っ!?」

強引に引き寄せられて、スイが冬哉の上に倒れ込んだ。冬哉はスイの手を引いて、自分の下肢に押し当てる。

「――これでいいか?」

冬哉の雄が兆《きざ》しかけているのは、寝巻代わりの浴衣の上からでも判ったはずだ。

薄い布越しの熱に、スイの目が見開かれる。

「………うん。いい……」

冬哉の胸に頰をつけて、スイがこくんと頷いた。

上目遣いに冬哉を見上げ、うっすらと微笑む。

色のなかった顔に血の気がさし、目元の泣きボクロがほんのり色づいた。そして、紅《あか》く染まった唇に、あるかなきかの儚《はかな》い微笑。

「カラカラでスカスカの俺を、冬哉さんでいっぱいにして………」

幼い言葉での口説き文句。拙《つたな》いがゆえの妖艶さ。スイは自分がどんな顔をしているか、自分の言葉がどれほど冬哉を煽るか知らない。

「仰せのままに」

そのちぐはぐさに魅入られる自分を苦く笑い、冬哉は手を伸ばして髪紐を解いた。スイを抱いたまま身体を反転させる。

白いシーツにスイの長い髪が広がった。組み敷いたスイを見おろしてその頬に触れる。

スイは目を見開いたまま冬哉を見上げている。

「俺、ちゃんと感じられるかな」

額にかかる髪を指で払う冬哉に、スイが不安げに呟いた。

「そこは任せろ。極楽を見せてやる」

「うん」

冬哉の軽口に、スイが大真面目に頷く。そして、顔を歪めてため息を一つ。

「――地獄は見たから、極楽が見たい」

そんなモノがあるなら。続く言葉を乾いた目で語って、スイが両手を冬哉の首に回した。

「見せて、冬哉さん――……」

力を込めて引き寄せ、その耳に囁いて、スイはようやく目を閉じた。


スイはヒトならざるモノにはならなかった。

しかし、ヒトとして生きるには大きく欠けている。

それでも、スイの肌は温かい。

僅かな月明かりに溶けてゆきそうだったスイの確かな体温に、冬哉がほっと息を吐く。

「……っ……」

シャツのボタンを外して手を滑り込ませると、スイがくっと息を詰めた。

投げ出されていた手がシーツを握り締める。たった一度抱き合ったくらいでは、他人の手が自分に触れる違和感を拭えないのだ。

冬哉はスイのシャツを開き、自分の浴衣をくつろげた。立てていた肘を折り、スイが身を強張らせるのに構わず胸を合わせる。

冬哉の体重を受け止めて、薄い胸がたわんだ。そのまま動かず、スイの緊張がほぐれるのを待つ。

「ふ……っ」

スイが息を吐いて、握り締めていたシーツから手を離した。そろそろと上がってきた腕が、躊躇いがちに冬哉の背中に回される。

「……あったかい…………」

ため息のように囁いてから顔を顰める。

「でも重い」

ふふ……。スイが自分で言った言葉に小さく吹き出した。伏せていた目を開いて冬哉を見上げる。

「これが感じるってコトだね」

「違うような違わないような……」

相変わらず少しズレた反応に、冬哉が苦笑を零した。

「まあ、始まりはこんなモンでいいか」

肩を竦め、見上げる瞳を見つめながら頬に触れる。

「俺を感じろ。自分を感じろ。スイ、カラダに耳を澄ませてろよ」

頷こうとする頬を両手で包み、軽く顔を上げさせて、冬哉は唇を重ねた。

「ん…………」

スイは冬哉のくちづけを、躊躇いなく受け入れる。

前回スイを抱いたとき、くちづけることに躊躇いがあったのはむしろ冬哉の方だった。

全てを失おうとしているスイに、一つくらいスイだけのモノを残してやりたいと思ったからだ。

しかし今夜は違う。失い尽くした後、空っぽになってしまったと微笑うスイを満たすために、最初から唇を求めた。

小鳥が啄《ついば》むように軽く触れた後、薄く開いた唇に舌を挿し入れる。歯列を割って入り込み、舌を絡めて強く吸う。

「ん――っ!?」

侵入してきた舌に驚いたのだろう。スイの身体が跳ねて、目が見開かれた。

くちづけを交わしたのは一度だけ。それも触れるだけのものだ。そんな軽いくちづけしか知らないスイの舌が逃げる。それを許さず追いかけ、きつく吸って、捕らえた舌を絡め取った。

「ん……っ、んっ、ん――っむ!!」

尖らせた舌先で上顎をつつくと、冬哉の背中に回していた手で浴衣を摑んで引っ張る。

冬哉の下でおとなしくしていた足がバタバタとシーツを蹴り、拳で背中を叩き始めるのに、ようやく唇を放した。

「ぷはっ! はっ、はっ、は……っ」

「感じろと言ったが、暴れろとは言ってないぞ」

はあはあと荒い息を吐くスイを軽く睨む。

「だ……、だって、い……っ、息っ、出来な……っ」

「ばか。こういう時は鼻で息をするんだ」

「は、な……?」

「もう一度だ。口を開いて目を閉じろ」

「ちょ……っ、待――っ!!」

スイの制止を聞き流し、冬哉は唇を深く重ね合わせた。

噛んで、吸って、絡めてまた吸う。角度を変え、強弱をつけて繰り返しているうちに、逃げ回っていたスイの舌が次第に応え始めた。

バタついていた足から力が抜け、浴衣を握り締めていた手が背中を抱いて、スイの呼吸が速くなる。

「ふ……っ、ん……」

歯列を辿り、上顎を舐める舌に、スイがひくひくと反応する。

「ん、ふ……、ふ……っ……」

鼻に抜ける息が湿り気を帯びるのを見計らって、冬哉が肘をついて身体を浮かせた。スイのシャツを脱がせ、ベルトに手をかける。

スイ独特の感性では、他人の肌には慣れなくても服を脱ぐのに抵抗はない。下着ごとズボンを引き下ろす手に、スイは軽く腰を上げて応じる。

浴衣を脱ぐのももどかしくて、冬哉は浴衣を羽織ったままスイに覆い被さった。

くちづけを続けながら、冬哉は着崩れた浴衣の帯を解く。一刻も早くスイの肌を直に味わいたくて気が逸《はや》る。

ずいぶんと長くなったくちづけを解いて、冬哉は唇を顎へと滑らせた。くん、と上がった顎を軽く噛んで、首筋に辿り着く。

「あ……」

すんなりと長い首筋に舌を這わせると、互いの唾液に濡れたスイの唇から息が漏れた。

「――んっ」

きつく吸うと、薄い肌に赤い痕が残る。犬歯を押し当てた痕はそれ以上に赤い。冬哉は練絹《ねりぎぬ》のような感触を舌で味わいながら、開いた掌で胸に触れた。

「……っ!?」

小さな突起を捜し当て、指で軽く摘むと、スイの身体がひくんと浮いた。指で擦り合わせて爪先で弾く。

「あ……っ」

刺激が強いらしく、スイの声が上擦る。触れるか触れないかのところでくすぐり続けているうちに、胸の頂点が立ち上がってきた。

「あ、あ、あ……っ、あぁっ!!」

固くしこったそれに爪を立て、反対の尖りを口に含むと、スイがまた声を上げた。

どこに触れても、スイは小さく身を竦ませる。相変わらず人肌には慣れないようだが、スイの身体は快感を覚えていた。

鋭い反応に気を良くして、冬哉が軽く歯を立てる。

「―――っ!!」

スイの手が冬哉の頭を抱いた。引き剝がしたいのか押しつけたいのか、髪を握る指が震えている。

舌と歯で胸を弄《いじ》りながら、両手でスイの身体のラインを辿る。脇の下から脇腹、そのまま手を滑らせて細い腰へ。その手を背中に回して背骨を撫で上げ、尖った肩甲骨を両手で包み込む。

スイの背中に棲《す》む白い竜が一瞬頭をよぎったが、それに怯《ひる》む気持ちは今はない。

「ん……っ、あ……、あ、は……っ」

背中が弱いのは、一度抱いて知っている。

「あっ、あっ、あ……っ、あぁ！」

甘い悲鳴を愉しみ、指先で肩甲骨のラインを辿って、軽く爪を立てながら背骨の消える窪みまでをゆっくりと撫で下ろす。

「ん……っ、っはっ、あ………」

「おまえ、ココ弱いよな」

背中を軽く引っ掻いて、冬哉が上がる声ににやりと笑った。スイが悔しげに睨み上げる。

「そ……んな、の、知ら……っ、アァ!!」

生来の気の強さを覗かせたスイの脇腹をするりと撫でると、言いかけた言葉が悲鳴に途切れた。

浮いた背中に腕を差し入れ、腰骨を摑んで引き寄せる。合わせた胸の間にじわりと汗が滲んで、スイの匂いが強くなった。

指で背中を堪能しながら合わせた胸を動かし、自分の肌で立ち上がった乳首を刺激する。

「あ――――っ!!」

スイの身体が反り返った。ぎしりとスプリングが鳴いて、スイの踵《かかと》がシーツを叩く。

冬哉はきつく閉じられた瞼に触れ、忙しない呼吸に乾いた唇を唾液で濡らして、首筋に顔を埋めた。

「ん――っ」

深く抉《えぐ》れた鎖骨の窪みを舌と唇でなぞると、スイが髪を握り締める。

「痛ぇよ」

冬哉が顔を顰めた。

「あ……、ごめ……っ!!」

慌てて離した手を摑んで引き寄せる。

「そういや、ココも弱かったよな」

言いながら、指先に舌を這わせた。

「うわ……っ!!」

スイの身体がびくんと跳ねて、目が見開かれた。指先を口に含んで、ゆっくりと下へ。

「そ……っ、それっ、や――っ!!」

指の間の薄い肌を舌先でつつくと、スイが手を握り込んだ。

「なんで？　イイんだろ？」

囁きながら、握り締められた拳にくちづけ。浮き上がった骨を一つずつ噛んで舐める。

「イ……く、ないっ！　やだ！　やめ……っ、っあ！」

必死に腕を引こうとする力を易々《やすやす》と封じて、指の間に舌を捩じ込む。

「あぁっ！」

声が上がって腰が浮いた。

「はっ、はっ、はっ、は……っ、あ――」

スイは息を弾ませながらも、諦めずに腕を引こうとする。

「意地を張るな。イイならイイと言え」

「――く、ないって、言……っ、あぁ！」

薄笑いを浮かべる冬哉をスイが睨んだ。赤い目元に泣きボクロ。悔しげに引き結ばれた唇も赤い。

頑固に快感を認めようとしないスイにくすりと笑って、冬哉が握った手首を返した。

内側のやわらかな肌に唇で触れる。赤い吸い痕をつけて舐め上げると、速い脈と血の流れが舌先に伝わってきた。

そのまま肘に向かって唇を這わせ、二の腕から脇の下へ。

「……っく、う――、ふ……っ、むうっ」

唇を噛んで、スイが声を飲み込む。握り締めた拳が震えている。

「強情だな」

呆れながらも、冬哉の唇が笑みを刻んだ。

「でも、そのほうがいい」

意地っ張りで強情な負けず嫌い。それが俺の知っているスイで、本当のスイだ。

透けて消えそうなスイなんてスイじゃない。

「だ……っから、イ、く、ないっ、てばぁっ!!」

引き結んでいた唇を開いてスイが叫んだ。スイには冬哉の言葉の意味を考える余裕は今のスイには
ない。

荒い息に胸が波打つのに、背中を抱かれ、冬哉の厚い胸板に押しつけられて逃げ場がない。

「と……やさっ、く――るし……っ」

息苦しさと快感の両方に追い立てられて、スイの眉が寄せられる。

冬哉は散々なぶった腕を離して、汗ばむ背中をシーツにおろした。

「ふ……っ……」

露骨にほっとして、スイが身体から力を抜く。その瞬間を見計らって一気に身体を下げ、スイの太腿を掴んで開かせた。

「――――っ!?」

驚いて引き攣る太腿を割って身体を倒し、躊躇いなくスイの中心を口に含む。

「あぁ――――っ!!」

甘い悲鳴と共に、スイの指が髪にもぐり込んだ。もう一方の手が肩を押し上げる。

「あっ、あっ、あぁっ！　あは……っ!!」

引き剝がそうとする手に構わず唇と舌で刺激し、既に兆しかけていたそれを口の中で育ててゆく。

「あ、あ、あっ！　はっ！　あはっ！　あうっ！」

短く跳ね上がる声を聞きながら、逃げようとする腰を押さえつけ、喉奥で締めつける。

「あっ！　んっ！　ん……っ、ああ、ああぁっ!!」

巻きつけた舌を動かしながら緩急をつけて吸い上げると、若い雄《オス》が熱を持って立ち上がった。

顔を振っているのか、さらさらと髪の鳴る音がする。

「ひ――――っ!!」

張り詰めた雄に軽く歯を立てると、スイの悲鳴が引き攣って、身体が強張った。

「安心しろ。喰い千切ったりしねえから」

「うわっ！」

スイを口に含んだまま言うと、立てていた膝が突っ張って爪先がぴんと伸びた。

「そういえば、ココで喋られるのも気に入ってたな」

「気に……って、ないっ！　ないからやめ……っ！　ああっ!!」

「嘘つけ。腰が揺れてる」

「ちが……っ!!」

拙く動く腰を指摘すると、ムキになったスイが身体に力を込めた。歯を食い縛り、動くまいと身を強張らせる。

「ふ……っ」

子供っぽい意地の張り方に苦笑しながら舌を動かす。同時に手を伸ばし、爪先まで突っ張る足に指をすべらせた。

「あっ、やっ、やめっ、や――――っ!!」

内腿を撫で下ろし、膝裏に指でくるりと円を描くと、一瞬ぐっと強張った下肢が力を失った。浮いていた足がシーツに落ちる。

冬哉は太腿を摑んで膝を立てさせ、巻きつけた舌で刺激しながら歯を押し当てた。

「あ――――っ!!」

一度は力の抜けた膝が跳ね上げる。同じように口の中でスイがひくひくと動くのに、何度も甘噛みを繰り返す。

「やだっ！　ヤだヤだヤだヤ……っ、あっ、あ、あ、や……っ、やぁっ!!」

微妙に色を変えてゆく声を愉しみながら追い上げてゆく。

限界だな。小刻みに痙攣し始めたスイを解放しようと、冬哉が一際《ひときわ》強く吸い上げた。

「————っ!!」

スイの身体が弓なりに反り返る。

摑んだ髪を引っ張り、肩に爪を喰い込ませて、スイは全身を突っ張らせて声もなく果てた。


「ふう……」

冬哉が口を拭って身体を起こした。

「生きてるか？」

声をかけたが、スイには届いていないらしい。

弛緩した身体を投げ出して、放出の余韻に虚ろに目を見開いている。

「スイ」

呼びかけて覗き込むと、乾いていた瞳が潤んでいた。見開かれた瞳が射し込む月の光を受けて、きらきらと光っている。

「スイ」

もう一度呼びかけると、見開かれていた目がゆっくりと瞬いた。

睫毛に押されて、目尻から涙が一筋。

「泣けたな」

涙の跡に触れ、濡れた指先をスイに見せる。

まだ意識が戻り切っていないのだろう。スイは僅かに顔を動かして、冬哉の指を不思議そうに見上げた。

「……腰から下の感覚がない……」

「感じるってそういうコトだ」

ぼんやりとした声に、冬哉が先ほどのスイの言葉を返す。

「……そっか………」

呟いたスイが冬哉を見上げた。

否、その目に冬哉は映っていない。目が焦点を失って、スイの顔から表情が消える。視線が冬哉を突き抜けて、どこを、何を見ているか判らない。

一気に幼くなったような、逆にどうしようもなく年老いたような不思議な表情で、スイの色のない目が虚空を覗き込んでいる。

「どこを見ている？」

その顔が見たくなくて、冬哉はスイの顎を掴み、強引に目を合わせた。

「え……?」

「俺を見ろ」

戸惑いを浮かべて、スイが冬哉を見上げる。その目はしっかりと焦点を合わせて、覗き込む冬哉を見ていた。

「そうだ。ちゃんと俺を見てろよ」

視線が合うことに安堵を感じた。それと同時に焦りと苛立ちも。

何に対する焦りと苛立ちかは判っている。スイの中の未だ癒えない虚ろへの焦り、そしてそれを大事に抱え込んで手放さないスイへの苛立ちだ。

くそっ! 腹の中に吐き捨てて、冬哉はスイの濡れた下肢を荒っぽく握った。その手を動かして上下にしごく。

「え……っ!?」

スイの目が見開かれた。

「ま、待って! まだ俺……っ!!」

焦るスイが冬哉の手を掴む。それに構わず爪を先端に押しつけると、スイの腰がくん、と浮いた。

「————っ!!」

開いた口から声にならない悲鳴が漏れる。見開かれていた目が閉じられ、細い眉がきつく寄った。

萎えていた雄がひくんと跳ねて、一気に硬度を取り戻す。

「若いな……」

ぬるつく指を動かしながら、冬哉が身体を倒した。

「もう濡れ始めた」

「い……っ、言う……なぁっ!!」

笑み混じりの囁きを耳に注ぎ込むと、スイが涙声で叫んだ。

「あっ、あっ、あぁっ！　あ――っ」

閉じることの出来なくなった口から声が漏れる。

スイが片手で冬哉の胸を押し上げた。もう一方の手がリズムを変えて動き続ける冬哉の指を制止しようと爪を立てる。

「はっ、あはっ、はっ、はっ、は……っ、あぁっ！」

弱々しく押し上げる手を払って、冬哉がスイに乗り上げた。手を動かしながら体重をかける。

「う……っ」

胸にかかる重さにスイが呻いた。

「んっ、あ、あ、あっ、あ――っ!!」

呻きが嬌声《きょうせい》に変わって、スイの眉が寄せられる。

「あ……、や――っ、そこ、ばっか……っ!!」

「イイんだろ？」

意地悪く聞いてやると、さっと顔を紅潮させたスイが唇を噛んで顔を背けた。

「あ、あうっ！　あ、ん、はぁ……っ」

すぐに歯の跡のついた唇が開いて、スイがまた声を上げる。

足先がシーツを摑んで爪先立つ。汗に濡れた太腿が、冬哉の腰を挟んで痙攣している。

「――――っ」

動き続ける冬哉の手を剝がすのを諦めたのだろう。スイが無理矢理身体を半転させた。俯せになって肘でいざる。

「どこへ行く？」

冬哉は身体の下から逃れようともがくスイを、太腿を摑んで引き戻した。

耳にかかる髪を舌で分けて、直接声を注ぎ込む。

「ん――っ！」

耳朶に吹き込まれた声と、過敏になった肌が布を滑る感触の両方が刺激になったのだろう。俯せたスイが乱れたシーツを握り締めた。尖った肩甲骨が浮き上がる。

「逃がさねえよ……」

「………っ！」

囁きながら熱を持った耳朶をちろりと舐めると、シーツを握るスイの手に力が籠もった。

スイの反応に満足して、冬哉が身体を起こす。

窓から射し込む月明かりが俯せに身を投げだすスイを照らしている。光量の乏しい淡い光に、スイの背中がぼんやり浮かび上がった。

——その背中に、白い竜。

冬哉が目を見開いた。動きも呼吸も止めて魅入る。見間違えようがない。

白い竜がスイの上気した肌に浮かび上がり、どこを見ているか判らない目をぼんやり見開いていた。

「————っ!!」

冬哉は上がりかけた声を喉に押し戻した。

一瞬逸らしかけた目を据えて、白い竜をしっかりと見つめる。

冬哉の視線に応えるように、スイの背に浮かび上がった竜の目が動いた。視線が合う。

「…………………?」

その視線に感じた変化に、冬哉が眉を寄せた。緊張を解き、握り締めた拳から力を抜く。

不思議なことに、冬哉を見つめる白い竜からは、以前感じた禍々しさが消えていた。

「み……」

御蔵、さん？　呼びかけに頷くように、竜がゆっくりと瞬いた。

閉じられた目はすぐに開いて、また冬哉に視線を合わせる。

「ふ……っ」

その目が笑っているような、困っているような、複雑な色を浮かべている気がして、冬哉は苦笑を嚙み殺した。

悪いな、御蔵さん。胸の奥で呼びかける。

スイを見守ってくれるのは有り難いが、今は目を閉じててくれ。

了解したとでも言うように、竜の視線が焦点を失った。造形的に完璧な姿はそのまま、竜はただの白粉《おしろい》彫りに戻った。

「――――っ」

白い竜が生気を失って、冬哉はようやく動けるようになった。息を吐いてスイを見る。

スイはベッドに俯せ、身体全体で息をしていた。呼吸を整えることに精一杯で、冬哉が動かなくなったことに気づかなかったらしい。

冬哉は身体を倒して、背中の竜ごとスイを抱き締めた。

やはり動揺していたのだろう。冬哉の肌は冷えていて、スイの火照った肌が心地好い。

「うわっ、ちょ……っ、いま、さ、わらな――っ!!」

シーツに顔を埋めたまま、スイがくぐもった声で叫んだ。ひくんと背を浮かせて、重なる冬哉を押し上げる。

「なんで？」

きゅっと縮こまった肩に顎を乗せて、耳朶に声を吹き込む。

「――――っ」

くっと息を詰めたスイの手がシーツを握り締めた。

「まだ途中だろ」

「…………っ!!」

わざと声を低めると、スイがムキになって首を振る。シーツに散った艶やかな黒髪が、動きにつれて涼やかに鳴った。

「おまえも熱いままだ」

紅潮した耳朶に語尾を吹き込むと同時に伏せたスイの身体の下に手を滑り込ませ、途中で放り出されたままの雄を握り締める。

「あうっ!!」

声を上げて、スイが肘を立てた。伏せていた顔が上がって顎が仰《あお》のく。長い髪が肩をすべり、白い竜に流れ落ちた。

「ほら見ろ」

「―――――っ」

囁きながら指で髪を払うと、ぐっと顎を引いたスイが唇を噛む。

「こんなんでも感じるのか。ホント、感度イイよな」

「うっ、う、るさ―――っ、あぁっ!」

悪態を聞き流して、指で竜の形をなぞる。

「な……っ、ナニ、し、て……っ……」

スイは自分の背中に棲《す》む竜の形を知らない。背中を辿る冬哉の指が、何を描いているか判らない。

「う……、あ、あ、あはっ、あ……」

スイにとっては不規則な動きだ。予想できない分、意識が冬哉の指を追って、上がる声が高くなる。元より火照っていた肌がさらに上気して、白い竜が一層鮮やかに浮かび上がってきた。

「さ、っき、から、何、を……っ、んっ、ん、んんっ！」

肘を立てていられなくなって、スイがぺたんとシーツに伏せた。シーツを噛んで声を抑えようとしている。

乱れた息を聞きながら、冬哉がベッド脇の棚に手を伸ばした。積み上げた本の後ろから、ガラス瓶を取る。中身が半分ほど入った小瓶だ。

冬哉が五頭竜山から持ち出したのはこれだけだ。

入っているのは丁子油《ちょうじあぶら》。御蔵翁が刀の手入れに使っていた物で、中之社でスイを抱いた後、ポケットに突っ込んで忘れていた。

その後、上之社であれだけ激しく動いたにもかかわらず、ガラス瓶は最後まで割れずにポケットの中にあった。それに気がついたのは滝守村へ運ばれてからで、それ以来、なんとなく捨てられずに持っていた。

冬哉は瓶を握ったままスイの腰を摑んで半転させた。

「―――っ!?」

突然の荒っぽい動きが予測できなかったのだろう。スイが冬哉のなすがままに仰向けになった。

冬哉はぽかんと見上げるスイの幼い表情を見ながら細い身体を跨いだ。逃げないように膝で締めつけ、口で銜《くわ》えて蓋を取る。

瓶を傾け、薄い琥珀《こはく》色の液体を掌で受けた。丁子独特の香気が室内に漂う。

「な……、───っ」

何？　と聞こうとして、用途を思い出したのだろう。スイの顔に朱が散った。

「その顔なら、説明は不要だな」

言いながら両手を重ねて液体を温め、ぬるつく油を指へ塗り込んだ。

指を絡ませるたび、冬哉の手の中で丁子油が微かな水音を立てる。

「………っ」

冬哉の手から顔を背け、スイがシーツに顔を埋めた。

「キツかったら言え」

髪に隠れた耳に告げて、スイの下肢に触れる。

少しインターバルを置いたせいと、これから施されるコトへの羞恥と恐れで、勃ち上がっていたスイは半ば萎えている。冬哉は力を失いかけている雄を指で軽く慰め、さらに奥へと手を伸ばした。

「───っ……」

冬哉の手を拒んでぐっと閉じ合わされた腿が、諦めたように力を抜く。それでも、身体はどうしても強張る。

「力を抜いて、ゆっくり息をするんだ」

下肢に感じる指の感触に身を竦めるスイに、冬哉が囁いた。

「俺は、絶対におまえを傷つけない」

「…………うん」

小さく頷いたスイが、詰めていた息を吐き出した。

スイが息を吐くタイミングに合わせて、冬哉が指を挿し入れた。

「――――っ、ふ……っ……」

一瞬止まりかけた呼吸を、スイが無理矢理吐き出す。

ソコに触れたのは二回だけ。慣れるわけがない。物凄い違和感を感じているはずだ。

それでもスイは冬哉に身体を預け、侵入してきた異物に耐えている。

「つく……っ」

小刻みに指を動かすと、スイの膝に力が籠もり、冬哉の腰を締めつけた。

様子を見ながらさらに奥へ。冬哉の視線を感じるのか、スイが握り締めたシーツで顔を隠した。

「ふっ、ふっ、うっ、んふっ、く……っ」

指の動きに声が押し出される。

押しつけたシーツの隙間から、きつく嚙み締めた唇が見えた。痛みと羞恥に加え、冬哉の視線からも逃れたいスイが、シーツを握る手に力を込める。

慣れない身体を気遣うなら、俯せのほうが楽なのは判っている。

何をされるか判っているだけに、スイも冬哉を見たくないというより、見られたくないはずだ。

それでもスイを仰向けたのには理由がある。

度胸はあるつもりだが、白い竜に御蔵翁を重ねてしまった後ではさすがに気まずかった。これからすることを考えると、顔を合わせるのは遠慮したいのが一つ。

それ以上に、スイの顔が見ていたかった。

どんな表情でもいい。快感なら一番いいが、怒っていても、眉を寄せても、唇を噛んでいても、泣き顔でもいい。苦痛に顔を歪めても構わない。

スイの感じる全てを見ていたいと思った。

「感じろ……」

俺を。耳元に囁いて、指を動かす。スイが鋭く反応した場所を探して抜き挿しする。

「────っ!!」

指をくるりと回すと、スイがびくんと身を跳ね上げた。

「っはぁっ！」

ぐっと強張った内部が、次の瞬間やわらいだ。

「あ、あ、あ……っ」

一気に動かしやすくなった指を小さく動かすと、噛み締めていた唇が開いた。

「あっ、う……っ、あはっ、あ、あ、ア────っ!!」

上がる声が甘くなって、内部が冬哉の指を締めつける。投げ出されていた足がベッドを蹴った。

シーツを握る指や突っ張る足に力が籠もるが、収縮を繰り返す内部は徐々に解《ほぐ》れてきている。指を動かしやすくなったのは油のせいではない。スイのナカが緩んだのだ。

冬哉は半ば隠れた唇から漏れる声に耳を澄ませながら指を増やした。

「う、わ……っ……っ⁉」

内部を広げられる感触に、スイがぐっと息を詰めた。声の調子が変わって、唇が噛み締められる。違和感に耐える身体を慰めようと、冬哉は半ば勃ち上がって震えているスイの雄にもう一方の指を絡めた。

「は――――っ⁉　あぁぁっ‼」

二種類の悲鳴を上げて、スイが仰け反った。

くっと顎が上がって、埋めていたシーツから顔が離れる。スイ自身の体液と、塗り込んだ油でぬる
つく指に触れられるのは、先ほどとは違う刺激のようだ。

「あ、あっ、あぁっ、あ――――っ！」

新たな快感に身悶《みもだ》えるスイを見つめて、冬哉はさらに指を増やしてゆく。

スイはそれに気づかない。硬度を取り戻した雄を刺激しながら、増やした指で内部を慣らす。

「そ……っ、それっ！　や、め――――っ、あぁ‼」

シーツを握り締めていた指が冬哉の手を摑んだ。

力が入らないらしい。触れているだけで、冬哉の手を払うことが出来ずにいる。

「や、だ……って、言っ――――っ、冬哉、さんっ‼」

切れ切れに訴える声が上擦った。必死の懇願は全くの逆効果で、冬哉は一層煽られる。

丁子の匂いが濃くなって、たっぷりと塗り込んだ油がもたつく音を立てた。

「あ――――っ！」

窪んだ臍《へそ》をちろりと舐め、やわらかな下腹に歯を立てると、スイの声がさらに高くなった。

そろそろいい、か……。挿し入れた指がなめらかに動くようになったのを見計らって、冬哉が身体を起こした。

「…………っ……」

自分を甘く苛《さいな》んでいた冬哉の手が離れたのにほっと息を吐いて、スイが身体から力を抜く。

冬哉の腰を挟んで締めつけていた膝が緩んでシーツをすべった。

「ふ……っ……」

顔を上げた冬哉が、額に滲む汗を手の甲で拭う。

身体を投げ出し、眉を寄せて、速い呼吸に忙しいスイを見おろす。

緊張と弛緩を何度も繰り返させられたスイは全身で喘いでいた。

百戦錬磨を自認する冬哉がそれを認めるのは悔しいが、スイの全てに興奮していた。

スイの匂い、肌の感触、上がる声と速くなる息遣い、汗に濡れた身体と表情に、たまらなくそそられている。

――スイが現れたとき、こんなコトになるなんて予想してなかったんだがな……。

「ふふ……っ」

胸の内に落とした独り言は、自分でも言い訳にしか聞こえなくて、冬哉が自嘲に唇を歪める。

「な……に……？」

その声を聞き咎めて、スイが薄く目を開いて冬哉を見た。

潤んだ瞳、触れた唇、目元の泣きボクロと汗に濡れた肌。すんなり伸びた四肢の靭《つよ》さと弾力、オトナになりきらない身体の硬さとやわらかさ。

子供、少女、少年、青年。今のスイは全てを含みながら、どこにも当てはまらない。

そして冬哉は、そんなスイの全てに煽られる。

「――なんでもない」

スイの問いかけに間の開いた返事を返して、両手で膝を立てさせた。

まだ夢見心地なのだろう。スイが自分の足の間で膝立ちになった冬哉をただ見上げている。

と、その目が見開かれた。羽織ったままの浴衣から覗く冬哉の雄に視線が釘づけになって、次の瞬間慌てて目を瞑《つぶ》る。

「――――っ!!」

きつく目を閉じたスイに唇を吊り上げ、冬哉は自分自身にも油を塗り込んで身体を倒した。立てさせた膝をさらに広げて、スイの腰を持ち上げる。

女とは違うカラダを暴《あば》くことには、未だに抵抗がある。

だがそれ以上にスイの身体を知りたい、味わいたいという欲のほうが勝った。

「……力、抜いてろよ……」

耳元に囁いて、スイのナカに侵入《はい》り込んだ。

「――――っ!」

押し込まれる異物の感触に、スイが歯を食い縛った。内部が冬哉を拒んで引き攣る。

慣れたとはとても言えないカラダだ。解《ほぐ》したとはいえ、拒絶反応は覚悟していた。

「――っ、息、を、吐け……っ」

「……っ、はっ、はっはっ、は……………っ」

スイはいじらしい素直さで冬哉の言葉に従った。口を開いて息を逃がそうとしている。

「も、っと、ゆっくり……っ」

「はっ、はっ、はぁ、はっ、あ……、あは……っ……」

言われた通り、スイが大きく息を吸った。胸を波打たせながら、震える息を吐き出す。

息を吐き切るタイミングに合わせてゆっくりと腰を進める。押し戻そうとする内部に逆らって、冬哉はスイのナカに深く入り込んだ。

「ふ………」

息を吐いて、冬哉が食い縛っていた歯から力を抜いた。滴る汗がスイの腹に落ちる。

抵抗はかなりのモノだったが、スイは冬哉を受け入れた。

「はっ、はっ、は……っ、はあ、ん……っ……」

スイはきつく目を閉じたまま、速くなろうとする呼吸を必死で逃がしている。

「そのまま……。スイ、そのままだ」

片手で腰を支えたまま、冬哉はもう一方の手を伸ばしてスイの額を撫でた。滲んだ汗を拭い、目尻を濡らす涙を指先で掬い上げて、頬に張りついた髪を払う。

冬哉はすぐにでも腰を叩き込みたいのを怺《こら》えた。

まだだ。スイが馴染むまで待て。猛《たけ》る身体に言い聞かせ、自分の欲を抑えつける。

こんなに苦労してまで抱きたいのか？　頭の中のシニカルな冬哉が唇を吊り上げる。

ああ、抱きたい。残りの冬哉が一斉に頷く。身体だけじゃなく、心ごと抱きたい。全部欲しい。

「くく……っ」

あっさりと出た答えが妙に愉快で、冬哉は喉を震わせて笑った。

「……っ、ん………っ」

その振動を内部で感じたらしい。スイの呼吸が僅かに変わった。

吐き出す息に交じる甘さに気づいて、冬哉がスイを覗き込む。

「動いていいか？」

「…………」

スイが小さく頷く。

冬哉がスイの膝を抱え直して腰を引いた。

「——っ」

内臓を引きずり出されるような感覚なのだろう。スイが息を飲んだ。内壁が冬哉を締めつける。

「ああっ!!」

抵抗を無視して引いた腰を押し込むと、スイが目を見開いた。

「あっ！　あ、あ、ああ、あああっ!!」

リズミカルに抜き差しする冬哉の動きに合わせて、スイが短く声を上げる。

「んっ！　あ、あ、あっ！　あはっ！　あぁっ!!」

冬哉は動きながらスイの表情を窺う。痛みや違和感はまだあるようだが、寄せられた眉も開いた唇も、苦痛だけではない色合いを帯びてきた。浮いた腰が揺れている。

「ぐ……っ」

腰を動かしながら、冬哉が唇に歯を立てた。自分の中の肉欲が膨れ上がる。欲望に任せて激しく動きたくて、スイを気遣う余裕がなくなりそうだ。

冬哉は腕を伸ばしてスイの頬に触れた。

「ちゃんと覚えてたな。いい子だ」

「……っ、じゃ、ないっ!!」

からかうつもりはなかったが、何か喋っていないと波に飲み込まれそうだった。

かっと頬を紅潮させたスイが、息を乱しながら叫んだ。

「え？」

「こ……っ、こんな、の、俺……っ、じゃないっ！」

「じゃあ誰だよ」

訳が判らないことを言いだしたスイに、吹き出しそうになるのを怺えて問い返す。

頭が動いていない自覚はあったが、スイはそれ以上のようだ。

「だっ、誰って……っ、あっ、あっ、あぁっ!!」

「ここにいるのはおまえだよ」

囁いて、冬哉はスイの身体のラインを指で辿る。

「透けてない。どこにも穴は開いてない」

「う……っ……」

それを思い知らせるように何度も指を滑らすと、スイの眉が切なげに寄せられた。

「ほら見ろ」

冬哉がシーツを握り締めた手を強引に引き剝がした。

「見るんだ、スイ」

強い口調で告げると、固く閉じられていた目がうっすらと開いた。目が合うのを確かめ、持ち上げた手を開かせて、スイに見せつけるように指の間に舌を滑らせる。

「…………っ!!」

嫌がって引かれた腕を解放し、もう一度頰に触れた。その手をすべらせ、緩く腰を動かしながら首筋を巡る。肩に触れ、胸を撫でて、汗の浮いた腹に掌を押し当てた。

「……っ、あ、あ、あっ、ア――っ!!」

「カラダは熱い。ずいぶんと痩せちまったが、張りも弾力もあるイイ肉だ。肌もいい。汗に濡れて、火照っている。ナカも――」

「も……っ、もっ、イイ!　言、わな、くて、イ――っ!!」

身を捩《よじ》ってスイが叫ぶ。

「凄く熱い。俺を銜えてうねっている。音、聞こえるか？　粘ついた水音。おまえ、ちっとも乾いてないぞ」

「ば……っ、ばかぁっ!!」

スイの全身が朱に染まった。冬哉を締めつけた内壁が熱く波打つ。

唇に突き立てた歯をさらに喰い込ませて、冬哉が動きを速めた。

「あっ、はっ、うんぅ、うっ、んんっ、ん――――っ！」

「おまえのナカ、スゲェぞ。判るか？　俺はおまえの身体に興奮してる……っ」

「う……っ、んっ、あはっ、あ、あ、あ、あ……っ」

「俺はお……まえの、ナカに、いるっ！　おまえは全身、で、俺、を受け止めてる……っ」

だから乾いていない。空っぽじゃない。穴なんてない。そう言ってやりたかったのに、上がる息が言葉を綴らせなかった。

「……っ、な、か……？」

冬哉の言葉の何が琴線に触れたのか、スイが不意に目を開けた。

揺さ振られながら腕を持ち上げ、震える手で自分の腹に触れる。

「と、やさ……っ、ココ――――っ、い、る……っ？」

「ああ」

「ふ……っ……」

下腹を押さえて、スイがにんまりと笑った。赤い唇が形作る笑みに、壮絶な艶が滲む。手練《てだ》れの遊女が裸足《はだし》で逃げ出す婀娜《あだ》っぽさだ。

「────っ!!」

妖艶な笑みにぞくりと肌が粟立って、気遣いが消し飛んだ。冬哉が激しく腰を突き入れる。

「あぁっ!!」

声を上げてスイが仰け反った。

見てはいけないモノを見た気がして、冬哉が乱暴に腰を叩きつける。

「うわっ!? あ、あ、あ、あああっ、あ────っ」

薄く開いていた目が閉じられ、笑みを浮かべていた唇が甘い悲鳴を上げた。

笑みが消えると、スイの顔は不意に幼くなる。

「あう……っ! あっ、あ……も、ダメっ! ヤ、だっ、や、や、やぁっ! も────っ!!」

譫言めく言葉も幼い。スイの顔に、妖気漂う艶かしさはもうない。

「や、だ、やっ、やぁっ! も……っ、ヤだぁっ!!」

冬哉の動きに押し出される声が上擦る。スイは子供がむずかるように首を振る。その動きにつれて、長い髪がさらさらと場違いに涼やかな音を立てた。

「んっ、んっ、は……っ、んんっ」

スイの閉じた瞼から涙が零れる。涙は上気した肌に浮き上がる泣きボクロを流れ、こめかみを伝ってシーツに吸い込まれた。濡れた跡を追うように、さらに涙が頬を伝う。

「い、たっ! とう、や、さ……っ、痛いっ!」

「嘘つけ」

快感から逃れたいスイの必死の抵抗を一言で断ち切って、冬哉が濡れた頬を両手で包んだ。

「もっと泣かせてやる」

流れ続ける涙を親指で払って、しゃくり上げるスイを覗き込む。

泣かせて、鳴かせて、啼かせてやる。

「そん……っ！　ひ、どっ、っあ！　あぁぁっ」

抗議の声が途切れて、涙がまた頬を伝った。

冬哉を押し退けようとした手が胸の包帯を摑んだ。結び目が解けて、鉤裂き状の傷が覗く。

縋るものを探す指が、塞がり切っていない傷口に爪を立てた。

「……っ」

傷が開いて血が滲む。それに気づかないスイが、血を滴らせ始めた傷ごと包帯を握り締める。白い包帯に、じわりと血の痕が広がってゆく。

傷が広がるのも構わず、冬哉が身を乗り出した。痛みは感じるが、それ以上に苦痛と快感の両方に苛まれるスイが見ていたかった。

「感じろ」

冬哉が短く命ずる。

スイ、声を上げろ。泣け。全身で俺を感じろ。

「ヤ……っ、だ、も……っ！　あっ、あうっ、んんっ!!」

感じろ。命ずるたびに、スイは強張る身体から力を抜く。

「い、や……っ、んうっ、はっ、あはっ、あ――っ！」

感じるんだスイ。我ながら人が悪いと思いながら、呪文のように繰り返す。

冬哉の腰に押されて、浮いた足が揺れている。足先が丸まって、膨ら脛が引き攣る。

「あっ、ああっ、あうっ、ふ……っ、んんっ」

スイはもう言葉を綴れない。快感を受け止め切れずに身体が仰け反る。

「ん、ん、んはっ！　あっ、ああっ!!」

スイが手を伸ばして、冬哉の背に縋りついた。放すまいと懸命に爪を立てるが、互いの汗と激しい動きにその手が滑る。

縋るモノを探して、スイの指が藻掻《もが》くようにシーツを彷徨《さまよ》った。

冬哉がその手を摑む。震える手に自分の手を重ねる。

溺れる人間が命綱にしがみつくように、スイが精一杯の力で冬哉の手を握り返した。

喰い込む爪が肌に血の痕を刻む。かなりの痛みのはずだが、冬哉はそれを感じない。

掌を合わせて、指を絡めて、二人は快感と、それ以上の欲で繫がる。

「ああ、あああ、あ、あ、ア――っ!!」

長い悲鳴を上げてスイが果てた。

冬哉の息も荒い。

もう何も考えられない。スイのナカに注ぎ込むことしか考えられない。

早く、早く！

もっと、もっと！　全部よこせ！　全部欲しい!!

「く……っ!!」

冬哉が歯を食い縛る。

「────っ」

脳内が白く爆《は》ぜ、視界が赤く燃えて、冬哉もスイのあとを追った。

「…………感じるって、ワケが判らなくなることなのかな……」

弛緩しきった身体を抱き寄せ、しっとりと湿った黒髪を梳き流していると、スイがぽつんと呟いた。

「この場合は、それで合ってると思うぜ」

髪を梳く手を止めずに返す。

スイの身体にはどこにも力が入っていない。冬哉の腕に頭を預け、胸に顔を寄せて、汗ばんだ身体を投げ出している。

身動ぎ一つせず、息をしているか心配になるほど静かだったが、それでもスイの身体は確かな熱を帯びて温かかった。

「臓腑《ぞうふ》が引きずり出されて、カラダが裏返ったみたいなのも……？」

生々《なまなま》しいことを舌っ足らずに問いかけてくるスイに苦笑する。

「申し訳ないが、俺にはその感覚は判らない」

「ふうん……」

納得したのかしないのか、スイはもったりとした声で返して、静かに息を吐いた。

胸にかかる吐息が熱い。そのまま動かなくなったスイを抱いて、冬哉は髪を梳き続ける。

スイが解けかけた包帯に沁みた血と、赤く濡れた傷口に眉を寄せた。

「――傷口、開いちゃったね。ゴメン」

「これくらい平気だ」

「……冬哉さんて、ホント嘘つきだよな」

気にするなと言う代わりに頭を抱き寄せ、傷口から目を逸らさせる。

「…………ごめん」

スイの謝罪に、冬哉は髪を梳くことで返した。

寝物語はあまりしたことがない。

悪い癖だとは思うが、身体の相性が合って、それなりに情を感じた相手でも、お互いの欲を吐き出した後は醒《さ》めてしまう。

汗で濡れた身体、寝乱れた寝具、欲望の残滓《ざんし》を濃厚に漂わせる空気全てが疎ましくなる。相手にかけるやさしい言葉など、白々しくて口から出ない。

だから、自分は冷たい人間だと思っていた。

「――……」

抱き寄せたスイを見る。

何が違う？　冬哉は自分に問いかける。

こいつが身体を重ねた他の誰とも違うのは何故だ？

艶やかでくせのない髪、なめらかで張りのある肌、しっかりと引き締まった筋肉、今はまだ細いがすんなり伸びた手足の硬い骨の感触。

スイを構成する全てが、以前の冬哉には考えられなかった感情を呼び起こす。

俺が変わったのか？　それともスイが特別なのか？

この感情に、『愛しい』なんて言葉を当てはめたくはない。

冬哉は相応しい名前を探すことをやめて目を閉じた。

――と、スイが小さく身動いだ。

眠ったとばかり思っていたスイがゆっくりと手を上げて、冬哉の髪に指をさし入れる。髪を梳きながら、スイが冬哉を見た。

「……どこもかしこもダルくて重くて、いっぱいなんだか空っぽなんだか判らない……」

上げ続けたせいで擦れた声で言って、スイが乾いた咳《せき》をする。

「それでいい。今は眠れ」

「……うん」

答えを期待していなかったらしい。素直に頷いて、冬哉の髪に指をすべらせる。

自分とは違う髪質が珍しいのか、スイは飽きずに冬哉の髪を梳き続けた。

「——御蔵さん、いたぞ」

その言葉は、不意に口を衝《つ》いて出た。

「————っ」

スイが身を強張らせる。

隠しておくのはフェアじゃないと思ったし、いずれは言うつもりだった。それが今だと勘が告げた。

「おまえの背中の白い竜は御蔵さんだ」

「……俺、の………？」

「おまえの五頭竜様だ。御蔵さんはおまえを見守ってる」

もりぬしさま……。スイの唇が、声を出さずにその名を呼んだ。

零れ落ちんばかりに目を見開き、切れ切れに呟いたスイに頷いてやる。

「そうだ。御蔵さんは約束を守ったんだ」

「あ……っ……」

唇が震えて、見開かれた瞳が潤んだ。みるみる涙が盛り上がる。

「あっ、あっ、あ……っ、も、り、主様っ、護主様っ！　護主さまぁっ!!」

引き攣る悲鳴が言葉になって、大粒の涙と共に溢れ出た。

冬哉は全身を震わせて泣くスイを抱き締めて、その顔を胸に埋めさせる。

「護主様！　護主様！　護主様ぁっ――――！」

　嗚咽を漏らし、しゃくり上げながら、スイが何度も繰り返しその名を呼ぶ。

「御蔵さんはここにいる」

　冬哉が抱き寄せた背中に掌を押し当てる。

「あ、あ、あ、ア――――っ!!」

　今はただ白いだけの背中を波打たせて、スイが慟哭《どうこく》する。

　泣いて泣いて。泣いて泣いて泣いて。今のスイは悲しみで手一杯だ。今はそれでいい。

　スイは冬哉にしがみついて泣き続ける。

　渇れるな、涙。流れ続けろ。冬哉は溢れる涙に願う。

　出口を失うほどに溜め込んだ悲しみを、涙と一緒に流し尽くせ。

　泣いて、喚いて、そこにいない人を想って全身で悲しめ。

「あっ、ああっ、ああああっ!!」

　スイの悲嘆は尽きない。スイは御蔵悟堂を、護主様をいつまでも想い続けるだろう。

　スイは喪失感や悲しみを絶対に忘れない。忘れたいとも思っていない。

　それがスイに残された唯一の護主様だから。

　自分の感情に誰にも手出しさせずに、この先ずっと抱え続ける。時間がその切っ先を丸めてくれるのを待つしかない。

「御蔵さんはここにいる。ミドリも清姫も、俺もいる。泣け、スイ。思う存分泣くんだ」

胸を濡らす涙を全部受け止めると決めて、冬哉はスイを抱き続けた。

「ああああああ――――っ！」


――冬哉は怒りを生きる原動力にしてきた。

自分の全てだと思っていたものを奪われた怒り。何の躊躇いもなく全てだと信じていたものが、実は間違っていたという怒り。

何事にも無関心で人に対して冷淡、醒めきっていると言われる彼の内側には、いつも怒りが煮え滾《たぎ》っていた。

それが必要だった。

冬哉は怒りを身体に満たすことで、空っぽにならずにここまできたのだ。

俺はヒトだ。冬哉は何度も繰り返してきた言葉を、胸に刻みつけて生きてきた。

それを人生を賭けて証明する。そう自分に誓った。

まことしやかな伝説に科学的な証明をつけ、あやかしの成り立ちを解きほぐして正体を暴く。ヒトならざるモノと呼ばれた人達を人間に戻す。

そう思い定め、足掻いて足掻いているときに五頭竜山へ行った。

五頭竜伝説を知り、五頭竜様を知り、そしてスイと出会った。スイは冬哉が拒むモノを軽やかに受け入れ、歪《いびつ》な環境にありながら、日々を全身で謳歌《おうか》していた——。


「ん………」

スイが上げた小さな声に、冬哉は浅い眠りから目覚めた。

何時の間にか微睡《まどろ》んでいたらしい。半覚醒状態の思考はとりとめがなく、時間軸もばらばらで、記憶と感情が混じり合った息苦しいものだった。

どうやら、五頭竜山での出来事を整理し切れずにいるのが原因のようだ。

左京やミドリにしたような、すっきりとした説明からはみ出る事実を山ほど見聞きしたし、現実とは思えないような経験もした。五頭竜山自体が異界だった。

それと自分の境遇が重なり、理解の範疇《はんちゅう》を越えた出来事が未消化のまま残された苛立ちと後味の悪さが胸に蟠《わだかま》って、夢と現《うつつ》の間を行き来したらしい。

「ちっ」

鋭く舌打ちをして、強張っていた身体から力を抜く。奥歯を嚙み締め、顎を引いて、自分の眠りを居心地の悪いものにした物思いを無理矢理振り切る。

「ふ……っ……」

冬哉の気配を感じたのだろう。息を吐いたスイが、もぞもぞと身動いだ。寒くなってきたのか、冬哉の懐にもぐり込もうとしている。

押しつけられた素肌の温かさにほっとして、冬哉はスイの頭を抱いた。

スイは気絶したように眠り続けている。

寝息は深い。スイは消耗しきっていた。当然だ。冬哉に身体と感覚を滅茶苦茶に掻き回された後、今まで堰《せ》き止めていた感情を爆発させたのだから。

スイは涙が渇れる前に眠りに落ちた。

泣いて泣いて泣き続け、上がる声が小さくなったと思ったら、泣きながら眠っていた。涙は今も流れ続けている。冬哉は未だに乾かない涙の跡にそっと触れた。

精魂尽き果て、泣きながら眠るスイを見おろす。

眠るスイはあどけない。

中之社で何度も見た、遊び疲れた子供の満足しきった寝顔だ。

「ふ……っ、——」

綻びかけた唇が引き攣り、笑みは形にならないまま消えた。

ここに昔のスイはいない。あの山に置いてきた。

スイの本質は変わらないだろう。時間はかかるだろうが、がさつで騒々しくて喜怒哀楽を身体全体で表す天真爛漫《らんまん》な姿をいずれ取り戻す。

——しかし。

冬哉は透けて消えそうだったスイを思い出す。唇に刻まれた妖艶な笑みも。

自分の命より大切なモノを失い、居場所を失って、スイは変わった。

スイは以前にはなかった翳りを帯びた。身につけた翳りは、もう消えることはない。

これが今のスイだ。たとえ笑顔を思い出したとしても、スイは昔のスイには戻らない。

『悪い竜は退治されました。めでたしめでたし。』物語ならそこで終わる。

だが、スイはそこから先を生きなければならない。

極端に狭い世界で、それでも幸せだったスイが、自分の全てだと信じていたモノを全部なくした後の世界を生きなければならないのだ。

それがどういうものか、同じ経験をしている冬哉には判る。

「……スイ、おまえはどうする……？」

冬哉は梳いていた髪を分けて、露になった耳に問いかけた。

どう生きる？

答えは出ない。というより、他人が出していい答えではない。

スイがこの先、一生かけて探し続けなければならない問いだ。

「……も、りぬし、さ…………」

小さく呟くと同時に、閉じた瞼からまた一粒、涙が頬を伝った。吸い込む息が震えている。

「――――……」

冬哉は手の中に納まってしまう小さな頭を抱いて、ため息とも吐息ともつかない息を吐いた。

御蔵悟堂に対する冬哉の気持ちは複雑だ。

怒りと尊敬が同じだけ。好きかと問われたら返答に困る。真っ向《まっこう》から伝説に戦いを挑み、結局否定し切れずに呑み込まれたが、最後には勝った。

好意は持てないが生き様は認めると答えるしかない。

見事だと思う反面、間違ったとも思う。これを認めるのは悔しいが嫉妬もある。

「……っ……」

スイがきゅっと眉を寄せた。背中を波打たせてしゃくり上げる。

「——気に食わないことだけは確かだな……」

スイの顔に浮かぶ、どうしようもない切なさを見つめて唇を吊り上げる。

御蔵翁に対するスイの愛情は信仰に近い。御蔵翁に身も心も捧げ尽くしている。

——だからといって、俺はアンタの代わりになりたいとは思わない。

冬哉は御蔵翁に告げた。

神のように崇《あが》め奉《たてまつ》られるのはゴメンだ。俺はそんな立派な人間じゃない。自分の問題すら解決できずに足掻いているただの男だ。こんなふうに全身全霊を込めて愛されるのは荷が重過ぎる。

——俺は俺のやり方で、スイと向き合っていくよ。

スイと、スイの背中に棲む竜の両方に話しかける。

名のつかなかった感情に、いずれ名前がつくかもしれない。全く別なモノに変貌するかもしれない。

俺もスイもただのヒトだ。スイも変わるだろうし、俺も変わる。人間なんてそういうモノだ。

だから偉そうな約束はしないし、何かを誓ったりもしない。

――――でもアンタは違う。スイの護主様として、この先ずっとスイを見守っててくれ。

胸の内に呟いて、冬哉はスイの背中に掌を押し当てた。

「う……っ、ひっ、護主、さ、まぁ……っ……」

くすんと鼻を啜り上げて、スイが唇を震わせる。

「や……っ、ヤ、ダっ、もりぬしさま、も……り主様っ、ヤ――っ……」

スイが何かから逃れようと腕を突っ張った。いやいやと首を振りながら、何度もその名を呼ぶ。

疲れきっているのに、身体が強張っている。スイにとって、眠りは安らぎにはならないらしい。

「スイ、俺はここだ」

その名を呼んで、冬哉は苦しそうに藻掻《もが》くスイを抱き寄せた。

「俺はここにいる」

「…………っ……」

その声にか、人肌の温かさにか、スイの身体から力が抜けた。ほっと息を吐いて、スイが冬哉の胸に額を擦りつける。

半ば解けた包帯がスイの涙で濡れそぼち、胸の傷にも沁みてきた。

「ひ……っく、う……、も、り……っ、まぁ……っ……」

涙は流れ続ける。スイは今までの分を取り戻すように泣き続けている。

スイの情緒は、まだ御蔵翁を悼《いた》むところまで至っていない。それでいい。今は悲しむだけでいい。

代わりに俺が悼む。

ひたすらスイと、スイの母親を想って生きた、あの苛烈《かれつ》な生涯を悼んでやる。

「……っ、ふ……っ、も……さ、ま……」

冬哉は大切な人を想って泣き続けるスイを抱き締める。

――御蔵さん、俺はアンタが嫌いだ。でも、アンタはやり遂げた。それだけは確かだ。

スイの中で、御蔵悟堂は一番であり続けるだろう。それは構わない。

それでも――――――、
冬哉の唇が吊り上がる。

「スイを繋ぎ止めるのは俺だ………」

低く呟いて、冬哉がぐっと顎を引いた。

それはもういない誰かと、これから先の何かに対する宣戦布告だった。

「………」

室内が蒼《あお》く染まっているのに気づいて、冬哉が外を見た。

何時の間にか月は消え、開け放たれた窓の外はうっすらと白み始めている。夜が終わるのだ。

「さて」

声に出して、冬哉は自分の胸に身体を預け、しどけない姿で眠るスイを見た。

夜が明ける前に、ミドリに刺されるか清姫に喰い千切られるか選ばないとだな。

妙に現実的なことを考える自分に苦笑する。

「それまで少し眠るとするか」

泣きながら眠るスイの肩を抱いて、冬哉もまた目を閉じた――――。

あとがき

まずはここまでお付き合い、ありがとうございました。お味のほどは如何でしたか？

私の伝説や異類譚に対する考えは冬哉《とうや》とほぼ同じです。在るといえば在るし、居るといえば居る。ただ私には信じられないから、科学的解釈がしたくなる。

そういう考え方をするようになったのは、SF から民話に入ったからです。民話やお伽話にSF的解明をするというジャンルがあって、そこに頭からのめり込みました。

本文の伝説とその解釈を思いついたのは中学の時で、ワクワクと舞い上がった気分は鮮明に覚えています。まさかそれを小説にするなんて考えもしませんでしたけどね。

しかーし！　今のアタシはBL作家。だからお仕事ちゃんとする！　と、力んで最長H記録を更新しましたが、結局BがLしているところまでは辿り着けませんでした。

二人の感情がそこまで育ちきっていないというか、それぞれに解決しなければいけない問題があって、ソレについて考えるところまで至っていないというか……。

なので、それを解決すべく続編を書いてます。続き書けるの、すっごく嬉しい!!

冬哉とスイの関係がどうなるのか、次巻でお確かめいただければ望外の喜びです。

リンクスロマンスノベル

あやしあやかし 彼誰妖奇譚 下

2024年3月31日 第1刷発行

著者 久《く》能《のう》千《ち》明《あき》

イラスト 蓮《はす》川《かわ》 愛《あい》

発行人 石原正康

発行元 株式会社 幻冬舎コミックス
〒151-0051 東京都渋谷区千駄ヶ谷4-9-7
電話03(5411)6431(編集)

発売元 株式会社 幻冬舎
〒151-0051 東京都渋谷区千駄ヶ谷4-9-7
電話03(5411)6222(営業)
振替 00120-8-767643

デザイン kotoyo design

印刷・製本所 株式会社光邦

検印廃止

©KUNOU CHIAKI,GENTOSHA COMICS 2024/ISBN978-4-344-85385-0 C0093/Printed in Japan
幻冬舎コミックスホームページ https://www.gentosha-comics.net

本作品はフィクションです。実在の人物・団体・事件などには関係ありません。